Angelika Lauriel hat in Saarbrücken Übersetzen und Dolmetschen Englisch/Französisch studiert. Sie schreibt Kinder- und Jugendbücher sowie zeitgenössische Romane für Erwachsene, außerdem Kurzgeschichten für Anthologien und wird seit 2010 verlegt. Neben Humor, Emotion und dem „allzu Menschlichen" sind ihr gut gezeichnete Charaktere wichtig.

Für fünf Jahre unterrichtete sie Deutsch als Zweitsprache an weiterführenden Schulen. Seit 2020 übersetzt sie Romane aus dem Englischen und ist für mehrere Verlage als Lektorin tätig. Lauriel ist Mitglied bei „Mörderische Schwestern e.V.", „DELIA – Vereinigung zur Förderung deutschsprachiger Liebesromanliteratur", „Montsegur Autorenforum" und dem „Selfpublisherverband".

Die Autorin lebt mit ihrer Familie und der französischen Bulldogge Banou im Saarland. Ihre drei Söhne sind inzwischen erwachsen und haben nach und nach das heimische Nest verlassen.

ANGELIKA LAURIEL

Ein zauberhafter Sommer in der Bretagne

Überarbeitete Neuausgabe März 2022

© 2022 dp Verlag, ein Imprint der dp DIGITAL PUBLISHERS GmbH

Made in Stuttgart with ♥
Alle Rechte vorbehalten

Ein zauberhafter Sommer in der Bretagne

ISBN 978-3-98637-152-4
E-Book-ISBN 978-3-98637-140-1

Copyright © 2018, dp Verlag, ein Imprint der dp DIGITAL PUBLISHERS GmbH
Dies ist eine überarbeitete Neuausgabe des bereits 2018 bei dp Verlag, ein Imprint der dp DIGITAL PUBLISHERS GmbH erschienenen Titels Meeresduft macht noch keinen Sommer (ISBN: 978-3-96087-308-2).
Covergestaltung: Herzkontur – Buchcover & Mediendesign
Umschlaggestaltung: ARTC.ore Design
Unter Verwendung von Abbildungen von
shutterstock.com: © Katflare, © sabri deniz kizil, © easyshutter, © Ihnatovich Maryia
Lektorat: Janina Klinck
Satz: dp DIGITAL PUBLISHERS GmbH
Druck und Bindung: Books on Demand GmbH, Norderstedt

Kapitel 1

Geschafft!

Mit einem erleichterten Kribbeln im Bauch betrat Camille den Bahnsteig im Gare Montparnasse. In der letzten halben Stunde hatte sie sich durch den Metrodschungel in Paris schlagen müssen, immer in der Angst, den Anschlusszug nach Quimper nicht rechtzeitig zu erwischen. Aber jetzt stand sie hier, vor dem Zug, der sie in die Bretagne bringen würde. Penmarch, der Zielort ihrer Reise, lag wortwörtlich am Ende der Welt, im Finistère.

Camille freute sich auf ihre drei Freunde, die Gewinner dieser Urlaubswoche, und auf das Meer und den weiten Himmel darüber, nachdem der Sommer in Saarbrücken launisch verlaufen war. An den sonnigen Tagen hatte sie meistens lang arbeiten müssen und an ihren freien Tagen war es trüb gewesen. Höchste Zeit also, Sonne zu tanken, bevor der Winter nahte. Der Atlantik würde ihr genau das bieten, denn man sagte, dass sich Schlechtwetterwolken an der bretonischen Küste nie lange hielten.

In diesem Moment, wo der Wind, der jeden einfahrenden Zug begleitete, ihre Locken tanzen ließ, fiel die Enttäuschung über das saarländische Sommerwetter von ihr ab. Plötzlich fühlte Camille sich lebendig, fast quirlig. Die Zugtüren öffneten sich mit einem Fauchen und sie stieg durch die nächstgelegene Tür ein. Die Bahn hatte ihr bei der Online-Buchung empfohlen, für die gesamte Fahrt Sitzplätze zu reservieren, also zog sie nun ihren Trolley auf der Suche nach dem richtigen Platz durch die Waggons hinter sich her. Jedes Mal, wenn sie den Wagen wechseln musste, bockte das unhandliche Ding auf den Übergängen und verursachte auf den klappernden Blechen einen Höllenlärm. Bis heute hatte Camille nicht kapiert, wo sie sich vor der Abfahrt den Wagenstand des Zugs heraussuchen konnte. Nun war es ihr peinlich, dass alle Passagiere sich zu ihr umdrehten, sobald sie einen Waggon betrat. Wahrscheinlich sah man ihr sofort an, dass sie Deutsche war. Ihr Gesicht brannte vor Hitze und Schweißtropfen liefen die feinen Härchen an ihren Schläfen entlang. Aber in Saarbrücken war es an diesem Morgen schon so herbstlich kühl gewesen. Sie hatte einfach nicht damit gerechnet, dass es in Paris noch sommerlich heiß sein würde.

Nervös pustete sie sich die widerspenstige Locke aus dem Gesicht, die wie ein dunkler Schatten immer wieder über ihr rechtes Auge rutschte. Mit ihrer kleinen Handtasche, Rucksack, Trolley und der blöden Softshelljacke war sie hoffnungslos überladen.

Endlich erreichte sie den richtigen Wagen. Sie checkte die Sitznummern – ihr Platz musste sich an diesem Ende des Waggons befinden. Erleichtert atmete sie auf und entdeckte hinter dem letzten Sitz eine Stellfläche für Gepäck, in die ihr Trolley locker noch passen würde. Sie klickte auf den Knopf am Griff, mit dem sie die Doppelstangen einfahren konnte, dann schob sie das Teil in die Lücke hinter dem Sitz. Der Trolley verkantete sich, ragte in den Durchgang hinein und ließ sich nicht mehr bewegen.

„Cavolo", stieß sie leise aus. Das italienische Schimpfwort würde hier hoffentlich niemand verstehen. Sie bemühte sich, den Trolley mit ihrer freien Hand in die Aufrechte zu bringen. Hinter ihr wartete bereits eine ältere Dame und warf ihr unter einem silbergrauen, streng geschnittenen Pagenkopf ungeduldige Blicke zu. Mit einem weiteren Schnaufen legte Camille ihre Jacke kurzerhand auf dem Schoß des Passagiers ab, der auf dem letzten Sitz saß, und murmelte ihm ein hoffnungsvolles „Pardon" entgegen. Dessen Haare waren genauso grau wie die der Dame, doch seine Augen strahlten ihr freundlich entgegen, er legte eine Hand auf die Jacke und sagte Camille, sie solle sich Zeit lassen.

Nachdem sie den Trolley mit zwei Händen in der Ecke verstaut hatte, griff sie nach ihrer Jacke, hauchte dem Mann ein „Merci" entgegen und der Ungnädigen hinter ihr ein „Pardon, Madame", dann eilte sie davon.

Nur drei Reihen weiter entdeckte sie ihren Platz in einer Vierergruppe mit Tischchen dazwischen. Ihr gegenüber saßen zwei Jugendliche, Kopfhörer auf den Ohren, Smartphones vor den Augen. Sie blickten kurz auf und deuteten ein Nicken an. Irgendwie wirkten sie erleichtert, als sie Camille sahen. Der Platz neben ihr war nicht reserviert. Mit einem Stoßgebet, dass er frei bleiben würde, setzte sie sich ans Fenster, legte ihren Rucksack und die Jacke auf den freien Platz, und schon fuhr der Zug an.

Camille brauchte ein paar Minuten, bis sie sich abgekühlt hatte. Dann stand sie auf, froh und erleichtert, weil sie am richtigen Platz gelandet war, und schob die Jacke in das Gepäckfach über sich. Bestimmt würde sie jetzt auch dazu kommen, die Geschichte aufzuschreiben, die ihr seit Beginn des Jahres im Kopf herumspukte. Jetzt, da sie das Umsteigen und den Wechsel der Bahnhöfe in Paris hinter sich gebracht hatte, begann für sie der Urlaub.

Nachdem sie ihren Laptop aus dem Rucksack gezogen und aufgeklappt hatte, tippte sie die Worte ein, die sich auf der Metrofahrt in ihrem Kopf geformt hatten – nachdem sie seit Wochen vergeblich nach dem ersten Satz für ihren Roman geangelt hatte. Sie wusste, der erste Satz war extrem wichtig. Aber vielleicht war gerade dieses Wissen der Grund, weshalb sie einfach nicht die richtigen Worte fand? Kurzgeschichten schrieb Camille schon seit Anfang des Jahres. Komischerweise hatte die Hochzeitsrede, die sie spontan bei der Trauung ihrer Cousine Mia an Weihnachten hatte halten müssen, etwas in ihr ausgelöst. Seitdem flossen ihr die Geschichten nur so aus den Fingern. Ihrem Traum vom eigenen Roman war sie allerdings noch keinen Schritt näher gekommen. Im Kopf hatte sich längst die gesamte Geschichte geformt, aber es waren wohl die berühmten ersten Worte, die ihr partout nicht einfallen wollten und die sie seitdem blockierten.

Erst vor einer halben Stunde – in der Metro eingeklemmt zwischen einer dunkelhäutigen jungen Frau und einem alten weißen Mann – war ihr dann endlich ein Gedanke gekommen, von dem sie hoffte, dass er ihr aus der Misere helfen konnte. Sie tippte den Satz ein und spürte, wie die Sorge darum, ihre Geschichte mit den perfekten Worten zu beginnen, sie verließ. Hauptsache, der erste Satz, diese große Klippe, war genommen. Ändern konnte sie ihn ja immer noch. Zufrieden lehnte sie sich zurück und las ihn noch einmal.

Ich lasse den ersten Satz weg, vielleicht klappt es dann endlich mit dem Schreiben.

Sie wollte den Roman in der Ich-Form schreiben, aus der Perspektive einer jungen Frau, die für ein Jahr aussteigen wollte. Sie verschränkte ihre Hände und streckte die Arme aus, um ihre Knöchel knacken zu lassen. Sie spürte das Kribbeln in den Fingerspitzen und wusste, jetzt würde sie nichts mehr aufhalten.

Nur mit halbem Ohr hörte sie die Bleche zwischen ihrem und dem nächsten Waggon klappern, dann setzte ein aufgeregtes, helles Bellen ein, und eine dunkle Stimme rief „Banou!" Noch bevor Camille registrierte, dass diese Stimme in ihr etwas auslöste, sah sie einen schwarzen Schatten durch den Waggon huschen, aufgeregt kläffend und eine Leine hinter sich her ziehend. Plötzlich gab es einen heftigen Ruck, und das schwarze Etwas kam abrupt zum Stehen. Ein lustig aussehender Hund stemmte sich gegen sein Halsband und bellte aufgeregt. Die Schnauze wirkte eingedrückt, die Zähne im Maul waren winzig und minderten den Eindruck einer wütenden und gefährlichen Bestie. Wieso trug dieser Hund keinen Maulkorb? Das war doch Pflicht in Frankreich.

Eine Sekunde blitzte eine Erinnerung in Camilles Kopf auf: sie und Samir Faure als Kinder an einer

Bushaltestelle. Sie waren vom Fahrer vor die Tür gesetzt worden, weil sein Hund seinen Maulkorb abgestreift hatte. Wie lange war das her, bald zwanzig Jahre? Sie hatten ein paar Besorgungen in Dijon erledigen sollen. Samirs damaliger Hund, ein weißbrauner Terrier, war daran gewöhnt gewesen, mit in die Stadt zu fahren. Aber den Maulkorb hatte er verabscheut.

Noch ehe sie weiter darüber nachdenken konnte, glitt Camille aus dem Sitz und ging vor dem schwarzen Hund in die Hocke. Der sah jetzt eher verwirrt als gefährlich aus, und sie ließ ihn an ihrer Hand schnuppern. Seine samtig weiche Schnauze kitzelte Camilles Haut. Seine großen braunen Augen nahmen sie sofort für sich ein, und die Fledermausohren über dem bulligen Körper und dem putzigen Gesicht entlockten ihr ein Schmunzeln. Eine französische Bulldogge, fast noch ein Welpe. Jetzt sah Camille auch, wer den Lärm zwischen den Waggons verursacht hatte: Eine Servicekraft schob einen Wagen mit Getränken und Snacks vor sich her. Sie blickte an der Karre vorbei und verdrehte die Augen.

„Der Hund muss festgebunden werden. Was denken Sie sich denn?", schimpfte sie. „Und wo ist sein Maulkorb?"

Camille hatte unter dem Kinn des Hundes ein weiches, schwarzes Stoffteil entdeckt, das wohl der Maulkorb sein musste, und mühte sich, es dem Hund über die Schnauze zu ziehen. Ihr war sofort klar, dass dieses Teil nicht lange dort bleiben würde, denn die Schnauze des Hundes war dafür zu kurz. Camille versuchte, die Leine zu sich zu ziehen, doch die hatte sich an einem der Sitze verhakt – hinter der Kaffeekarre. Sie sah eine kleine Hand, die sich an der Schlaufe zu schaffen machte, dann erkannte sie das Gesicht eines Jungen, der die Lage offensichtlich richtig interpretierte und helfen wollte. Er ließ die Leine los, nachdem er sie gelöst hatte, und Camille zog sie vorsichtig zwischen den Sitzen und dem Kaffeewagen zu sich heran, um den Hund mit sich zu ihrem Platz zu nehmen. Dort hob sie ihn auf den Schoß und streichelte ihm über den Rücken.

„Binden Sie ihn bitte fest, damit das nicht noch einmal passiert. Möchten Sie einen Kaffee?"

Leicht verschüchtert nickte Camille. „Oui, un café au lait, s'il vous plaît." Sie bereute ihre Bestellung, als sie sah, wie die Frau einen dünn aussehenden Kaffee aus einer Thermoskanne in einen Pappbecher kippte, um ihn ihr anschließend mit zwei Milchdöschen zu reichen.

„Ich zahle den Kaffee", erklang da eine dunkle, etwas raue Stimme, die bewirkte, dass sich Camilles Haare im Nacken aufstellten. Samir? Nicht jetzt schon, bitte! Sie hatte gehofft, noch eine Weile allein zu reisen, doch da sah sie ihn auch schon hinter der Servicekraft, die sich zu ihm umgewandt hatte. Seine Haut schimmerte in diesem Bronzeton, den sie schon als Kind so bewundert hatte. Die dunklen Haare auf seinem Kopf waren allerdings verschwunden, was auf sie jedoch kein bisschen unattraktiv wirkte. Im Gegenteil, so konnten seine Augen umso stärker strahlen. Deren Blau, das Camille immer an den Ferienhimmel in der sommerlichen Bourgogne erinnerte, wurde durch die dunkle Hornbrille kaum abgemildert. Eine Gänsehaut lief über Camilles Rücken, als ihr klar wurde, dass aus dem kleinen Samir ein erwachsener Mann geworden war. Ein dunkler Bartschatten unterstrich die Form seines kantigen Gesichts, und die lange Nase gab ihm etwas Irritierendes, umso mehr, als seine weichen Lippen noch immer die des fröhlichen, liebenswerten Jungen waren. Des Jungen, mit dem sie hätte Pferde stehlen wollen, am liebsten ihr ganzes Leben lang. Ein Stich bohrte sich in Camilles Brust und dehnte sich sofort zu einem unangenehmen Ziehen aus, das auch ihren Magen erreichte.

„Nein, ich zahle selbst", sagte sie schärfer als beabsichtigt. Doch bis sie mit einer Hand – mit der anderen hielt sie noch immer den Hund auf ihrem Schoß – ihren Geldbeutel aus der Tasche gefriemelt hatte, hatte Samir der Schaffnerin längst die Münzen in die Hand gezählt. Diese zog weiter, anscheinend besänftigt, weil Samir ihr nicht nur ein Trinkgeld, sondern auch sein Lächeln geschenkt hatte. Dieses Lächeln, das Camilles Gehirn im Teenageralter zu einer zuckrigen, geleeartigen Masse hatte werden lassen. Aber das war längst Geschichte. Nur wenig später hatte Samir sie einfach vergessen. Er hatte ihr das Herz gebrochen, noch lange bevor sie erwachsen war. Und das würde sie ihm niemals verzeihen.

Natürlich wusste Camille schon seit Monaten, dass sie gemeinsam eine Woche in der Bretagne verbringen würden, schließlich hatte Mias Freundin Sophie Thielen, die wie Camille eine der „berüchtigten Brautjungfern" gewesen war, ihnen bereits kurz nach Silvester mitgeteilt, dass sie im September auf Hawaii sein würde und deshalb in der letzten Augustwoche nicht mit nach Penmarch kommen konnte. Natürlich gönnte Camille Sophie und ihrem Freund und Chef, Yannis Jouvet, den gemeinsamen Traumurlaub, aber als Sophie ihr mitgeteilt hatte, dass sie ihren guten Freund Samir Faure fragen würde, ob er die Reise an ihrer Stelle antreten wolle, hatte Camille gehofft, er würde Nein sagen.

Tat er aber nicht.

Immerhin, hatte Camille sich dann gesagt, würden auch Greta und Falko mit von der Partie sein, die sie bei Mias Hochzeit als Freunde gewonnen hatte. Alles halb so schlimm. Außerdem war diese Kindheitsliebe inzwischen schon so lange her ... Sie hatte sich längst damit abgefunden. Umso unangenehmer war ihr die Nervosität, die sie befiel, als Samir Anstalten machte, sich auf den freien Platz neben sie zu setzen.

„Äh, Sekunde, ich muss erst den Besitzer dieses Hundes suchen", beeilte Camille sich zu sagen und rutschte auf dem Sitz zum Gang, damit Samir sich nicht setzen konnte. Der Hund auf ihrem Schoß hatte sich auf seine Pfoten gestellt, was nicht gerade gemütlich war, denn er rutschte immer wieder mit der einen Vorderpfote ab, und Camille war froh, dass sie eine robuste Jeans trug, auch wenn die viel zu warm für diesen Tag war.

„Das wird nicht nötig sein", sagte Samir und kraulte den Hund unterhalb des Maulkorbs am Hals. „Darf ich vorstellen – Banou, meine Hündin. Banou, das ist Camille, eine liebe Freundin von mir."

Eine liebe Freundin? Was fiel ihm ein?

Kapitel 2

Überrumpelt rutschte Camille zum Fenster, wo ihr Rucksack jedoch ein Drittel des Platzes belegte, sodass der nach einem dezenten Aftershave duftende Samir ihr viel zu nah kam. Seine Oberschenkel berührten ihre, was sofort eine unangenehm warme Empfindung in ihr auslöste. Doch sie konnte nicht weiter rücken, solange dieser Hund auf ihrem Schoß balancierte. Dazu noch das Tischchen – sie fühlte sich arg beengt. Der Bulldogge schien die Nähe dagegen nichts auszumachen, obwohl sie mit ihren Pfoten auf dem glatten Jeansstoff keinen Halt fand. Sie wackelte mit ihrem Hinterteil hin und her, was lustig aussah, weil sie keinen Schwanz besaß, mit dem sie hätte wedeln können, und beschnupperte Samir, als wolle sie ihn willkommen heißen.

Camille fühlte sich hoffnungslos überfordert von den vielen Eindrücken, die auf sie einprasselten. Da war Samirs Geruch, der unter dem Aftershave lag und sofort Bilder in ihren Kopf zauberte. Endlose Sonnenblumenfelder der Bourgogne, hellblauer Himmel, flirrende Luft über dörrendem Gras, bunte Blumenmeere, aber auch der Geruch nach den berühmten Caves, den Weinkellern der Bourgogne. Und natürlich die heiße Schokolade, die Samirs Mutter für die deutschen Kinder, sie und ihren Bruder Julien, immer gezaubert hatte. Auch die Berührung seiner Schenkel, die in Bermudas steckten und deren kräftige Muskeln sie sah und deutlich spürte, verwirrte sie.

Dazu dieser charmante Hund, dessen Gesicht das Kindchenschema voll erfüllte und so herzerweichend gucken konnte, dass sie ihn sofort ins Herz schloss. Das alles ließ keine klaren Gedanken mehr zu. Der heftige Fluchtimpuls, den Camille zunächst gespürt hatte, löste sich auf. Immerhin. Stattdessen setzte sich ein eigenartiges Wohlgefühl durch. Hey, das ist Samir, dein Kindheitsfreund, sagte Camille sich selbst.

„Komm, Banou, du nimmst Camille ja jeden Platz weg." Bei seinen Worten tapste die Hündin von ihrem Schoß auf den von Samir. Er schob die Beine auseinander – wodurch ihr Körperkontakt noch intensiver wurde – und setzte den Hund unter das Tischchen zwischen seine Füße, die ohne Socken in Vans steckten, bevor er die Leine um seinen Oberschenkel wickelte und Camille angrinste.

Ihr Herz setzte einen Schlag aus.

In jenen Sommerferien in der Bourgogne hatte sie sich endgültig in ihn verliebt, und ihre Gedanken waren nur noch um ihn gekreist, unaufhörlich. Seine kurze Mail im Herbst desselben Jahres war zugleich die letzte gewesen. Und das, obwohl er sich nach dem Urlaub noch mit einem zärtlichen Kuss von ihr verabschiedet hatte, als er ihr erzählte, dass er zum Studieren von Dijon weggehen werde. Dass er ihr, seiner „kleinen deutschen Freundin" schreiben werde. Hatte er geahnt, wie weh ihr diese Worte taten? Selbst danach hatte sie nicht aufhören können, an ihn zu denken.

Camille erwiderte sein Lächeln nicht, doch er schien es nicht zu bemerken.

„Ich kann es nicht glauben, du bist es wirklich, Camille!" Und damit beugte er sich vor, um ihr die Begrüßungsbises zu geben, zuerst links, dann rechts, dann noch mal links.

Ohne es wirklich zu wollen, erwiderte Camille den Gruß automatisch. Er kam ihr viel zu nah! Sein Geruch löste in ihr Dinge aus, denen sie sich nicht gewachsen fühlte, und gleichzeitig wurde ihr klar, wie wütend sie noch immer war. Wütend und verletzt. Samir hatte ihr Leben geprägt, er hatte die absolute Einsamkeit hineingebracht. Einsamkeit inmitten ihrer Familie, inmitten ihrer Freunde. Sie hatte nicht damit gerechnet, dass die erneute Begegnung sie so aufwühlen würde, dass er diese Art von Gefühlen in ihr auslösen würde. Wortlos griff sie nach ihrem Rucksack und ließ ihn unter den Tisch gleiten, neben Banou, die ihn interessiert beschnupperte. Die Hündin hatte sich zusammengerollt und legte nun den Kopf auf eine der kleinen Außentaschen. Wäre sie nicht so wütend gewesen, hätte Camille bei diesem Anblick gelächelt. Der Hund schien sie zu mögen.

Rasch rutschte Camille von Samir weg, um so viel Abstand wie möglich zwischen sie beide zu bringen. Wie gern wäre sie seinem Blick ausgewichen, aber das war unmöglich. Sein Grinsen verwandelte sich in ein warmherziges Lächeln, während er sie musterte. Sie erinnerte sich, dass sie früher oft gewettet hatten, wer zuerst wegschaut. Samir hatte immer gewonnen.

Sein Blick tastete ihr Gesicht ab, ihre ungezähmten dunklen Locken, haftete dann einen Moment auf ihrem Mund, den sie unwillkürlich ein winziges bisschen zusammenkniff. Wenigstens schien er nicht wie die meisten Männer auf ihre Brust zu schielen, obwohl sie bei ihrer letzten Begegnung in dieser Hinsicht noch weitaus kindlicher gewesen war. Ihre inzwischen sehr weiblichen Formen mussten für Samir jedenfalls genauso neu sein wie seine männliche Statur für sie.

Sie musterte ihn ihrerseits, wobei auch sie darauf achtete, nur sein Gesicht anzuschauen, nicht den leicht gedrungenen, muskulösen Körper, der sie an die Kraft eines Bären denken ließ. Sein Mund war sinnlich und voll, die Zähne strahlten, während er unverwandt lächelte. Sie erkannte, dass er gut rasiert war, und doch verursachten seine schwarzen Bartstoppeln einen dunklen Schatten auf seinen Wangen, der ihn, zusammen mit der Glatze, auf den ersten Blick älter wirken ließ, als er war. Um seine Augen lag ein Zug, den sie früher nie an ihm wahrgenommen hatte. Anscheinend kannte auch Samir sich mit Einsamkeit aus, konnte das sein?

„Du wusstest aber schon, dass ich dabei bin, oder?" Camille bemühte sich erst gar nicht, herzlicher zu wirken. Dieser Mann hatte in ihr so vieles zerstört, er brauchte nicht zu denken, dass sie ihm verziehen hatte. Und in dieser Sekunde wurde ihr klar, dass es tatsächlich so war. Sie straffte die Schultern und zwang ihren Blick nach unten, wo er mit der Hand die Leine auf seinem Bein festhielt. Seine Unterarme waren mit feinen dunklen Härchen überzogen, die samtig glänzten. Er trug ein schlichtes Poloshirt zu karierten Bermudas. Auch seine Beine schimmerten dunkel von einem zarten Haarflaum. Camille schüttelte den ungebetenen Gedanken ab, wie es sich wohl anfühlen würde, wenn sie keine Jeans, sondern eines ihrer Sommerkleider tragen würde und ihre Beine sich berührten.

„Ja", sagte er schlicht. „Ich habe mich darauf gefreut, dich wiederzusehen. Wie ist es dir in den letzten Jahren ergangen?"

Nun gut, Small Talk, das konnte sie auch. In ihrem Kopf sang Roger Cicero: „Und du so?" Sie berichtete von ihrer Ausbildung zur pharmazeutisch-technischen Assistentin und dass sie nun schon seit einigen Jahren in einer Apotheke in Saarbrücken arbeitete. Ja, sie mochte ihren Beruf. Und er so?

Es wunderte Camille kein bisschen, dass Samir eine eigene Computerfirma gegründet hatte, die erfolgreich lief. Dass er sich in Metz niedergelassen hatte, war bei Mias Hochzeit bereits zur Sprache gekommen und keine Überraschung. Sophie und Mia hatten ihr auch erzählt, dass Samir innerhalb kurzer Zeit ein sehr guter Freund von Sophie geworden war.

„Was macht Julien, ist er verheiratet?", wollte Samir wissen.

„Nein."

„Warte, er muss jetzt siebenundzwanzig sein, richtig? Und du bist … vier Jahre jünger als ich, also vierundzwanzig."

„Nicht mehr lange." Sie sah ihm wieder in die Augen. „Und du? Verheiratet?"

Ein schmerzlicher Zug huschte über sein Gesicht. Aha, da lag irgendwo der Grund für seine Einsamkeit. Warum sollte es ihm auch besser ergangen sein als ihr?

„Nein." Er straffte die Schultern. „Was ist mit deinen Eltern? Fahren sie immer noch in die Bourgogne in den Urlaub?"

„Mein Vater ist vor vier Jahren gestorben. Seitdem waren wir nicht mehr dort."

„Das tut mir leid."

„Ja. Aber meine Mutter hat einen neuen Lebensgefährten, Roberto. Seine Eltern stammen aus Kalabrien, und jetzt fahren die beiden im Sommer immer dorthin. Er ist sehr nett, ich mag ihn."

Das Gespräch stockte. Tausend Fragen spukten durch Camilles Kopf, doch sie wollte sie ihm nicht stellen, weil sie ihm nicht das Gefühl geben wollte, sie interessiere sich noch für ihn. Es ärgerte sie sogar, dass sie die Antworten im Grunde gern wissen wollte. Aber sie hatte sich selbst schon vor einigen Jahren geschworen, dass sie Samir Faure aus ihrem Herzen und aus ihrem Kopf streichen und ihn nie wieder dorthin vordringen lassen würde. Nicht dass sie damit gerechnet hatte, ihm überhaupt wieder zu begegnen. Aber das Schicksal hatte offenbar andere Pläne. Jetzt saß sie hier neben ihm, konnte nicht verhindern, dass sein vertrauter Geruch, der nun erwachsener war, aber sonst noch ganz nach ihrem damaligen besten Freund roch, durch ihre Nase in ihren Kopf eindrang, wo er sich sofort festsetzen würde. Das wusste sie. Sie würde ihn nie wieder vergessen, und sobald sie es zuließ, würde dieser Geruch ihr Schmerzen bereiten. Also *durfte* sie es nicht zulassen, so einfach war das.

Eine leise Stimme in ihr fragte sich, ob er seinerseits ähnlich empfand. Ob auch er mit ihrer gemeinsamen Vergangenheit haderte. Aber nein, wie sollte er? Ihm war das kleine Mädchen Camille ja schon nicht mehr wichtig gewesen, nachdem er mit seinem Studium an der Sorbonne begonnen hatte.

„Was ist mit deiner Freundin von damals?" Camille hielt inne. Die Worte waren unbedacht aus ihrem Mund gefallen. Nun hatte sie ihm doch eine der verbotenen Fragen gestellt.

Sein Gesicht verschloss sich regelrecht. „Claire."

Ja, sie meinte Claire. Die Claire, die in ihm jegliches Interesse für seine Freunde ausgelöscht hatte. Die Claire, die ihn ihr weggenommen hatte. So gründlich und endgültig, dass sie nicht nur diese Frau, sondern auch Samir eine lange Zeit geradezu gehasst hatte. Bis sie selbst erwachsen war und viele freundliche, charmante und humorvolle junge Männer ihr dabei geholfen hatten, den Franzosen mit den arabischen Wurzeln zu vergessen. Jedenfalls hatte sie geglaubt, dass sie ihn vergessen könne. Erst vor zwei Jahren hatte sie sich resignierend eingestehen müssen, dass Samir für immer ein Teil ihres Lebens sein würde. Aber verzeihen würde sie ihm nicht.

„Wolltet ihr nicht heiraten?"

„Sie ist gestorben." Er verstummte.

Camille erschrak, und bestürzt sah sie Samir an, dessen Miene ausdruckslos war. Plötzlich schämte sie sich ihrer hasserfüllten Gedanken der jungen Frau gegenüber, und sie begriff, dass er nicht darüber reden wollte. Anscheinend hatte er die Trauer noch nicht bewältigt. „Das tut mir leid", flüsterte sie. Es war die Wahrheit.

Er sah ihr in die Augen, seine Pupillen wurden größer. Sie senkte den Blick und spielte mit den Fingern an dem Laptop herum, der unbenutzt auf dem Tischchen stand und sich inzwischen abgeschaltet hatte. Der Roman konnte warten.

„Es ist schon zwei Jahre her. Krebs."

Camille nickte, ohne aufzublicken. Sie wollte nicht in seinen Verlust eintauchen. Ihre Arbeit in der Apotheke hatte sie gelehrt, den Kummer anderer Menschen nicht zu sehr an sich heranzulassen. Sie nahm einen Schluck aus dem Pappbecher.

Samir lachte. „Das Zeug kann man nicht trinken."

Sie verzog angewidert den Mund. „Stimmt." Der Kaffee war ungenießbar. Kalt, dünn und bitter. Sie grinste Samir an und machte sich zugleich klar, dass sie die erste und schwierigste Begegnung überstanden hatte. Bald würden sie auf Greta und Falko treffen, dann würde es ihr leichtfallen, Samir aus dem Weg zu gehen. Und ansonsten würde sie versuchen, ihn einfach als einen Freund zu betrachten. So wie damals, als sie ihm im Alter von sechs Jahren zum ersten Mal begegnet war und er sie und Julien sofort in sein Herz gelassen hatte.

Er war im Grunde nicht nur ihr bester Freund, sondern auch ihr bester Französischlehrer gewesen. Sie hatten sämtliche Sommerferien gemeinsam verbracht. Samir hatte sich ihnen angeschlossen und sie sich seiner Familie. Jedes Jahr waren die Sommerferien in der Bourgogne der Höhepunkt des Jahres gewesen. Bis Samir sein Baccalauréat in der Tasche hatte und nach Paris gegangen war.

In Gedanken wischte Camille mit der Hand durch die Luft. Das alles war längst vorbei. Jetzt waren sie erwachsen und hatten eine spätsommerliche Woche in der Bretagne vor sich. Das Finistère sollte einen ganz besonderen rauen Charme besitzen. Camille freute sich darauf. Sie war fest entschlossen, diese Zeit zu genießen. Und Samir? Der würde sie nicht daran hindern. Im Gegenteil, beschloss sie, sie würde einfach die Freundschaft mit ihm an dem Punkt wieder einsetzen lassen, an dem er noch ein Kumpel gewesen war, kein Junge, der ihr Herz hatte höherschlagen lassen. Ja, so wollte sie es machen. Sie sah ihm in die Augen. „Schön, dich wiederzusehen."

Er nickte. „Das finde ich auch."

Von unter dem Tisch klang tiefes, gleichmäßiges Atmen herauf. Der Bully schien fest zu schlafen. Camille deutete mit dem Kinn nach unten und lächelte. „Du hast dir wieder einen Hund zugelegt?"

Samir nickte. „Ich habe ihn von meinem besten Freund Philippe und seiner Frau Florence einfach aufs Auge gedrückt bekommen."

Ja, Camille erinnerte sich: Florence und Philippe waren Freunde von Sophie Thielen. Die beiden hatten im letzten Frühling dafür gesorgt, dass Samir als Blind Date Sophie zu der legendären Geburtstagsparty von Yannis Jouvet, dem Chef der *Galéries Jouvet* in Metz, begleitet hatte.

Sie zog die Brauen hoch. „Aufs Auge gedrückt?"

„Ja, es war ein geschickter Schachzug. Sie gaben dem Hund den Namen Banou, der in der arabischen Sprache so viel wie *die Angesehene* oder *edle Dame* bedeutet."

Camille kicherte. Was für ein lustiger Name für so einen bulligen Hund. Auch wenn sie eingestehen musste, dass Banou Charme versprühte und nicht nur wegen ihrer Knopfaugen unwiderstehlich wirkte. „Aber wieso aufs Auge gedrückt, das verstehe ich immer noch nicht ganz?"

„Florence ist vor fünf Monaten schwanger geworden und hat ziemlich unerwartet eine Allergie gegen Hunde- und Katzenhaare entwickelt", er zögerte, blies die Wangen auf und blickte zur Seite. „Sie wollten für das Ungeborene nichts riskieren. Kann man ja verstehen."

„Und deshalb haben sie ihn dir gegeben?"

„Sie meinten, da der Hund schon einen arabischen Namen habe, würde er perfekt zu mir passen."

„Aber wie ist das mit deinem Job vereinbar?"

„Tja, das war ihr zweites schlagendes Argument: Ich kann sie einfach mit ins Büro nehmen. Neben meinem Schreibtisch steht ihr Körbchen. Und in dem Haus, in dem ich wohne, sind Hunde auch willkommen. Die Hausmeisterin nimmt sich meines Hundes an, wenn ich einen Außentermin habe oder auf Geschäftsreise bin."

„Aber jetzt hast du ihn dennoch dabei?"

„Ja, sie ist erst zehn Monate alt, und länger als ein, zwei Tage waren wir noch nicht getrennt. Außerdem", er zuckte die Schultern, „spricht nichts dagegen, sie mitzunehmen. Sie wird nicht stören. Das Meer und der Strand werden ihr gefallen."

Camille feixte. „Allerdings hat sie Schwierigkeiten mit dem Maulkorb. Weißt du noch, wie verloren wir damals irgendwo im Nirgendwo mit deinem Terrier Luke an der Bushaltestelle standen, weil der Busfahrer uns mitsamt dem Hund vor die Tür gesetzt hatte?"

„Ja, und dann sind wir fast zehn Kilometer zu Fuß gelaufen. Aber Banou ist wenigstens nicht so hektisch wie Luke damals. Der wollte ja nicht mit Bellen aufhören, somit war er selbst schuld daran, dass wir aussteigen mussten. Banou ist ruhiger.“

„Findest du wirklich? Vorhin hat sie ziemlich hektisch gebellt.“ Beide lachten. Ja, dachte Camille, auf diesem Niveau konnte ihre gemeinsame Zeit funktionieren. Sie musste einfach an der Oberfläche bleiben. Außerdem kam sie in diesem Moment zum ersten Mal auf den Gedanken, dass sie sich womöglich all die Jahre geirrt hatte: Vielleicht ahnte Samir nicht einmal, was sie damals für ihn empfunden hatte. Sie hatte sich nie getraut, es ihm zu sagen. Und als sie endlich selbst kapiert hatte, dass sie es sagen *musste*, weil sie sonst platzen würde, waren seine Mails ausgeblieben. Was für ein Glück, dass sie die ehrliche Liebeserklärung niemals abgeschickt hatte, die mehrere Wochen in ihrem Ordner für Entwürfe gelagert hatte!

Sie lehnte sich zurück und schloss die Augen. Das gleichmäßige Atmen des Hundes hatte eine geradezu hypnotische Wirkung auf sie. Plötzlich fiel alle Anspannung ab, und sie spürte, wie müde sie war.

„Ich glaube, ich werde ein bisschen schlafen“, murmelte sie.

„Tu das. Mal sehen, ob Greta und Falko den Mietwagen bekommen haben.“ Er zückte sein Handy und schaltete es ein.

„Mhm“, war Camilles genuschelte Antwort, dann schlief sie ein.

Kapitel 3

Camilles Schulter wurde sanft gedrückt.

„Camille, réveille-toi", drang eine angenehm dunkle Stimme in ihr Ohr. Sie schloss den Mund und leckte über ihre trockenen Lippen. Erst dann wachte sie richtig auf und erkannte, wo sie war – in einem Zug. Ihren Kopf hatte sie im Schlaf zur Seite sinken lassen, und der wohlige Geruch, der sie so tief hatte schlafen und von Ferien in der Bourgogne träumen lassen, kam von einer breiten Schulter. Sie schreckte auf. Hatte sie an Samirs Schulter geschlafen? Und womöglich geschnarcht oder, sogar noch schlimmer, sein Poloshirt vollgesabbert? Verstohlen warf sie einen Blick auf den Stoff, doch da war alles trocken. Ein Glück.

Ihre Augen brannten ein bisschen, als sie Samir verschlafen anblinzelte. „Wie lang habe ich geschlafen? Sind wir schon da?"

Er lächelte. „In fünf Minuten fahren wir in den Bahnhof ein, deshalb habe ich dich geweckt. Und bevor du fragst: Nein, du hast nicht geschnarcht, bloß mit Banou um die Wette geatmet. Ich bin sogar selbst kurz eingenickt. Und ihr habt nicht nur mich in Narkose versetzt." Sein Lächeln wurde zu einem Grinsen, mit dem Kinn zeigte er auf die beiden Jungs ihnen gegenüber, die anscheinend auch gerade aus einem Nickerchen aufwachten. „Man sollte euch beide als Anästhetikum in Betracht ziehen – oder zumindest als zuverlässiges Beruhigungsmittel."

Camille lachte und streckte ihre Arme über den Kopf. „Dann lass uns unser Gepäck holen. Meines ist dahinten." Sie deutete hinter sich.

„Gut, wir sehen uns gleich auf dem Bahnsteig. Mein Koffer steht am anderen Ende des Waggons."

Zehn Minuten später traten sie aus dem Bahnhofsgebäude heraus und scannten den Vorplatz, auf dem geparkte Autos standen, nach Greta und Falko ab.

„Wie sehen die beiden denn aus?" Samir warf Camille einen Blick zu, bevor er die Reihen der Autos nochmals betrachtete.

„Beide sind groß und blond." Camille grinste. „Sie könnten als Models durchgehen. Falko ist ein Sportfreak und Greta sieht aus wie Doutzen Kroes, falls dir das was sagt." Also so ziemlich das Gegenteil von mir, fügte sie in Gedanken hinzu. Es war jedenfalls wohltuend, dass Samir sie um höchstens fünf Zentimeter überragte.

Auch Camille suchte mit den Blicken den gesamten Parkplatz ab, konnte aber weder einen Avis-Mietwagen noch die beiden Freunde irgendwo entdecken. Am Straßenrand ließ sie sich auf einem der niedrigeren Poller nieder und suchte ihr Smartphone heraus, um ihre WhatsApp-Nachrichten zu checken. Niemand hatte sich gemeldet.

Sie tippte auf das Symbol für den Messenger-Dienst und suchte nach Gretas Kontakt, dann schrieb sie mit raschen Bewegungen ihrer Finger eine Nachricht.

Samir und ich sind da. Habt ihr den Mietwagen schon bekommen? Wir stehen vorm Bahnhof.

Sie blickte die Straße hinauf und hinunter, dann vibrierte das Smartphone in ihrer Hand auch schon.

Sind in fünf Minuten am Bahnhof.

Haben noch Sachen zum Essen und Trinken eingekauft. Abendessen ist gesichert. Ich hoffe, du magst Rotwein... :)

Camille lachte und zeigte Samir die Nachricht. Seine Augen blitzten vergnügt hinter den Brillengläsern. „Sehr gut! Auf die Idee bin ich noch gar nicht gekommen. Wer weiß, was es in der Ferienwohnung an Vorräten gibt."

Camille stand wieder auf und streckte sich. Die lange Zugfahrt steckte ihr in den Knochen, und Hunger hatte sie auch. Sie mussten ja noch eine Weile fahren, bis sie den kleinen Ort an der Küste erreichten. Gut, dass die abendliche Versorgung gesichert war. „Boah", stöhnte sie und zupfte am Bund ihrer Jeans herum, die an den Beinen klebte. „Bin ich froh, wenn ich diese Klamotten endlich ausziehen kann!"

„In Saarbrücken war das Wetter wohl noch schlechter als in Metz?"

„Oh ja. Ich bin froh, dass ich noch eine Woche Sommer vor mir habe."

Ein kleiner weißer Peugeot rollte langsam die Straße entlang, als suche er nach etwas. Camille stellte sich auf die Zehenspitzen und beschattete ihre Augen, um hinter der Frontscheibe jemanden erkennen zu können. Und tatsächlich: Hinter dem Lenkrad saß eine Person mit hellblonden Haaren – und auf dem Beifahrersitz konnte sie ebenfalls blonde Haare erkennen. Ob der

Wagen groß genug für sie alle sein würde? Sie warf einen Blick auf ihren Trolley und Samirs Koffer, der ebenfalls nicht ganz klein war. Vielleicht weil sich in ihm ein ganzes Hundekörbchen versteckte?

„Da sind sie, komm!" Camille raffte Rucksack, Jacke und Trolley zusammen und ging auf eine Parkbucht zu ihrer Rechten zu, die Greta in diesem Moment ansteuerte. Samir fasste Banous Leine kürzer und griff nach seinem Koffer, um ihr zu folgen. Im Augenwinkel meinte Camille zu erkennen, dass sein Gesicht ein bisschen unsicher wirkte.

Der Motor des Wagens – es war ein Peugeot 208, wie Camille jetzt auf der Heckklappe lesen konnte – wurde abgeschaltet, die Türen öffneten sich, und auf beiden Seiten wurden zuerst lange, wohlgeformte Beine in kurzen Hosen sichtbar. Camille musste kichern, als Falko und Greta sich aus dem kleinen Auto herausfalteten und zu ihrer vollen Größe aufrichteten. Ein beeindruckendes Bild, das musste man schon zugeben. Beide gingen hinter den Wagen, Greta öffnete den Kofferraum, dann blickten sie Camille und Samir entgegen.

Ein freudiges Kribbeln stieg in Camilles Brust auf. Sie erinnerte sich unwillkürlich an Mias Hochzeit zurück, bei der sie die beiden so gut kennengelernt hatte. Die Tänze mit Falko hatten ihr geholfen, das Chaos mit Carlo zu überstehen, dem Typ, der damals noch mit Greta liiert war und ihr, Camille, gleichzeitig heftigste Avancen gemacht hatte. Was für ein Horst! Er hatte sowohl Camilles als auch Gretas Lebenslauf um eine weitere schlechte Erfahrung mit einem Mann erweitert.

Camille zuckte innerlich mit den Achseln. Sie alle hatten das Beste daraus gemacht, und nicht zuletzt hatte sie dank Carlo eine gute neue Freundin gewonnen. Camille und Greta hatten sich in der ersten Jahreshälfte einige Male in Aachen getroffen, und einmal war Greta sogar nach Saarbrücken gekommen, um ein Stück der kleinen deutsch-französischen Theatergruppe zu sehen, bei der Camille mitspielte. Sie hatte ein paar Tage mit in ihrer kleinen Wohnung am Schloss gewohnt, von wo aus sie Ausflüge in die Umgebung gemacht hatten. Sogar ein gemeinsamer Besuch bei Sophie in Metz hatte noch geklappt.

Greta streckte ihr die Arme entgegen, und Camille ließ den Trolley los, um sich an die Freundin zu schmiegen. Sie umarmten sich fest.

„Ach ist das schön, dich zu sehen!" Greta drückte ihr ein Küsschen auf die Wange, dann ließ sie sie los, und Falko umarmte sie ebenfalls. Er wiegte sie leicht hin und her. Camille hoffte, dass ihr Deo nicht komplett versagt hatte, genoss aber die Berührung. Falko wirkte wie jemand, bei dem man sich anlehnen konnte. Kurz flammte das Gefühl wieder in ihr auf, das sie beim Tanz auf Mias Hochzeit von ihm empfangen hatte – Nähe und Verständnis.

Greta hatte sich zu Samir umgedreht und blickte nun die Hündin an, die die Neuankömmlinge aufgeregt beschnupperte und ihre Aufmerksamkeit wie ferngesteuert zu sich herunter zog. „Du musst Samir sein", sagte sie, obwohl ihr Blick noch immer auf dem Hund lag, der wie wild mit dem gesamten Hinterteil wackelte. Samirs Lachen klang bis in Camilles Rückenmark. Sie streckte den Rücken durch, um das eigenartige und unangenehme Gefühl zu vertreiben.

„Nein, das ist meine Hündin Banou, ich bin Samir." Er sprach Deutsch. Wie lange hatte Camille seinen Akzent nicht mehr gehört! Bei seiner launigen Bemerkung sah Greta auf, lächelte und streckte ihm nach deutscher Sitte die Hand hin, die er ein bisschen verdutzt entgegennahm. Nach einer Sekunde der Besinnung beugte er sich dann vor und gab Greta *Bises*. Auch Falko begrüßte er auf die französische Art, wobei er ihm einen Klaps auf den Rücken gab, als wären sie alte Freunde.

„Ich freue mich, dich kennenzulernen. Du trinkst hoffentlich Rotwein?" Falko sah Samir mit einem offenen Blick an, der sowohl dessen Gesicht als auch seine Gestalt umfasste. Ein bisschen schien es, als würden die beiden einander abschätzen.

„Natürlich", erklärte Samir. „Am liebsten einen kräftigen Bourguignon."

„Na so ein Zufall", rief Greta aus, zwinkerte Camille zu und griff nach ihrem Trolley, um ihn in den Kofferraum zu heben. „Dann habe ich genau das Richtige für uns geholt. Die hatten in dem kleinen Weinladen am Ende der Straße nämlich genau die Sorte, die wir beide getrunken haben, als ich dich in Saarbrücken besucht habe."

„Du hältst der Bourgogne also die Treue, Camille?"

Ob Samir die Doppeldeutigkeit seiner Frage bewusst war? Wohl kaum. Camille feixte. „Ja, tue ich." Sie reichte Greta ihre Jacke, damit diese sie auch noch in den Kofferraum stopfen konnte.

„Oh je", Falko rieb sich den Nacken und blickte auf den Kofferraum hinab. „Nichts geht mehr. Ich schätze, wir müssen umpacken. Dein Koffer ist für einen Kerl ganz schön ..." Er hielt inne und musterte Samir, der selbstbewusst grinste.

„Ganz schön ...?"

„Groß."

Widerwillig begann Falko damit, alle Gepäckstücke wieder herauszuheben: Camilles Trolley und den von Greta, außerdem einen Trekkingrucksack, der vermutlich ihm selbst gehörte. Daneben stellte er die Einkaufstaschen eines Supermarkts und des erwähnten Weinladens. Als alles nebeneinander aufgereiht stand, reichte Samir Camille die Hundeleine, legte seinen Koffer als unterstes in den Kofferraum, wo er gerade so hineinpasste, dann stopften sie die anderen Gepäckteile wieder darüber.

Am Ende quetschten Camille und Samir sich mitsamt den Einkaufstaschen auf die Rückbank. Banou saß auf Samirs Schoß und starrte unverwandt durch die Seitenscheibe nach draußen, während Greta den überfüllten Wagen umsichtig durch Quimpers Straßen steuerte und sie bald darauf durch die Landschaft in Richtung Küste kutschierte.

Unterwegs sahen sie neben einem der Monolithen, für die die Bretagne berühmt war, ein paar verfallene, uralte Kapellen und Klöster, die wie Boten einer vergangenen Zeit in der Landschaft standen. Die Gemäuer schimmerten im Sonnenlicht in dem besonderen hellen Braun, das Camille unbewusst bereits mit der Bretagne in Verbindung brachte, vermutlich aufgrund der vielen Fotos, die sie sich vor der Reise angesehen hatte. Es schien, als würden manche der Ruinen in Schuss gehalten, denn in den Gemäuern, die großenteils keine Dächer mehr trugen, sah sie keine Bäume oder Büsche. Bei anderen wuchsen hingegen große Bäume und Sträucher im Innern über die Mauern hinaus, wie es üblich war, wenn die Natur ein verfallendes Bauwerk zurückeroberte.

Bald hatte sie das Gefühl, in einer anderen Welt und Zeit gelandet zu sein. Die Vegetation wucherte üppig, auch wenn das Gras jetzt im Spätsommer ausgetrocknet wirkte. Im Vorbeifahren entdeckte Camille Feigen- und Lorbeerbäume, Rosmarin und andere kräftig grüne und blühende Kräuter, und ganze Meere von Hortensien, die in vielen Gärten der kleineren Ortschaften, die sie durchfuhren, in allen Farbschattierungen von Rosa, Violett und Blau glühten.

Es wirkte, als saugte auch der Hund an der Fensterscheibe all das in sich auf. Camille musste lächeln bei dem Gedanken, ob Banou wohl einen Unterschied zur Flora in ihrer Heimat erkannte. Samir warf ihr einen Seitenblick zu und erwiderte ihr Lächeln. Das Gespräch war verstummt. Alle schienen müde von der Reise oder bewunderten die beinahe verwunschen wirkende Landschaft.

Nach einer guten halben Stunde passierten sie endlich das Ortsschild von Penmarch, auf dem der Name in der französischen und der bretonischen Schreibweise stand. Der Ort wirkte verschlafen, auf den Straßen war keine Menschenseele unterwegs. Auch hier tupften blühende Sträucher ganze Farbmeere in die Vorgärten, und besonders die flammend roten, hauchzarten Fäden der gefächerten Blüten der Albizia hatten es Camille angetan. An den typischen Häusern mit den breiten gemauerten

Kaminen, die auf beiden Seiten an den Giebelspitzen über die Dächer hinauswuchsen, konnte sie sich einfach nicht sattsehen. Viele der Bewohner hatten die Klappläden in leuchtendem Türkis gestrichen. Camille liebte diese Farbenpracht, die dank des Lichts der dem Horizont zuwandernden Sonne geradezu überirdisch leuchtete. Sie atmete tief ein und aus und hatte das Gefühl, ihre Lungenflügel würden sich mit der klaren Luft ausdehnen. Und das, wo sie doch in einem zu kleinen, stickigen Auto saß, verschwitzt von der Reise in ihrer viel zu warmen Kleidung, neben Samir, dessen Deo so langsam ebenfalls versagte. Und dazu der schwarze Hund, dessen Fell einen süßlichen Geruch absonderte, da auch auf ihn die ganze Zeit die Sonne schien, was die Bulldogge sichtlich genoss. Sie hatte vor einer Weile die Augen geschlossen und schlief, laut und gleichmäßig atmend.

„Da wären wir", sagte Greta, die frisch wie der Morgentau wirkte. „Jetzt müssen wir bloß noch das Haus finden."

Falko hatte in seinem Smartphone die Navigationsapp eingeschaltet und gab ihr genaue Anweisungen, wie sie fahren sollte. Sie kamen an den Rand des Ortes und erreichten endlich die Küste.

„Seht mal, da ist der Leuchtturm!" Camille legte den Kopf schief, damit sie einen Blick darauf erhaschen konnte. „Wie heißt er noch mal?"

„Phare d'Eckmühl", antwortete Samir.

Camilles Augen weiteten sich vor Freude. Hinter dem Leuchtturm erstreckte sich der tiefblaue Ozean bis zum Horizont. „Können wir kurz anhalten?", hörte Camille sich sagen, obwohl sie sich seit Stunden nichts sehnlicher wünschte, als endlich aus dieser unglaublich warmen Jeans zu kommen.

„Das hatte ich eh vor", erklärte Greta. „Ich fahre so dicht ans Meer ran wie möglich."

Sie parkte den Wagen am Rand der Straße, und sie stiegen aus und streckten sich. Die frische Luft überfiel Camille wie eine wohltuende Dusche. Mit zwei raschen Schritten ging sie zu der Mauer, die neben dem Bürgersteig entlanglief und ihr bis zum Bauch reichte. Sie lehnte sich gegen den warmen, hellen Stein und ließ den Blick über die flachen, zerklüfteten Felsen wandern, die aussahen, als wären sie vor Urzeiten ins Meer geflossen, um dann zu erstarren. Sie erstreckten sich unterhalb der Mauer weit in den Ozean hinein, und das Salzwasser leckte an ihnen.

Camille entdeckte unzählige winzige Muscheln in den Furchen zwischen dem Gestein und nahm sich vor, wiederzukommen und welche zu sammeln. Dann blickte sie weiter, bewunderte den Leuchtturm, der so anders aussah als die bunt gestreiften, die sie von Nord- und Ostsee kannte. Dieser war in der Naturfarbe des für die Region typischen Granitgesteins belassen. Nur die Kuppel, die auf den Turm gesetzt worden war und in der sich nachts das Licht drehte, leuchtete wie eine weiße Blüte auf einem mächtigen, nach unten immer breiter werdenden Stängel. Camille drehte sich um und betrachtete die Häuschen und das kleine Café auf der gegenüberliegenden Straßenseite, und alles, was vom trüben Saarbrücker Sommer noch in ihr schlummern mochte, fiel restlos von ihr ab.

Ihr Magen meldete sich und sagte ihr, dass sie jetzt endlich etwas essen musste. Zumal die frische

Meeresluft ihren Appetit zusätzlich anheizte. Übermütig hängte sie sich bei Greta ein, deren Blick in der Ferne auf den irrlichternden Sonnenflecken im Ozean ruhte. „Hast du auch solchen Kohldampf?" Dann lachte Camille den beiden Jungs zu, die genauso verträumt dastanden und die frische Luft genossen. „Die Seeluft macht hungrig, findet ihr nicht auch?" Bei ihrer Bemerkung spitzte Banou die Fledermausohren und sah Camille mit einem herzerweichenden Blick an. Samir hatte sie, nachdem sie ihr kleines Geschäft erledigt hatte, auf die Mauer gesetzt, von wo aus sie in alle Himmelsrichtungen schnuppern konnte. Jetzt stellte sie sich auf alle Viere und starrte von Camille zu Samir.

„Hat sie verstanden, was ich gesagt habe? Kann sie Deutsch?"

Samir gluckste. „Kohldampf? Wohl kaum, aber vermutlich riecht sie deinen Hunger. Oder sie hat an der Tonlage erkannt, was du willst."

„Es ist nicht mehr weit", erklärte Falko, während sie wieder in das Auto stiegen. „Wenn wir hier ein Stück an der Mauer entlangfahren und dann die nächste links einbiegen, stoßen wir auf die Rue de Kervily."

„Dann wohnen wir also ganz nah beim Meer?" Camille freute sich darauf, morgens und vielleicht auch abends dort spazieren zu gehen. Zwar hatte sie noch keinen Strand entdeckt, aber der konnte nicht weit sein.

Wenige Minuten später hielt Greta vor einem Haus an. Es war offenbar nicht so alt wie der Kern von Penmarch, wie Camille mit Bedauern feststellte, dabei hatte sie darauf gehofft, in einem typisch bretonischen

Haus zu wohnen. Zwar war es ein hübsches Gebäude mit gemauerten kleinen Balkons auf beiden Seiten der Eingangstür, aber es erinnerte sie eher an moderne, schnell hochgezogene Ferienanlagen in Touristenregionen auf Mallorca, wo sie während ihrer Ausbildung ein paar Mal mit Freundinnen und Freunden gewesen war. Dagegen war nichts einzuwenden, aber in ihrem Wunschtraum hatte sie sich nun mal eines der uralten bretonischen Häuser aus rauem Kersantongranit mit dem breiten Kamin ausgemalt. Das Gebäude, vor dem sie standen, hatte eine glatte Fassade und war weiß gestrichen. Nicht einmal der Kamin hatte die richtige Form, sondern ragte irgendwo aus dem Dach und war quadratisch wie zu Hause. Camille riss sich zusammen. Das Haus war offensichtlich neu, sah gepflegt und einladend aus, wie konnte sie darauf mit solcher Enttäuschung reagieren?

Falko war bereits ausgestiegen und zur Tür gegangen, wo er die Klingel drückte. Die anderen folgten ihm. Aus dem Inneren erscholl Hundegebell. Banou antwortete sofort darauf und legte sich in die Leine. Samir blieb hinter den anderen, fasste die Leine kurz und versuchte die Hündin zum Schweigen zu bringen. Eine schwarz gekleidete Frau um die fünfzig öffnete die Tür und sah zu Falko auf. Sie wirkte überrascht. „Oui?" Sie zog das kleine Wort in die Länge.

Camille sprach sie auf Französisch an. „Bonjour, wir kommen aus Deutschland. Für uns ist für eine Woche ein Appartement in diesem Ferienhaus angemietet."

Die Frau runzelte die Stirn, dann atmete sie tief ein und aus. „Mais vous n'avez pas reçu mon message?"

Camilles Hals wurde eng. Sie sollten eine Nachricht bekommen haben? Da stimmte etwas nicht. „Non", antwortete sie zögernd. „Quel message?"

„J'ai envoyé des e-mails à toutes les adresses que Madame Hübner m'a données. Je suis désolée, mais j'ai besoin de l'appartement moi-même pour encore deux jours."

„Was sagt sie?" Greta berührte Camilles Oberarm. „Stimmt etwas nicht?"

„Das kann man wohl sagen. Sie sagt, sie hätte uns allen gemailt. Sie braucht das Appartement selbst für weitere zwei Tage."

Falko rieb seinen Nacken. „Ups", sagte er und verzog das Gesicht. „Und jetzt?"

„Aber das geht doch nicht." Greta fuchtelte mit den Händen. „Wie kann sie denn das Haus einfach kurzfristig selbst nutzen wollen?"

Die Miene der Französin wirkte auf Camille so unglücklich, dass sie sich fragte, ob die schwarze Kleidung der Frau auf einen Trauerfall hindeutete. Das Gebell im Hintergrund war indessen lauter geworden, und auch Banou wurde immer nervöser, die Haare auf dem Rückgrat zu einem Kamm hochgestellt, während sie wie verrückt bellte und an der Leine zerrte. Samir hatte alle Mühe, sie festzuhalten. Erstaunlich, welche Kraft der nicht mal kniehohe Hund an den Tag legen konnte, wenn er glaubte, seine Menschen verteidigen zu müssen. Bevor Camille noch etwas sagen konnte, schoss an den Beinen der Frau ein mittelgroßer brauner Hund vorbei und rannte auf Banou zu. Er schien noch jung zu sein, Camille vermutete, dass es sich um einen Labrador handelte. Die Hunde beschnupperten sich, dann forderte der größere den kleineren mit putzigen Bewegungen zum Spielen auf, indem er den Oberkörper senkte, als wolle er sich vor Banou verbeugen, und sie mit der Schnauze anstupste. Wenigstens hatte das hektische Gebell damit aufgehört.

Camille drehte sich wieder zur Haustür, in der nun ein etwas älterer Mann aufgetaucht war, der sich neben die Vermieterin stellte. Er hatte die beiden Hunde im Blick, wandte sich dann jedoch Camille zu.

„Bonjour", sagte er und wechselte sofort ins Bretonische, um mit der Vermieterin zu reden.

Camille verstand kein Wort und hörte fasziniert dem fremden Klang zu, der einen französischen Einschlag hatte. Sie nutzte die wenigen Momente, um den Mann genauer zu betrachten. Er war ebenfalls komplett in Schwarz gekleidet, seine weißen Haare hatte er sauber mit Gel in Form gekämmt, wobei sich vereinzelte drahtig abstehende Strähnen dagegen zu wehren versuchten und ahnen ließen, dass er Locken haben musste. Sein Gesicht war braun gebrannt, die vielen Fältchen, die vor allem um die leuchtend grauen Augen herum lagen, hoben sich hell davon ab. Er mochte um die sechzig sein. Seine Stimme klang knurrig, aber nicht unfreundlich.

Das Gespräch zwischen den beiden ging eine ganze Weile hin und her, dann legte der Mann plötzlich seine Hand an den Ellbogen seiner Gesprächspartnerin, und sofort flossen bei ihr die Tränen. Sie beugte den Kopf und hielt sich die Stirn, während ihre Trauer sie zu überfluten schien. Camille schluckte. Am liebsten hätte sie dem Paar versichert, dass es kein Problem sei, sich eine andere Unterkunft zu suchen, doch da sprach der Mann sie schon auf Hochfranzösisch an, das sie problemlos verstand.

„Hören Sie, es ist ein Unglück geschehen. Louanes Tochter Maelle ist vor wenigen Tagen bei einem schlimmen Sturm hier in der Nähe verunglückt, heute war die Beerdigung. Louanes Kinder sind mit ihren Familien zu Besuch, deshalb ist das Appartement noch belegt. In zwei Tagen können Sie es beziehen." Er runzelte die Stirn und sah das Grüppchen der vier an. „Aber das wird Ihnen jetzt nichts nützen ..."

„Mein herzliches Beileid", sagte Camille zu der Frau mit dem außergewöhnlichen Vornamen und streckte ihr unsicher die Hand hin. Ihr Magen verknotete sich. Wahrscheinlich war Louanes Tochter ungefähr so alt wie sie selbst gewesen, jedenfalls nicht viel älter.

Louane nahm die Hand entgegen und drückte sie sacht, dann murmelte sie eine Entschuldigung, drehte sich um, verschwand wieder im Haus und überließ es dem Mann, die Dinge zu klären. Da er von ‚Louanes Tochter' gesprochen hatte, vermutete Camille, dass er nicht der Ehemann und Vater ihrer Kinder war.

„Erlauben Sie mir, dass ich mich vorstelle. Mein Name ist Erwann Guéguen. Es ist wirklich ein Unglück, wir haben so lange keinen tödlichen Unfall mehr hier in Penmarch gehabt. Maelle war bei dem schrecklichen Sturm letzte Woche am Meer spazieren. Wir wissen nicht, wie es passieren konnte, schließlich ist sie hier aufgewachsen und kannte sich aus. Sie muss ausgerutscht sein und sich an den Felsen den Kopf angeschlagen haben, dann wurde sie ins Wasser gezogen. Nicht einmal weit, die Felsen in Küstennähe haben sie festgehalten, sonst hätten wir sie wohl nie gefunden.“

Camille hatte sich die Hand vor den Mund geschlagen. Leise übersetzte sie für die anderen, was Monsieur Guéguen ihr erzählte.

Greta zog zischend den Atem ein. „Oh Gott, was für ein Unglück! Natürlich finden wir eine andere Wohnung. Lasst uns zur Touristeninformation fahren, an der wir vorhin vorbeigekommen sind.“

„Das tut uns sehr leid“, erklärte Camille Monsieur Guéguen, „wir fragen bei der Tourist-Info nach einer freien Ferienwohnung. Bitte machen Sie sich keine Sorgen.“

„Wie furchtbar!“, sagte Greta, während sie die Fahrertür öffnete. „Hoffentlich ist das kein schlechtes Omen für unseren Urlaub!“

Kapitel 4

Wenige Minuten später sah Falko ungläubig auf seine Armbanduhr. „Viertel vor sechs?" Er schüttelte den Kopf. Sie standen vor dem modernen, aus Granit gebauten Gebäude, in dem das *Office de Tourisme* untergebracht war, wie große kobaltblaue Lettern verrieten. Doch es war geschlossen. Sie waren eine Viertelstunde zu spät. Samir trat auf die gläsernen Türen zu, legte beide Hände an die Scheibe und ging mit dem Kopf dicht ran, um innen etwas zu erkennen.

„Es ist niemand mehr da", sagte er und zog bedauernd die Schultern hoch. „Was machen wir jetzt?"

„Wir müssen die Pensionen abfahren, schätze ich." Greta verzog das Gesicht. „Dank Smartphone und Internet ist das ja heute kein Problem mehr. Aber ..." Sie blickte von Camille zu Falko, dann zu Samir. „Könnten wir vorher eine Kleinigkeit essen? Ich kippe sonst um."

Camille erinnerte sich an den Appetit der gazellenschlanken Greta. Wenn der Hunger sie plagte, verstand sie keinen Spaß.

Als niemand sofort antwortete, zog sie eine Grimasse. „Und dieser tödliche Unfall macht es nur noch schlimmer. Schlechte Nachrichten geben mir immer das Gefühl, dagegen anessen zu müssen. Die junge Frau muss in unserem Alter gewesen sein, das ist einfach furchtbar, oder?"

„Ja", stimmte Samir zu, „das ist es. Aber ist es nicht dennoch klüger, wenn wir uns zuerst um eine Unterkunft kümmern? Dann können wir den ganzen

Abend noch mit Essen verbringen." Er lächelte Greta an.

Sie zog einen Flunsch. „Wenn ihr meint. Aber kann jetzt mal jemand anderes fahren?"

„Klar, ich mache das." Falko nahm ihr den Schlüssel ab und stieg auf der Fahrerseite ein.

„Du kannst nach vorne", bot Greta Samir an und ließ sich auf die Rückbank sinken. Als Camille neben ihr einstieg, zog Greta ein Baguette aus einer der Einkaufstaschen zu ihren Füßen und brach ein Stück davon ab. „Wenn ich Hunger habe, habe ich Hunger", flüsterte sie Camille zu. „Ich lass mir von keinem Kerl das Essen verbieten."

Belustigt zog Camille eine Grimasse. Dann brach auch sie ein Stück Brot ab und reichte es nach vorne durch. Samir bedankte sich und begann zu knabbern, und selbst Falko nahm ein Stück.

Gretas Laune sank trotz des Snacks in der nächsten Stunde spürbar weiter. Niemand hatte eine Unterkunft für vier Personen frei. Sie entfernten sich immer weiter vom Ort, und langsam fiel es auch Camille schwer, ihre gute Laune zu bewahren. Die Schönheit der Landschaft, das besondere Licht und die üppige Vegetation nutzten sich schnell ab, wenn man seit Stunden in viel zu warmen Klamotten in einem Kleinwagen saß und keiner wusste, wo sie später schlafen würden. Nur der Gedanke an Mia, ihre Cousine, die doch alles so schön geplant hatte, verhinderte, dass Camille ihrer miesen Stimmung nachgab.

Falko seufzte. „Versuchen wir es beim Campingplatz? Vielleicht gibt es dort einen Wohnwagen oder ein Mobilheim zum Mieten?“

„Ein Traum“, murrte Greta, „aber wir haben wohl keine andere Wahl. Hauptsache, wir können bald etwas Richtiges essen.“

Auf dem Campingplatz war nichts frei. Im Auto herrschte Stille, als Falko den Wagen wieder zurücklenkte und auf langen kurvigen Wegen zwei weitere Campingplätze anfuhr. Die Sonne stand inzwischen tief, und der Himmel nahm eine orangefarbene Tönung an.

„Kaum zu fassen, dass alles ausgebucht ist.“ Greta raufte sich die Haare, die inzwischen etwas strähnig auf ihre Schultern herunterhingen.

„Es sind noch Ferien“, erklärte Samir lapidar. „Wir haben einen ungünstigen Zeitpunkt erwischt.“

„Wie kann er so entspannt bleiben?“, zischte Greta Camille zu.

Ein belustigtes Schnauben vom Beifahrersitz zeigte, dass er sie gehört hatte.

Camille grinste. Samir war früher schon so gewesen, er hatte immer Ruhe ausgestrahlt. „Sollen wir zum Haus von Louane zurückfahren und sie fragen, ob sie uns jemanden empfehlen kann?“, fragte Camille.

„Was soll das bringen?“, sagte Falko. „Keiner konnte uns bisher einen Rat geben, wo wir es noch versuchen können. So langsam stelle ich mich darauf ein, im Auto zu übernachten.“

Greta quietschte. „Wie bitte, zu viert? Im Sitzen schlafen? Niemals!“

Falko grunzte. „Schlag was Besseres vor." Für ihn, den Sport- und Outdoorfreak, gab es wahrscheinlich Schlimmeres als eine Übernachtung in einem viel zu kleinen Wagen. Im Freien wurde es nachts bereits empfindlich kühl, aber vielleicht würden die Jungs sich im Notfall sogar dazu bereiterklären, draußen zu schlafen, damit die Mädels mehr Platz im Wagen hatten. Trotzdem hatte Camille auf eine so verbrachte Nacht genauso wenig Lust wie Greta.

Diese setzte sich nun aufrecht hin und hielt mit beiden Händen Samirs Nackenstütze, während sie auf Falko einredete. „Gut, hör zu: Wir halten jetzt beim nächsten Restaurant an, das wir sehen, und essen erst mal was. Vielleicht kommt uns mit vollem Bauch noch eine bessere Idee."

Samir drehte sich auf dem Vordersitz nach hinten und musterte Greta. Sie sah ihn herausfordernd an. Ihr Blick ging in ein Lächeln über, als sie seine Worte hörte. „Dann lasst uns zum *La Voilerie* fahren, das ist in der Nähe des Leuchtturms und soll gemütlich und gut sein."

Sobald sie das Restaurant betraten, verschwand Camille mit Greta in der Damentoilette, denn sie fühlte sich endgültig nicht mehr wohl in ihrer Kleidung. Beide beeilten sich damit, sich zu waschen und frisches Deo aufzutragen. Greta kämmte ihre Mähne mit einer kleinen Bürste, die sie aus ihrer Handtasche zog, und fasste sie in einem losen Dutt am Hinterkopf zusammen, den sie mit einem Haargummi hinzauberte. Camille zupfte ihre wirren Locken nur mit den Fingern zurecht. Sie bedauerte, dass sie nicht daran gedacht hatte, sich ein T-Shirt aus dem Trolley mitzunehmen. Aber mit dem hereinbrechenden Abend würde es sicher bald kühler werden.

Als sie in den Gastraum kamen, war Banou bereits mit einer Schale Wasser versorgt worden, Samir und Falko hatten Platz genommen und unterhielten sich mit einem Mann, der neben ihnen stand. Camille sah, dass die Speisekarten auf dem Tisch lagen und eine Flasche Wasser mit Gläsern bereitstand. Sie setzte sich auf die Bank neben Falko, da erkannte sie auch den Mann, mit dem Samir sprach. Klar, die knurrige Stimme war unverwechselbar. Es war Erwann Guéguen. An einem der Nebentische fielen Camille nun auch ein paar andere Personen in schwarzer Kleidung auf. Anscheinend gehörten sie der Trauergesellschaft an.

Guéguen nickte den beiden Frauen zu. „Bonsoir, ich habe schon gehört, dass Sie obdachlos sind." Er zeichnete mit einer Hand Anführungszeichen in die Luft. Dann richtete er sich auf und winkte zu dem Tisch mit den Schwarzgekleideten. „Eglantine", rief er, „kommst du mal bitte?"

Eine drahtige Frau mit kurzen, weizenblonden Haaren und der gesunden Hautfarbe, die den Menschen dieser Region zu eigen war, kam herbei. Das schwarze, schlichte Kleid, das sie trug, unterstrich ihren Typ. Ihr ausdrucksstarkes Gesicht strahlte Offenheit und Stärke aus, auch wenn man ihr ansah, dass sie einen schweren Tag gehabt hatte. Aber vielleicht bildete sich Camille das auch nur ein, weil sie wusste, aus welchem traurigen Grund diese Menschen zusammengekommen waren.

„Oui?", fragte sie und blickte die jungen Leute lächelnd der Reihe nach an.

Guéguen deutete auf die Frau und sagte: „Das ist Eglantine Robineau, eine gute Freundin von mir. Sie besitzt ein paar Ferienwohnungen hier in der Gegend."

Dann sprach er Bretonisch mit Eglantine, und Camille sah Samir fragend an, doch er deutete ein Kopfschütteln an.

Nach einem Wortwechsel von mehreren Minuten wandte Guéguen sich wieder an Samir. „Eglantines kleinstes Ferienhäuschen ist frei. Es liegt in La Madeleine. Allerdings ist es noch nicht aufgeräumt, die Gäste sind heute erst abgereist."

„An meinem Häuschen werden demnächst ein paar Ausbesserungsarbeiten vorgenommen, deshalb habe ich keine Nachmieter bis nächsten Frühling angenommen. Außerdem war ich eigentlich schon auf dem Sprung nach Paris. Ich lebe dort und muss in der Firma nach dem Rechten sehen, verstehen Sie?"

Camille hörte nur, dass ein Häuschen frei war. Ganz egal, ob nicht alle Geräte darin funktionierten und ob es nicht picobello aufgeräumt war …

„Wir nehmen es", kam Greta ihr zuvor, die anscheinend trotz ihres eingerosteten Schulfranzösisch verstanden hatte, worum es ging. Sie strahlte. „Hauptsache, wir haben einen Platz zum Schlafen."

Eglantine lächelte. „Gerne. Dann möchte ich aber vorher rasch das Nötigste in Ordnung bringen. Geben Sie mir noch etwas Zeit?" Sie sprach wieder in Bretonisch auf Erwann Guéguen ein, dieser nickte, antwortete, gestikulierte.

„Gibt es ein Problem?", fragte Camille nach.

„Nein. Ich weiß, wie wir es machen", sagte er zu Eglantine Robineau und sprach auf Französisch weiter, sodass alle ihn verstehen konnten. „Ich habe doch sowieso deine Ersatzschlüssel. Ich bleibe hier, bis die Herrschaften gegessen haben", er wandte sich wieder Samir zu, „dann folgen Sie mir zu meinem Haus, wo ich die Schlüssel habe, und ich fahre Ihnen voraus zu La Madeleine. Das Häuschen ist ein bisschen schwer zu finden. D'accord?", sagte er zu Eglantine. „Dann kannst du heimfahren, sobald du dich überzeugt hast, dass alles okay ist, und morgen in aller Frühe zum Flughafen."

„Ja, ich rufe sofort die Putzfrau an, sie wird nicht begeistert sein, dass sie jetzt noch Betten machen muss, aber na ja, dann bekommt sie eben einen kleinen Bonus."

Inzwischen hatten Greta und Falko sich entschieden und bestellten Le Plat du jour mit Fisch, und da Camille frischen Fisch ebenfalls mochte und hungrig war, schloss sie sich den beiden an. Die Bedienung, die die Bestellung während des Gesprächs bereits aufgenommen hatte, wartete lächelnd auf Samirs Wünsche und nickte zufrieden, als er ebenfalls den Pollack mit dem schönen französischen Namen Lieu jaune orderte.

Eglantine Robineau verabschiedete sich. „Ich werde übermorgen wieder hier sein. Noch ist der Sommer für mich nicht vorbei. Ich lasse mir meine Tage in der Bretagne nicht nehmen." Augenzwinkernd wackelte sie mit dem Kopf. „Gut, dass es Direktflüge gibt." Sie umarmte Guéguen etwas länger als üblich. Er hielt ihre Hand noch fest, als sie den ersten Schritt von ihm weg machte, und ließ sie erst dann los, was sie dazu brachte, sich noch einmal umzudrehen und ihm zuzuzwinkern.

Das Essen war eine Offenbarung. Wie immer, wenn Camille an einen Ort direkt am Meer kam, überraschte es sie, wie viel besser fangfrischer Fisch schmeckte, als derjenige, den man in ihrer Region bekam. Die schaumzarte Zitronen-Senf-Sauce zum Lieu jaune erinnerte sie einmal mehr an die Sommerferien ihrer Kindheit. Camille beobachtete ihre Freunde und konnte sehen, wie auch ihre Stimmung sich hob. Seit sie wussten, dass eine Unterkunft gesichert war, hatte sich Leichtigkeit zwischen ihnen ausgebreitet.

Samir erklärte unterdessen, dass der Pollack, den sie gerade genossen, an Weihnachten noch besser schmecken würde.

„Wieso das?", fragte Greta belustigt.

„Weil er zur Geburt Jesu eine ganz besondere Körperchemie entwickelt, wodurch sich sein Geschmack verändert."

Camille musste sich beherrschen, um nicht zu kichern. Samir hatte die Gabe, mit völlig ernstem Gesicht die unmöglichsten Fantasiegeschichten zu erzählen.

Falko lehnte sich zurück, sein Knie berührte das von Camille unterm Tisch. Überrascht bemerkte sie den angenehm prickelnden Strom, den die Berührung unter ihre Haut sandte. Sie lenkte ihren Blick auf sein Gesicht und spürte eine plötzliche Wärme in ihrer Brust, als sie das weiche Grünbraun seiner Augen erkannte. Sie erinnerte sich, dass ihr das Wechselspiel seiner Augenfarbe je nach seiner Stimmung bei Mias Hochzeit bereits aufgefallen war, und besonders intensiv in dem Moment, in dem er sie beim Tanzen gehalten hatte. Damals hatte er ihr gezeigt, wie sehr er verstand, warum sie sich an jenem Abend so schlecht gefühlt hatte. Sie zwinkerte Falko verschwörerisch zu und hielt ihr Bein ganz still.

„Du meinst, der Fisch weiß, wann wir Menschen Weihnachten feiern, und sorgt dafür, dass er dann besonders schmackhaft ist?" Falko feixte. Greta runzelte ungläubig die Stirn und machte einen Schmollmund. Camille spürte, wie ihr eigenes Lächeln immer breiter wurde. Sie schwieg und beobachtete Samir.

„Nun, das wohl nicht." Samir zog die Brauen hoch, als fände er Falkos Bemerkung unpassend. „Es hat mit der Paarungszeit zu tun und damit, wann sie ablaichen. Wahrscheinlich machen sie sich im Dezember bereit, um auf Brautfang zu gehen, deshalb verändert sich die Zusammensetzung ihrer Hormone."

An diesem Punkt war Camille sich selbst nicht mehr sicher, ob Samir scherzte. Greta beugte sich vor und sah betont lange in seine Augen. Camille lächelte Falko zu und deutete ein Schulterzucken an. Sie hätte nicht gedacht, dass Samir es sogar in der Fremdsprache Deutsch schaffen würde, sie so zu verwirren.

„Sag mal, hast du dir das gerade ausgedacht?", wollte Greta wissen. Dann setzte sie sich wieder zurück, nahm ein Stück Fisch auf ihre Gabel, und bevor sie den Bissen in den Mund schob, sagte sie: „Ich kann mir kaum vorstellen, wie der noch besser schmecken soll!"

Samir brach in Gelächter aus. Gretas Zufriedenheit, die das Essen in ihr auslöste, amüsierte ihn offenbar sehr. Camille sah Wärme und Zuneigung in seinem Blick. Endlich rückte er mit der Sprache heraus. „Es stimmt, dass der Pollack ab Januar ablaicht, aber ich glaube nicht, dass sich der Geschmack deshalb großartig ändert." Er rieb sich eine Träne aus dem Augenwinkel.

„Pfff", machte Greta. „Haben wir dir auch keine Sekunde geglaubt."

„So einer bist du also." Falko schmunzelte.

Camille wollte eine launige Bemerkung darauf machen, da trat Guéguen an ihren Tisch. Sie sah, dass die anderen Leute, mit denen er bis eben zusammengesessen hatte, das Lokal verließen, und rückte auf der Bank ein Stück zur Seite, damit er sich zu ihnen setzen konnte. Dadurch war sie Falko noch etwas näher, sodass sie seine Körperwärme spüren konnte.

„Schmeckt es Ihnen?", fragte Guéguen und ließ den Blick über die Teller wandern, auf denen nicht mehr viel lag.

„Oh ja, es ist traumhaft", schwärmte Greta.

„Wenn Sie fertig sind, können wir los. Ich trinke in der Zwischenzeit noch einen Whisky." Die Bedienung war bereits heran und stellte ein Glas mit zwei Fingerbreit der bronzefarbenen Flüssigkeit vor Erwann Guéguen ab.

„Stoßen wir auf Sophie an?" Camille gluckste, weil sie sich diese Bemerkung nicht verkneifen konnte.

Samir ruckte mit dem Kopf zu ihr herum, seine Pupillen waren riesig.

„Stimmt, da war doch was." Falko beobachtete Guéguen, der einen Schluck des Gebräus nahm und ihn im Mund hin und her bewegte, bevor er ihn schluckte. „Sie liebt Whisky."

„Diese Sophie hat wohl Geschmack, wer auch immer das sein mag", knurrte Guéguen mit seiner dunklen

Stimme, und die Fältchen um seine Augen gruben sich tief ein. Dann hob er das Glas, damit alle die Flüssigkeit darin sehen konnten, und mit hörbarem Stolz sprach er weiter. „Dies ist ein bretonischer Whisky. Aus Buchweizen hergestellt, zweimal destilliert und in französischen Eichenfässern gereift. Seit es ihn gibt, bin ich von Pommeau auf Eddu umgestiegen." Guéguen rief etwas in den Gastraum und winkte dem Mann hinter dem Tresen zu, worauf dieser mit einer Flasche und mehreren kleinen Gläsern zum Tisch kam. Er zeigte ihnen das Etikett und fragte, wer kosten wolle.

Camille entzifferte den Schriftzug *Distillerie des Menhirs* auf dem unteren der beiden Etiketten. Da sie dem Geschmack von Whisky jedoch insgesamt nicht viel abgewinnen konnte, lehnte sie dankend ab.

„Die haben mit dem Whiskybrennen angefangen, als ich ein kleiner Junge war", erklärte Samir. „Ich möchte ihn bitte probieren. Und du, Falko?"

Falko nickte, und auch Greta verlangte einen Schluck. Während sie anstießen und tranken, lächelte der Wirt zufrieden. „Sie können die Destillerie besichtigen. Es ist nicht weit von hier, Richtung Quimper."

Camille bestellte sich einen Kaffee, und kurz darauf brachte die Bedienung mit den Worten: „Votre expresso, Madame", auch die Rechnung. Camille lächelte bei der typisch französischen Abwandlung des Wortes Espresso.

Nachdem alle Gläser geleert waren, verließen sie das Restaurant, stiegen in ihren Wagen und folgten Guéguens altem Armee-SUV durch die verwinkelten Nebenstraßen Penmarchs zu seinem Haus im Ortsteil

Kérity. Er wohnte so, wie Camille es sich vorgestellt hatte: Das granitene Haus war nicht verputzt, sodass das Gemäuer zu erkennen war, und an beiden Seiten ragte der übliche Kamin über das Dach hinaus. Sogar die Läden waren in dem typischen regionalen Blau gestrichen. In der sinkenden Abendsonne erkannte Camille, dass im untersten Stockwerk Blumenkästen vor den Fenstern hingen, die mit robusten Pflanzen ohne nennenswerte Blüten bepflanzt waren, anscheinend Kräuter.

Als Guéguen den Wagen abgestellt hatte, öffnete er die Heckklappe, und der Labrador sprang heraus, den sie bereits vor Louanes Haus kennengelernt hatten. Guéguen legte ihm die Leine an. Erstaunlicherweise blieb Banou dieses Mal ruhig, die Hunde standen nebeneinander, als würden sie sich schon seit Monaten kennen. Erwann Guéguen hielt seinen Hund fest, während er den Schlüssel im Schloss drehte. Der Labrador zog an der Leine, sobald die Tür offen war, und mit einem kurzen Auflachen klickte Guéguen den Karabinerhaken aus dem Halsband, sodass der Hund wie ein abgeschossener Pfeil durch den kurzen Flur zu einer Tür rennen konnte, diese mit der Pfote öffnete und in den dahinterliegenden Raum stürmte. Gedämpftes Lachen und Begrüßungsworte einer weiblichen Stimme waren zu hören.

„Ich bin zurück, chérie", rief Guéguen und bedeutete Samir und den anderen, ihm in das erste Zimmer zur Linken des Flurs zu folgen. Aus dem anderen Raum war noch immer gedämpftes Lachen zu hören.

Sie betraten eine Küche, die mit alten Möbeln eingerichtet war. Ein dicker Holztisch, der Platz für vier

Personen bot, lag zur Hälfte mit Papieren, Umschlägen und Mappen voll, dazwischen konnte Camille auch ein Notebook erkennen. Etwas an dem Anblick wunderte sie, und als sie den Gasherd sah, der bis auf eine Kochstelle blankgeputzt glänzte, wurde ihr auch klar, was es war: Diese Küche sah aus, als würde sie nur von einer Person bewohnt, denn der Tisch wirkte eher wie ein Arbeitsplatz, nur einer der Plätze war frei, um daran zu essen. Vielleicht waren Guéguens Kinder längst erwachsen und aus dem Haus – vorausgesetzt, er hatte welche. Aber die Stimme, die noch immer mit dem Hund zu scherzen schien, gehörte doch sicher seiner Frau. Camille war neugierig, wie Guéguens Frau aussehen würde, und für eine Sekunde fragte sie sich, warum sie nicht bei der Beerdigung gewesen war.

Erwann Guéguen war zu einer der Schubladen getreten und wühlte darin. Es dauerte nicht lange, bis er fand, was er suchte. Triumphierend hielt er den Schlüsselbund in die Luft. „Voilà", sagte er, bevor er in den Flur trat und ihnen bedeutete, das Haus wieder zu verlassen. „Chérie, kann ich Molly bei dir lassen?"

„Musst du noch mal weg?", erklang die Stimme aus dem anderen Zimmer.

„Ja. Ich begleite ein paar Gäste zu Eglantines Haus. Sie brauchen dringend eine Unterkunft." Er ging zu der Tür und sprach vom Flur aus weiter. Seine Stimme hatte einen weichen Unterton bekommen und seine Gesichtszüge wirkten entspannt. „Die jungen Leute hatten bei Louane gebucht, aber du weißt ja, sie braucht das Haus." Ein Schatten glitt über sein Gesicht. „Es wird nicht lange dauern."

„Naturellement. Aber bitte beeile dich, du warst
schon so lange weg.“

Kapitel 5

„Alors", sagte Guéguen, bevor er sich in seinen SUV setzte. „Folgen Sie mir. Wir sind in ein paar Minuten da."

Während sie losfuhren, fragte Camille sich, ob Erwann Guéguen schon in Rente war. So alt hatte sie ihn nicht eingeschätzt, aber sicher konnte sie sich nicht sein. Sie verließen Penmarch auf der Hauptstraße, am großen Kreisel fuhren sie in nördlicher Richtung weiter. Die Sonne verschwand in ihrem Rücken gerade im Meer, weshalb Camille nicht mehr viel von der Umgebung erkennen konnte, durch die sie fuhren. Anscheinend war die Ecke, in der dieses La Madeleine lag, dünn besiedelt, denn sie sah nur noch vereinzelt Häuser. Nach mehreren Abzweigungen bog Guéguen noch einmal um eine Kurve, dann hielt er vor einer Gruppe niedriger Häuser an.

Camille verliebte sich sofort in den Anblick: Sie waren aus grob behauenen Granitsteinen gemauert und sahen so aus, als hätten sie sich im Laufe der Jahrhunderte ein wenig gesetzt. Sie schienen nach unten breiter geworden, als hätte das Gewicht sie mit der Zeit in den Untergrund hineinwachsen lassen. Das Häuschen, auf das Guéguen nun zuging, war das niedrigste und schmiegte sich gleichsam an das etwas höhere Nachbarhaus zu seiner Linken an.

Camille stieß einen Juchzer aus: Beide Häuser waren reetgedeckt. Auf dem First wuchsen breite Streifen einer ausgedörrt wirkenden, robusten Grassorte, deren

Farbe dem des uralten Dachbelags glich. Das Licht der Straßenlaterne warf tiefe Schatten und ließ den Anblick der Häuschen noch etwas märchenhafter erscheinen. Wie alt mussten diese Häuser sein! Ein aus Steinen aufgeschichtetes Mäuerchen umgrenzte den Vorgarten, in dem üppige Rosenbüsche blühten. Die Haustür und die Rahmen der Fensterchen im dicken Mauerwerk waren in einem verblichenen Türkis gestrichen. Dieses Haus entsprach so sehr Camilles Wunschvorstellung, dass sich in ihrer Brust vor Freude ein Schwarm Kolibris erhob, der aufgeregt flatternd für ein wundervolles Kribbeln sorgte.

Guéguen ging ihnen voraus durch den Garten zur Haustür und steckte den Schlüssel ins Schloss. Es zeigte sich, dass nicht abgesperrt war, und erst jetzt fiel Camille auf, dass hinter dem Vorhang der Eingangstür und des danebenliegenden Fensters gedämpftes Licht hervorschien. Guéguen öffnete die Tür und trat hinein. Die vier folgten ihm. Banou hatte bereits im Garten aufgeregt nach Spuren anderer Bewohner gesucht und fuhr mit ihrer Inspektion im Innenraum fort.

Der Raum zog sich fast über die gesamte Länge des Häuschens und war in einen Ess- und einen Wohnbereich unterteilt. Mitten darin stand ein kugelförmiger Ofen aus Gusseisen, den man offenbar durch eine runde Klappe befeuerte. Sofort konnte Camille sich vorstellen, wie angenehm und unmittelbar die Wärme sein musste, die dieser Ofen abstrahlen würde. In der rechten Raumhälfte waren ein gemütliches Sofa und zwei Ohrensessel mit unzähligen Kissen und Decken rund um einen niedrigen Couchtisch mit Glasplatte gruppiert. Beim

Eintreten stand man vor dem Esstisch, der aus einer stabilen dreieckigen Holzplatte auf dicken Beinen bestand. An jeder Seite des Tischs konnte man sich auf eine ebenso rustikale Bank ohne Lehne setzen. Die Gruppe bot locker Platz für sechs Personen, aber zur Not würden hier auch neun Leute sitzen und essen können. Vervollständigt wurde das Mobiliar durch eine Kommode und einen Küchenschrank aus naturbelassenem hellem Holz, die wohl mit dem nötigen Geschirr und Besteck ausgestattet waren. Auf allen Möbeln im Raum waren Deckchen mit Blumenmuster und Muscheln in allen Größen verteilt.

Eine schlichte Holztreppe, eher eine Leiter, führte links neben dem Esstisch nach oben. Camille folgte Guéguens Blick nach oben, wo sich ein weiteres Stockwerk, ähnlich wie im Maisonette-Stil, erstreckte. Über eine Galerie, deren Luftraum dem Betrachter einen großzügigen Blick bis zum Dach hinauf gewährte, gelangte man offenbar zu den Schlafzimmern, von denen eines links und eines rechts von der Galerie abging.

Jetzt ging Guéguen um die Treppe herum und sagte mit einem Blick über die Schulter: „Hier hinten ist die Küche. Elle est mignonne, aber Sie finden alles, was Sie brauchen.“

Greta folgte ihm mit einer der Einkaufstüten in der Hand, die sie mit hereingebracht hatte, und stellte sie dort ab. Camille machte ebenfalls die wenigen Schritte bis zur Küchenzeile und entdeckte einen Gasherd und sogar eine Spülmaschine unter der Edelstahlspüle. Sie stellte die Tasche mit den Weinflaschen auf der schmalen Arbeitsplatte ab. Erwann Guéguen hatte recht, viel Platz war hier nicht, aber alles Nötige war vorhanden. Ein kleines Fenster ging nach hinten hinaus, wie auch eine Tür, die der Haustür gegenüber lag und in den Garten führen musste. Jetzt, im Dunkeln, konnte sie allerdings nur sehen, dass dort hohe Bäume standen. Sie nahm sich vor, am nächsten Morgen bei Tageslicht alles zu erkunden. In diesem Moment war es einfach eine Wohltat, überhaupt eine Unterkunft gefunden zu haben.

Guéguen kam wieder aus der Küche hervor und ging um die Treppe herum, die vier folgten ihm. Erst jetzt sahen sie, dass links vom Eingang eine Tür in einen weiteren Raum führte. Dort verbarg sich eine kleine Toilette und dahinter ein Badezimmer.

„Hier haben Sie das Bad, und die Schlafzimmer sind oben." Guéguen reckte den Kopf, rief einen Frauennamen und schickte einen ganzen Schwall bretonischer Wörter hinterher. Camille war sich nicht sicher, ob es eine Frage, ein Befehl oder eine Schimpftirade war.

„Oui?", erklang eine junge Stimme von oben, und dann trat eine Frau aus der Tür links der Treppe. Sie kam zum Treppenabsatz vor, rieb sich mit dem Handrücken über die Stirn und blickte auf Guéguen herab.

Neben ihr lag ein Bündel Wäsche auf dem Treppenabsatz. Guéguen fragte, ob sie mit den Betten fertig sei, die junge Frau packte das Wäschebündel mit beiden Armen und kam die Treppe herunter, um es in einen riesigen Stoffsack zu stopfen, der auf der Sitzbank gelegen hatte. Mit einem Lächeln grüßte sie in die Runde, bevor sie Guéguens Frage bejahte und erklärte, dass sie nur noch den Staubsauger herunterholen müsse.

Guéguen stieg hinauf und zeigte den vieren die beiden Schlafzimmer. Zur Linken lag eines mit einem Doppelbett, in dem Zimmer auf der rechten Seite standen zwei Einzelbetten. Interessanterweise gab es zwischen den beiden Zimmern, auf der Galerie, zwei weitere Betten, die Kopf an Kopf unter der Dachschräge standen. Bunte Tagesdecken und zwei Kuscheltiere zeigten, dass sie für Kinder gedacht waren.

In wenigen Minuten einigten die vier sich darauf, dass Greta und Camille das Zimmer mit dem Ehebett und die beiden Jungs das mit den getrennten Betten beziehen würden.

„Falls du zu laut schnarchst, fliegst du", erklärte Falko.

„Dito", war Samirs schlichter Konter.

„Wollen wir noch ein Glas Wein als Schlummertrunk nehmen?", schlug Greta vor, nachdem alle ihre Koffer in die Zimmer getragen hatten und sich im Wohnraum versammelten. Sie wandte sich an Guéguen, der in diesem Moment die Putzfrau an der Haustür verabschiedete. „Leisten Sie uns noch ein bisschen Gesellschaft?"

Guéguen schien unentschlossen, gesellte sich aber zu ihnen. Falko holte eine der Weinflaschen, suchte in den Schubladen des Küchenschranks, bis er einen Korkenzieher fand, und zog den Burgunder auf. Camille setzte sich mit einem Aufatmen auf eine der Bänke und nahm dankbar ihr Glas entgegen. Guéguen stand noch unschlüssig neben dem Tisch und warf einen Blick auf seine Armbanduhr. Er runzelte die

Stirn, dann nahm er das Glas, das Falko ihm auffordernd hinhielt, und nickte. „Zehn Minuten werde ich schon noch bleiben können. Mailys ist ja nicht allein, Molly ist bei ihr."

Am Ende saß Camille neben Falko und spürte wohlig die Wärme, die von ihm ausging. Ihr war klar, was das bedeutete, denn sie hatte sich schon oft in ihrem Leben verliebt. Und es tat gut, weil es sie darin bestärken würde, Samir gegenüber Distanz zu bewahren.

Die Freunde prosteten einander und Guéguen zu und tranken den dunkelroten Wein. Eine gelassene Ruhe breitete sich zwischen ihnen aus. Camille unterdrückte ein Gähnen. Inzwischen störten sie ihre warmen Klamotten nicht mehr, weil es merklich abgekühlt hatte, und sie fühlte sich rundum wohl. Sie bemerkte Falkos Geruch, der sich zu ihrem gesellte und den sie sehr mochte. Auch Samirs herbe Note und die blumige von Greta konnte sie riechen, und überrascht erkannte sie, wie angenehm diese Mischung war.

Greta griff plötzlich in ihre Hosentasche und zog ihr Handy hervor. „Oh je, ich habe ganz vergessen, mich zu melden. Meine Eltern ..." Sie verdrehte die Augen, tippte mit beiden Daumen rasch eine Nachricht, dann blickte sie einen Moment auf das Smartphone, als hätte sie einen Geist gesehen, und nahm einen Anruf an, der soeben hereinkam. „Hallo, Mia!" Sie schaltete den Lautsprecher ein und hielt das Handy in die Mitte, sodass alle darauf schauen konnten.

Mia hatte sich per Videocall gemeldet und sprudelte sofort los. „Mann, ich versuche schon seit Stunden, euch zu erreichen! Was ist denn nur los? Seid ihr gut angekommen?"

Falko und Camille beugten sich vor, und auch Samir, der auf der dritten Bank saß, blickte interessiert auf Gretas Handy. Er kannte Mia ja noch gar nicht persönlich, wurde Camille klar.

„Über Umwege, ja." Greta erzählte in knappen Worten, dass sie sich eine neue Unterkunft hatten suchen müssen. Nachdem Camille und auch Falko Mia von den Vorzügen der neuen Unterkunft vorgeschwärmt hatten, schien ihre Freundin zufrieden.

„Okay", sagte sie schließlich, „da ihr jetzt also endgültig angekommen seid, habe ich euch etwas zu sagen. Niklas und ich haben uns für euch einiges ausgedacht. Ihr habt doch hoffentlich nicht geglaubt, dass ihr euch zurücklehnen und chillen könnt?"

„Was?", rief Greta aus, aber Camille konnte das Lachen in ihrer Stimme hören. Guéguen beugte sich interessiert vor, wodurch er für Mia sichtbar wurde.

„Oh, ihr habt Besuch?", fragte sie.

„Bonsoir, Madame", sagte Guéguen. „Isch bin ein alter Freund des Hauses." Camille war überrascht, dass er Deutsch verstand.

„Perfekt, dann können Sie, wenn Sie wollen, den Schiedsrichter spielen."

„Moment mal", mischte Camille sich ein, „worum geht es denn hier überhaupt?"

„Wir haben uns gedacht, dass wir die schöne Spiele-Tradition unserer Hochzeit noch mal aufleben lassen. Ihr bekommt für jeden Tag eine Challenge. Keine Angst, nichts Schwieriges, einfach ein paar Spielchen." Sie feixte.

„Madame, isch werde gerne richten." Guéguens Lachfältchen neben den Augen zeichneten sich tief ab.

„Ich schicke euch eure Aufgabe jeden Tag per Mail oder WhatsApp zu. Und abends oder am nächsten Tag berichtet ihr mir dann." Mia stockte und wandte den Blick kurz von ihrem Handy ab. „Heute ist es schon spät geworden, also machen wir etwas wirklich Einfaches. Jeder von euch zählt vier positive Eigenschaften auf. Aber nicht von den anderen, sondern von sich selbst."

Kapitel 6

„Das ist eine schöne Idee von Ihren Freunden", erklärte Guéguen, dann seufzte er und blickte auf seine Armbanduhr. „Aber es ist schon nach zehn. Ich muss zu Mailys, sie wird warten." Einen Moment schien es, als wolle er noch etwas hinzufügen, doch dann straffte er die Schultern und stand auf. „Ich habe eine Bitte an Sie. Wenn es Ihnen nicht zu persönlich ist, notieren Sie doch bitte die Ergebnisse. Ich bin sehr gespannt, wie Sie sich selbst einschätzen."

Camille fragte sich einmal mehr, was wohl Guéguens Beruf war, und nahm sich vor, in den nächsten Tagen mehr über ihn herauszufinden. Dieses Urgestein bretonischer Herkunft interessierte sie. Etwas an ihm war widersprüchlich, auch wenn sie ihn zu wenig kannte, um sagen zu können, was es war. Guéguen strahlte zugleich eine Erdverbundenheit und unmittelbare Natürlichkeit aus, die ihn wie einen Fischer wirken ließ, während seine Sprache, seine Gesten und seine Mimik – und seine Empathie, die sie in ihm zu entdecken glaubte – eine gewisse Bildung und häufigen Umgang mit Menschen zu enthüllen schienen. Sein großes Interesse an Mias Spiel könnte darauf hindeuten, dass er Psychologe war.

„Warten Sie, Monsieur Guéguen." Samir stand ebenfalls auf.

„Bitte, nennt mich Erwann. So sagen hier alle zu mir."

„Was meint ihr", Samir wandte sich an Greta, Camille und Falko. „Findet ihr nicht auch, dass wir die gesamte Woche in diesem Häuschen bleiben sollten?"

„Wollte ich auch gerade vorschlagen", sagte Falko. Camille und Greta nickten.

„Also, Erwann, meinst du, wir können die Woche hier wohnen bleiben? Oder wäre das für Madame Louane ein Problem?"

Erwann spitzte die Lippen, dann schüttelte er den Kopf. „Nein, ich glaube sogar, dass es besser ist, wenn sie keine Gäste aufnimmt. Louane hatte eine gute Saison, diese eine Woche wird ihr nicht schaden. Außerdem wird es ihr guttun, wenn sie noch etwas Ruhe hat, um zu trauern." Er deutete erneut ein Kopfschütteln an. „Es ist für uns alle immer noch ein Schock, dass Maelle zu Tode gekommen ist."

Damit verabschiedete er sich und kündigte an, er werde in den nächsten Tagen wieder vorbeischauen.

„Können wir uns rüber setzen?" Greta griff nach ihrem Glas, stand auf und deutete auf die Couchgarnitur.

„Klar. Und ich mache uns ein kleines Feuer", erklärte Samir, ging um den Tisch herum zu dem Ofen und begann, bereitliegendes Zeitungspapier, Anfeuerholz und zwei große Scheite hineinzuschichten. Nur zehn Minuten später breitete sich behagliche Wärme aus.

Greta hatte sich auf einen der Sessel fallen lassen und die Füße auf die Ecke des kleinen Tisches gelegt, sie hielt ihr Weinglas in der Hand und entspannte sich sichtlich. „Ach, ist das herrlich hier! Morgen schauen wir uns die Umgebung an, ja? Und wir suchen das

Meer. Das muss ganz in der Nähe sein. Ich bin schon so gespannt!"

Camille überlegte einen Moment, ob sie sich auf den zweiten Sessel gegenüber von Greta setzen sollte, zuckte mit den Schultern und fläzte sich stattdessen auf den Couchplatz, der ihrer Freundin am nächsten war.

Falko war in der Zwischenzeit zur Küche gegangen und entkorkte eine zweite Flasche Wein. Sie hoffte darauf, dass er sich neben sie setzen würde, aber leider wählte er den Sessel Greta gegenüber. Samir, der sich den Ruß von den Fingern gewaschen hatte, kam als letzter und setzte sich neben Camille. Die Couch war groß genug, sodass sie sich nicht berührten, worüber Camille froh war. Sie versuchte sich zu entspannen, und langsam begann eine wohlige Mattigkeit sich in ihr auszubreiten. Da erinnerte sie sich an Mias Aufgabe. „So, Leute. Vier positive Eigenschaften, das dürfte doch ganz einfach sein, oder? Wer fängt an?"

Sie dachte nach, was sie über sich selbst als Erstes sagen würde. Fröhlich? Entspannt? Selbstständig? Humorvoll? Das alles waren Dinge, derer sie sich nicht sicher war. Sie war eben nicht immer fröhlich, nicht einmal die meiste Zeit. Und entspannt – war das überhaupt eine Eigenschaft? Selbstständig, ja, das war sie, aber würde Mia das gelten lassen? Das war doch eher eine Äußerlichkeit.

Noch während sie ihren Überlegungen nachhing, bemerkte sie, dass auch die anderen angestrengt nachzudenken schienen.

„Hm", machte Samir jetzt, „das ist gar nicht so leicht. Was heißt denn überhaupt positiv? Gute Laune? Meint Mia so was?"

„Ich denke schon." Falko blies die Wangen auf. „Gute Laune ist doch immer etwas Gutes, oder nicht? Sie wirkt ansteckend und sie macht andere auch fröhlich. Aber trifft das auf einen von uns zu? Ich würde mich jedenfalls nicht als immerzu gut gelaunt bezeichnen."

Camille sah von Falko zu Samir und bemerkte den traurigen Zug, der wie ein Schatten über sein Gesicht glitt, um gleich darauf wieder zu verschwinden.

„Nein, ich auch nicht", sagte er. „Gute Laune oder Fröhlichkeit sind nicht gerade meine Kennzeichen."

„Bleiben wir doch mal bei dir, Samir." Greta zog die Füße vom Tisch, setzte sich aufrecht hin und beugte sich vor. „Wir kennen dich ja nicht so gut – abgesehen von Camille." Sie drehte sich zu Camille. „Du kannst also einschätzen, ob es stimmt, was er sagt." Sie grinste, dann sah sie erneut zu Samir. „Was sind deine vier besten Eigenschaften?"

Samir lehnte sich zurück, sein Knie berührte nun doch das von Camille, und sie wollte ihr Bein instinktiv wegziehen, doch dann ließ sie es. Die Situation erinnerte sie an ihre Kindheit, als sie im Gras gesessen und gespielt hatten, Samir, Julien und sie.

„Vier positive Eigenschaften also. Ich glaube, ich kann behaupten, dass ich tolerant bin. Gilt das?"

„Ja klar gilt das", antwortete Falko. „Toleranz ist doch eine großartige Eigenschaft. Aber worauf beziehst du es im Einzelnen? Auf Hautfarben oder Gewohnheiten oder –?"

„Auf das Menschlich-Allzumenschliche, denke ich. Auf Hautfarben sowieso. Ich meine – ich habe Vorfahren aus Saudi-Arabien und lebe in Frankreich. Mein Opa war einer der großmütigsten Menschen, die ich in meinem Leben kennengelernt habe. Er war Muslim, hat aber eine Christin geheiratet. Er hat mit Sicherheit gegen viele Vorurteile kämpfen müssen. Meine Mutter hat uns Kindern einiges erzählt, was sie in ihrer Jugend erleben musste. Das wurde erst später besser, nachdem sie einen Franzosen geheiratet hatte und meine Geschwister und ich da waren. Vielleicht ist das der Grund, weshalb ich ohne Vorurteile lebe." Er hielt einen Moment inne. „Zumindest glaube ich das von mir. Ob es wirklich stimmt … Kann man sich da immer sicher sein? Was meint ihr? Sind wir wirklich komplett vorurteilsfrei? Ich meine, mal davon abgesehen, wie wir anderen Völkern gegenüber eingestellt sind. Ich denke, da dürften wir alle relativ gleich ticken. Aber einfache Dinge des Lebens. Unsere Einstellung gegenüber Alten, Andersgläubigen, Kriminellen?" Er hielt inne.

„Da machst du jetzt aber ein Fass auf", sagte Falko und zögerte, bevor er weitersprach. „Ich schätze, wir können uns alle nicht ganz davon freimachen, dass es Dinge gibt, die wir nicht tolerieren."

„Nein. Ich werde zum Beispiel zur Furie, wenn ich nichts zu essen bekomme." Greta gluckste. „Ich weiß, ein bescheuertes Beispiel. Aber ja, ich denke, dich würde ich als tolerant bezeichnen, Samir."

Camille nickte. „Ja, er ist absolut tolerant. Ich würde fast sagen, du bist der toleranteste Mensch, den ich kenne", sagte sie zu ihm gewandt.

Seine blauen Augen schimmerten dunkel, als er lächelte. „Danke", formte er stumm mit den Lippen.

Camille trank einen Schluck Wein und sah ihn abwartend an.

„Tja, dann wird es schon schwieriger. Ich glaube, ich bin humorvoll. Allerdings bin ich mir nicht sicher, ob andere das auch so sehen oder ob sie mich eher als ironisch oder sogar zynisch bezeichnen würden." Samir legte den Kopf schräg. Camille wollte darauf reagieren, doch da sprach er weiter. „Mir fällt gerade auf, dass es mir viel leichter fällt, negative Eigenschaften aufzuzählen. Ich bin ungeduldig, ehrgeizig, perfektionistisch, nicht besonders teamfähig, kann mich nicht selbst aufrichten, wenn ich down bin ... Alles Dinge, die mir und den anderen das Leben eher schwer machen." Er runzelte die Stirn.

Camille sah ihn überrascht an, dann sprudelte sie los, ohne nachzudenken. „Ungeduldig, ja, das stimmt. Aber das ist nicht unbedingt negativ zu sehen, weil du es nur dir selbst gegenüber bist. Wenn ich an unsere Kindheit zurückdenke und daran, mit welcher Engelsgeduld du mir und Julien Französisch beigebracht hast. Und Ehrgeiz ist doch nichts Negatives."

„Ehrgeiz?", fiel Greta ihr ins Wort. „Das ist das Lieblingswort meiner Eltern." Sie betonte das Wort auf eine Weise, die deutlich zeigte, was sie davon hielt. Nämlich nichts.

„Hm", mischte Falko sich ein. „Ich mag das Wort auch nicht so. Aber eigentlich bedeutet Ehrgeiz doch nichts anderes als Zielstrebigkeit, oder?"

„Ja, im Grunde schon", stimmte Samir ihm zu. „Aber ich ertappe mich manchmal dabei, wie ich meinen

Mitarbeitern und Mitarbeiterinnen gegenüber wirklich unleidlich werde, bloß weil sie nicht schnell genug umsetzen, was ich will. Womit wir wieder bei der Ungeduld sind." Er zog die Schultern hoch. „Aber ich arbeite daran."

„Jedenfalls habe ich schon bei der Hochzeit im Winter eine positive Eigenschaft an dir entdeckt, Greta", erklärte Falko, indem er sich ihr zuwandte. Er schenkte ihr sein Lächeln, und Camille wünschte sich in diesem Moment nichts sehnlicher, als dass er sie auf die gleiche Art anlächeln würde.

„Sekunde", unterbrach sie ihn, als er weiterreden wollte. „Es geht darum, dass wir unsere positiven Eigenschaften *selbst* erkennen und aufzählen."

Greta trank einen Schluck, sah Falko über den Gläserrand hinweg an und zog bedauernd die Schulter hoch. „Also zurück zu dir, Samir. Du hast uns bisher nur eine positive Eigenschaft genannt. Ist dir inzwischen eine weitere eingefallen?"

„Ich finde es echt schwer, das selbst einzuschätzen. Woher soll ich wissen, was an mir für andere Menschen angenehm ist? Geht es euch nicht auch so? Was ist deine positivste Eigenschaft, Camille?"

So unmittelbar mit der Frage konfrontiert wusste Camille nicht, was sie antworten sollte, obwohl sie genügend Zeit gehabt hatte, darüber nachzudenken. „Vielleicht ist es Gelassenheit in manchen Dingen", sagte sie langsam. In ihrem Innern zog sich etwas zusammen, denn dieses *in manchen Dingen* beinhaltete das große Thema ihres Lebens, die Einsamkeit. Allerdings war es eine erzwungene Gelassenheit, denn das Leben ließ ihr nun mal keine Wahl. Obwohl das

Alleinsein sie belastete, musste sie sich damit arrangieren, keinen festen Lebenspartner zu haben. Natürlich war sie absolut in der Lage, ein Leben ohne Mann an ihrer Seite zu führen. Warum hatte sie diese Erkenntnis nur auf so schmerzhafte Weise lernen müssen?

Ja, sie war seit der Enttäuschung mit Samir gelassener mit all ihren männlichen Bekanntschaften umgegangen, selbst mit der letzten, Carlo, der sie angebaggert hatte, obwohl er noch mit einer anderen liiert gewesen war. Camille erinnerte sich an ein Gespräch mit Sophie, Greta und Mia kurz vor der Hochzeit. Die drei Brautjungfern waren bei Niklas und Mia zu Hause gewesen und hatten über Männer und Frauen gesprochen, und es hatte sich gezeigt, dass Camille die meisten Beziehungen mit Männern und daher größte Erfahrung vorzuweisen hatte. Es machte das Leben einfacher, wenn man es schaffte, von neuen Bekanntschaften nichts zu erwarten. Was jedoch nicht etwa bedeutete, dass ihr das gut gelänge. Das Gefühl, verliebt zu sein, war einfach zu schön, und, nun ja, die Hoffnung, dass es dieses Mal der Richtige war, entstand jedes Mal wieder von Neuem, ob sie es nun wollte oder nicht. Versonnen sah sie Falko an, der ihren Blick erwiderte.

„Das stimmt", pflichtete er ihr unerwartet bei, und eine warme Welle zog durch ihren Bauch. „Du hast mich bei der Hochzeit wirklich beeindruckt. Wie souverän du mit Carlo umgegangen bist. Und du hast keine Rache eingefordert." Er deutete ein Kopfschütteln an, warf Greta einen Seitenblick zu und sprach weiter. „Außerdem fand ich deine improvisierte Rede stark, Camille."

„Allerdings, deine Rede war richtig schön. Ich hätte das nicht so gekonnt. Hast du eigentlich mittlerweile angefangen zu schreiben?" Bei Gretas Frage spürte Camille Samirs Blick auf sich ruhen.

„Im Zug hast du geschrieben, oder irre ich mich?"

Camille bemerkte verwirrt, dass sein Blick in ihr die gleiche Empfindung auslöste wie Falkos Kompliment. „Ähm, ja. Ich schreibe schon seit einer Weile Kurzgeschichten. Jetzt will ich mich an etwas Längeres wagen."

Samir blickte sie alle der Reihe nach an. „Das ist auch etwas Positives – seine Neigungen erkennen und ihnen folgen. Und wenn ich es recht bedenke, trifft das wohl auf uns alle zu. Oder?" Sein Blick blieb an Falko hängen. „Du hast noch nichts zu dir selbst gesagt. Lebst du das, was dich ausmacht?"

„Das ist eine schwierige Frage. Im Ernst, noch vor einer halben Stunde hätte ich sofort mit Ja geantwortet. Aber jetzt bin ich mir nicht mehr sicher. Ihr wisst ja alle, dass Sport mein Ding ist. Ich habe Sport studiert und werde – hoffentlich – im Herbst promoviert. Eine Professur ist mir so gut wie sicher. Es ist mein Beruf, es ist mein Hobby, es ist mein Lebensinhalt." Nachdenklich sah er Greta an, wobei es so wirkte, als nehme er sie nicht wirklich wahr. „Aber jetzt", er sah zu Samir und Camille, die seinen Blick festhielt. Ihr Herz pochte heftig. „Na ja", Falko zog eine Schulter hoch, „ich frage mich, ob meine Berufswahl mehr eine Folge meiner Kindheit und meiner Familienkonstellation ist, als mein ureigener Wunsch." Er runzelte die Stirn.

Camille hatte den Impuls, den Platz mit Samir zu tauschen, um Falko ihre Hand aufs Knie zu legen. Er strahlte etwas Jungenhaftes und Verletzliches aus. Unverhofft erinnerte sie sich daran, wie niedergeschlagen Falko bei der Hochzeit seines besten Freundes Niklas gewirkt hatte. Er war damals nicht damit herausgerückt, was ihn so bedrückte, sondern hatte nur vage angedeutet, dass es mit seiner Familie zu tun hatte. Jetzt beugte er sich vor, stützte die Ellbogen auf den Knien ab und grub die Hände in sein Haar.

„Aber du lebst auf, wenn du vom Sport sprichst. Ich habe schon das Gefühl, dass es genau dein Ding ist." Greta sprach aus, was Camille dachte.

Falko hob den Kopf und nickte langsam. „Ja, mein Ding ist es schon. Aber manchmal frage ich mich, was ich verpasst habe. Ich hatte immer das Gefühl, laufen zu müssen. Versteht ihr? Es war so, als würde ich gejagt, ohne dass ich hätte sagen können, von wem oder wovon. Ich, ich glaube, ich musste etwas beweisen. Meinen Eltern, denke ich." Seine Stimme klang überrascht. „Es ging darum, auf mich aufmerksam zu machen." Er sprach jetzt langsamer, als würde ihm das, was er erzählte, gerade erst klar.

Camilles Puls beschleunigte sich und sie musste das Gefühl, ihn in die Arme ziehen zu wollen, unterdrücken.

„Warum musstest du auf dich aufmerksam machen?", wollte Samir wissen.

Falko verzog das Gesicht, als hätte er Schmerzen. „Das ist schwierig. Ich habe zwei Schwestern, Zwillinge. Sie sind fünf Jahre jünger als ich und sie kamen völlig überraschend. Ich", er hielt inne und nahm einen tiefen

Schluck Wein, bevor er weitersprach, „ich wusste nicht, dass ich adoptiert bin." Er schluckte nochmals.

„Was?", rief Greta aus, und auch Camille riss die Augen auf. Falko war adoptiert? Das hatte er ihnen nie erzählt.

„Ja. Ich habe es letztes Jahr kurz vor Weihnachten erfahren. Ihr wisst, dass meine Mutter im Frühling gestorben ist? Sie hat mir vor der Hochzeit alles gestanden, weil sie nicht wusste, wie lange sie noch zu leben hatte." Er fuhr sich mit beiden Händen über das Gesicht.

„Deshalb wolltest du nicht nach Metz kommen", sagte Camille tonlos. „Jetzt verstehe ich alles."

Falko nickte. „Ich war unsagbar wütend, als ich gehört habe, dass ich adoptiert bin. Wie hatten meine Eltern mir das mein ganzes Leben lang vorenthalten können? Versteht mich nicht falsch, ich bin mir sicher, dass sie mich geliebt haben. Aber dieses Gefühl, das ich nie zuordnen konnte, das Gefühl, dass ich nicht am richtigen Platz war, das war plötzlich wahr. Ich gehörte nicht wirklich zu dieser Familie."

„Aber sie lieben dich doch. Auch deine Schwestern, oder nicht?" Camilles Stimme war bei der Frage leise geworden.

„Ja, das tun sie, wenn auch nur im Rahmen ihrer Möglichkeiten. Aber ich konnte ihnen nie einen Vorwurf machen. Ich habe damals sehr früh begriffen, dass sie krank sind und nichts dafür konnten, dass ..."

„Sie sind krank?", fragte Samir, als Falko nicht weiterredete.

„Nun, nicht krank im eigentlichen Sinn. Sie haben eine Form des Autismus."

„Oh, das muss schwer für dich gewesen sein."

„Du bist der Erste, der das sofort sieht, weißt du das? Sonst hieß es immer, wie schrecklich das für meine Eltern sein muss – und natürlich auch für Lily und Laika. Es hieß immer, ich wäre ein großer, ernsthafter, starker Junge. War ich ja auch, und ich bin es immer noch." Unvermittelt weichte ein Lächeln seinen harten Gesichtsausdruck auf. „Das Ernsthafte habe ich abgelegt. Na ja, jedenfalls war es tatsächlich nicht ganz leicht. Ich habe früh verstanden, dass meine Eltern sich vermehrt um die Zwillinge kümmern mussten, und es wurde mit den Jahren dann ja auch etwas einfacher. Ich liebe meine Schwestern. Und dass ich adoptiert wurde, spielt heute – endlich – nicht mehr die große Rolle. Aber schlimm war, dass ich es nicht wusste. Wisst ihr, wie betrogen ich mich fühlte?" Er runzelte die Stirn. „Und könnt ihr euch vorstellen, wie das alles plötzlich in ein anderes Licht rückte, nachdem ich erfahren hatte, dass ich nicht das leibliche Kind meiner Eltern war? Hatten sie mich mir selbst überlassen, weil ich nur adoptiert war? Das habe ich mich eine Weile allen Ernstes gefragt. Aber nicht nur das, sondern auch, ob meine Mutter mir das überhaupt gebeichtet hätte, wenn sie nicht krank geworden wäre. Oder hätten sie mir die Wahrheit einfach weiter vorenthalten? Und wie lange?" Er nahm noch einen Schluck aus seinem Glas, dann wischte er mit der Hand durch die Luft. „However, ich habe meinen Frieden mit ihr gemacht. Das war nicht leicht, das könnt ihr mir glauben. Aber als ihre Krankheit sie immer mehr aufzehrte und von der starken Frau, die sie war, am Ende nur noch ein trauriges und anlehnungsbedürftiges Mädchen übrig blieb, da verstand ich, dass sie niemals etwas Böses gewollt hatte. Sie litt darunter, dass sie und mein Vater eine falsche Entscheidung getroffen hatten. Ich habe es ihnen verziehen. Aber jetzt", er biss sich auf die Unterlippe, „jetzt frage ich mich, ob ich eine andere Laufbahn eingeschlagen hätte, wenn das alles anders gelaufen wäre. Wenn dieses Gefühl, getrieben zu sein, nicht da gewesen wäre." Er schüttelte den Kopf. „Andererseits liebe ich es nach wie vor, mich zu verausgaben und anderen Menschen zu zeigen, was alles möglich ist. Ich freue mich übrigens aufs Kitesurfen." Er lachte, plötzlich befreit. „So, das war nun aber nichts Positives – oder nur halb. Ich lebe eine meiner großen Leidenschaften aus, ja. Aber lasse ich auch noch Raum für anderes?"

„Ich erkenne jedenfalls in dieser Geschichte einen ganz außergewöhnlichen Charakterzug", sagte Samir jetzt. Camille ahnte, was er meinte, und nickte langsam.

„Du kannst verzeihen", fuhr Samir fort. „Du hast es sogar bereits getan. Das ist wirklich groß."

Ein Gedanke streifte Camille: Würde sie selbst auch so vollkommen verzeihen können wie Falko? Dann fiel ihr ein, wie sehr Samir sie damals verletzt hatte, und sie musste sich eingestehen, dass sie meilenweit davon entfernt war, ihm zu verzeihen. Doch sie schwieg und betrachtete weiterhin Falko, dessen Augen sich plötzlich mit Tränen füllten. Camille gab ihrem Impuls nach, stand auf und ging zu ihm. Sie schloss ihn in die Arme und spürte die Tiefe der Emotion, die von ihm zu ihr hinüberfloss, und sie sog seinen Geruch mit jeder Faser in sich auf. Ob Mia gewusst hatte, was sie in ihnen auslösen würde, als sie sich dieses Spiel ausgedacht hatte?

Sie konnten die Spielregeln nicht wirklich einhalten, weil jeder von ihnen zu selbstkritisch war, um selbstbewusst die eigenen positiven Eigenschaften zu sehen. Vielleicht war aber auch genau das Mias Ziel gewesen. Ihnen zu zeigen, dass sie sich selbst mehr akzeptieren sollten. Das würde zu ihrer empathischen Freundin passen. Blöderweise bremste Camilles Selbsterkenntnis, dass sie Samir gegenüber bisher unversöhnlich blieb und auch nicht das Gefühl hatte, dies ändern zu können, ihre Suche nach Positivem an sich selbst aus. Sie schaffte es nicht einmal, eine einzige gute Eigenschaft zu nennen, die ihr nicht oberflächlich und unwichtig erschien. Schließlich sagten ihre Freunde ihr auf den Kopf zu, dass sie warmherzig, selbstbewusst, lebensfroh und gelassen wirkte, und wie sehr sie sie deshalb mochten. Sie ließ ihre Freunde in dem Glauben. Wozu sollte sie ihnen klarmachen, dass diese Wahrnehmung verzerrt war und sie nur sehr geschickt ihre dunklen Seiten vor ihnen zu verbergen wusste?

Aber da es Camille zur zweiten Natur geworden war, ihre Unversöhnlichkeit zu überspielen, rang sie sich dazu durch, Samir zu sagen, dass sie neben seiner Toleranz seinen Humor, seine ruhige, empathische Art und seine Fähigkeit, ein unterhaltender Gesellschafter zu sein, immer schon gemocht hatte. Dass er sich damals ausgerechnet ihr gegenüber als gefühllos erwiesen hatte, verschwieg sie wohlweislich.

Greta erfuhr über sich selbst, dass sie die meiste Zeit eine ansteckende Fröhlichkeit und Leichtigkeit ausstrahlte – wenn sie nicht gerade hungrig war. Außerdem war sie intuitiv und dazu in der Lage, die Bedürfnisse ihrer Mitmenschen zu erspüren, und sie konnte tatkräftig die Dinge in die Hand nehmen, sobald sie erkannte, wo etwas hakte.

Falko schließlich sagten die Freunde, dass er energiegeladen wirkte und das auch weitergeben konnte. Außerdem konnte man mit ihm Pferde stehlen und ihm bedingungslos vertrauen. Samir hob hervor, dass er seine Bodenständigkeit sehr mochte.

Es war lange nach Mitternacht, als die vier einander eine gute Nacht wünschten. Camille lag neben Greta im Bett, lauschte auf die ruhigen Atemzüge ihrer Freundin und konnte nicht einschlafen. Sie hatte das Gefühl, an diesem Tag viel über sich herausgefunden zu haben. Allerdings war sie noch nicht bereit, ihren Freunden gegenüber alles einzugestehen. Ob sie das jemals können würde? In Gedanken schickte sie dennoch ein Dankeschön an Mia und Niklas, die durch ihr Spiel eine Seite in ihr berührt hatten, der sie sich lange Zeit nicht gestellt hatte. Vielleicht würde sie aus diesem Urlaub mehr mitnehmen, als sie erwartet hatte. Ein einzelner Vogel sang draußen sein Lied, als sie endlich in den Schlaf hinüberglitt. Sie fragte sich nicht, ob es bereits der erste Morgengruß war oder eine Nachtigall, die sie in den Schlaf sang.

Kapitel 7

Noch immer sang der Vogel sein Lied, als Camille langsam wieder aus dem Schlaf aufwachte. Erst dann bemerkte sie, dass es eine Vielzahl von Vogelstimmen war, und durch das halbrunde kleine Fenster der Dachgaube über dem winzigen Sekretär schien helles Licht herein. Sie streckte sich wohlig und nahm die Gerüche des Zimmers auf – Holz, Waschmittel und auch etwas, das sie nicht erkannte. Vielleicht trug das reetgedeckte Dach zu diesem speziellen Geruch bei. Sie nahm sich vor, Eglantine oder Erwann nach dem Alter des Hauses zu fragen. Was sie nicht vermisste, waren Spuren von Abgasen – genauso wenig wie den Lärm von Autos.

Camille warf einen Blick auf ihre Bettnachbarin. Greta lag zusammengerollt wie ein Kind, das Gesicht in ihre Richtung gewandt, und schlief noch fest. Wie jung sie im Schlaf aussah! Camille horchte, ob sie von den Männern irgendwelche Geräusche hören konnte, aber es war alles ruhig. Vermutlich schliefen auch sie noch. Sie beschloss, hinunterzugehen und nach dem Hund zu sehen. Sie schnappte sich frische Unterwäsche, eine bequeme Bermudashorts und ein T-Shirt und stieg leise die Treppe hinunter, an deren Fuß Banou sie bereits erwartete und erfreut mit dem Hinterteil wackelte.

„Du musst bestimmt mal für kleine Damen, was?", flüsterte Camille und legte der Hündin rasch die Leine an, da sie nicht riskieren wollte, dass sie ihr davonlief. Dann tat sie, was sie sich gestern schon vorgenommen hatte, und öffnete noch im Nachthemd die Tür, die in den Garten führte. Wie erhofft, fand sie einen Tisch und Gartenstühle inmitten der Wiese vor. An beiden Seiten des Grundstücks zog sich eine Mauer aus aufgeschichteten Natursteinen entlang, am Ende gab es jedoch keine Abgrenzung. Als sie mit Banou über das taufeuchte Gras dorthin schlenderte, sah sie, dass ein Bach das Grundstück begrenzte. Auf beiden Seiten des Baches standen große Bäume, die sie am Abend zuvor durch das Fenster hatte sehen können. An den Gartenmauern wuchsen Rosenbüsche und andere Blumen, auch die Wiese war von Wildblumen übersät, die dem Rasenmäher getrotzt hatten oder einfach schneller wuchsen als das Gras. Zur linken Seite ging die Mauer in die Ruine eines kleinen Steingebäudes über, das vielleicht mal ein Schuppen oder ein kleiner Stall gewesen war. Auch darauf wuchsen Blumen und Pflanzen. Was für ein zauberhafter Ort! Camille beschloss, zu duschen und dann den Tisch für ein Frühstück im Freien zu decken.

Obwohl sie sich Mühe gab, leise zu sein, wachten ihre Mitbewohner nach und nach auf, begrüßten sie mit verschlafenen Gesichtern und reagierten begeistert auf die Idee, draußen zu frühstücken. Der Erste, der ihr Gesellschaft leistete, war Samir. Nachdem er ihr einen guten Morgen gewünscht und sich die stürmische Begrüßung seiner Hündin abgeholt hatte, versorgte er Banou mit einer Schleppleine, die es ihr erlaubte, das gesamte Grundstück zu erkunden, ohne dass sie sich zu weit vom Haus entfernte. Camille beobachtete beim Tisch decken verstohlen, wie er sich in der Morgensonne in Schlafshorts und mit freiem

Oberkörper bückte, um den Hund zu kraulen. Sie genoss den Anblick seiner Haut und der Muskeln, die seinen leicht untersetzten Körper überzogen. Seine Körperbehaarung wirkte an ihm völlig natürlich, und verstörenderweise musste Camille daran denken, wie es sich wohl anfühlen würde, diesen dunkel schimmernden, samtigen Flaum auf der eigenen Haut zu spüren.

Da flog ihr etwas Weiches von oben gegen den Kopf. „Woran denkst du gerade?", erklang Gretas Stimme. Camille fing das Wurfgeschoss, ein kleines Handtuch, auf, das von ihrer Schulter herunterrutschte, drehte sich um und entdeckte die Freundin im offenen Fenster der Dachgaube, aus der sie herunterwinkte. Samir lachte laut, ging an Camille vorbei und erklärte, dass er unter die Dusche wolle.

Verwirrt winkte Camille Greta zu und ging zurück in die Küche, um nach dem Kaffee zu suchen.

Zehn Minuten später war Samir frisch geduscht und half ihr. Inzwischen sang Falko unter der Dusche, während Greta erklärte, dass sie sich einfach am Waschbecken waschen würde, und ebenfalls Richtung Badezimmer verschwand.

In der Küche stand eine klassische Kaffeemaschine parat, aber auch eine italienische Caffettiera, und die letzten Gäste hatten eine halbe Packung italienischen Kaffees übrig gelassen. Camille stellte fürs Frühstück die Lebensmittel zusammen, die Greta und Falko am Vortag noch gekauft hatten, und so wurde aus dem Frühstück eher ein Brunch mit Baguette, Schinken, Käse, Tomaten und Orangensaft. Die Espressokanne kam gleich mehrere Male zum Einsatz, während sie das Essen im Freien unter dem Sonnenschirm auskosteten.

„Weißt du, dass ich das Gefühl habe, dich schon viel länger zu kennen, Samir?" Greta hatte die Füße auf einen der freien Stühle gelegt. Sie trug ein schulterfreies Top zu einer gelben Baumwollshorts, und ihre Haut glänzte von der Sonnencreme, die sie aufgetragen hatte.

„Mir geht es mit euch auch so. Das liegt wohl daran, dass wir gestern übers Eingemachte geredet haben. Ich wundere mich immer noch darüber, dass ihr so übereinstimmend sagen konntet, was an mir positiv ist."

Greta zog eine Haarsträhne über die Schulter nach vorne und betrachtete die Haarspitzen, während sie weitersprach. „Ja, aber irgendwie war es ganz leicht. Vielleicht auch, weil Camille dich schon kannte. Wann und wo habt ihr euch eigentlich kennengelernt?" Sie warf Camille einen fragenden Blick zu.

„Meine Eltern sind immer in die Bourgogne gefahren, weil sie so frankreichfanatisch waren. Als ich sechs war, haben wir zum ersten Mal im Haus seiner Familie gewohnt."

„Ja, damals haben meine Geschwister und ich noch unsere Zimmer geräumt, damit sie im Sommer an Gäste vermietet werden konnten."

„Tatsächlich?" Greta ließ die Haarsträhne fallen und sah Samir an. „Das war aber unangenehm, oder?"

Er zuckte die Achseln. „Früher war das halt so, wir kannten es nicht anders. Ich habe es eigentlich nicht schlimm gefunden. Mit Julien und Camille habe ich mich damals sofort angefreundet. Meine Schwester und mein Bruder waren nach wenigen Jahren dann eh weg, weil sie eine Lehre in Paris machte und er zum Studieren nach Marseille ging. Aber dann haben meine Eltern um- und angebaut, sodass ich mein Zimmer nicht mehr freimachen musste."

„Das heißt, ihr habt quasi jeden Sommer zusammen verbracht?" Ein fragender Ausdruck erschien auf Gretas Gesicht, und Camille ahnte, dass sie darüber nachdachte, wie intensiv die Freundschaft gewesen sein musste oder vielleicht bis heute war.

„Ich war, wie gesagt, erst sechs damals. Julien war acht, Samir zehn. Aber ja, wir haben die Gegend unsicher gemacht wie eine kleine Bande. Es war eine schöne Zeit. Fast zehn Jahre lang." Camille unterbrach sich. Hoffentlich hatte niemand die Bitterkeit gehört, die beim letzten Satz in ihrer Stimme gelegen hatte.

„Das war es wirklich", stimmte Samir zu, und in seiner Miene meinte Camille kurz einen Anflug von Wehmut zu erkennen. Vermisste er die Sommer von damals etwa auch? „Es sind sehr schöne Erinnerungen", sagte Samir und stellte damit ihre Freundschaft dorthin, wo sie hingehörte: in die Vergangenheit.

Camille spürte einen Kloß im Hals und stand auf. „Ich trage mal die Lebensmittel aus der Sonne, damit sie nicht verderben." Mit diesen Worten nahm sie Schinken, Salami und Käse an sich und ging in die Küche, um sie im Kühlschrank zu verstauen. Als sie wieder nach draußen gehen wollte, sah sie ihr Smartphone auf dem Küchentisch, dessen Signallämpchen blau leuchtete und darauf hinwies, dass eine Nachricht eingegangen war. Sie sah nach: Mia hatte sich gemeldet.

Mit dem Handy ging sie wieder hinaus zu den anderen.

Falko sprang auf der Wiese herum und spielte ausgelassen mit dem Hund. Er warf Stöckchen und zerrte mit Banou daran um die Wette. Es war drollig, wie die Hündin mit ihrer hellen Stimme drohendes Warnknurren ausstieß, dann aber jedes Mal sofort das Stöckchen auf die Erde legte, sobald Falko „Aus" verlangte. Camille hätte den Sportler gern noch eine Weile beobachtet. Optisch war er ein ganz anderer Typ Mann als Samir, und doch hatten beide eine Gemeinsamkeit. Obwohl der blonde Deutsche viel größer und athletischer als der bärenhafte Samir war, bewegten beide sich mit einer natürlichen Anmut, die den Eindruck erweckte, dass sie sich in ihren Körpern rundum wohlfühlten.

„Falko, kommst du mal zu uns? Mia hat sich gemeldet, ich will sie zurückrufen." Camille setzte sich wieder auf ihren vorherigen Platz. Greta und Samir beugten sich näher, um auf das Handy blicken zu können, und Falko stellte sich hinter ihren Stuhl. Sie sog den Duft seiner erhitzten Haut ein. Ein Lächeln umspielte ihre Lippen, als sie auf Mias Nummer tippte.

Die Freundin nahm das Gespräch kurz darauf an. Im Hintergrund sah Camille Bilder mit Blumenmotiven an einer Wand hängen. Das musste Mias Arbeitsstelle sein. Wie es aussah, stand sie hinter dem Verkaufstresen ihres Blumenladens. „Hallo, ihr Lieben, ausgeschlafen? Ihr seht alle so entspannt aus. Seid ihr im Freien?"

„Guten Morgen ... oder besser guten Tag. Ja, wir haben gerade im Garten gefrühstückt. Es ist gestern spät geworden."

„Verstehe. Und die Aufgabe? Seid ihr damit zurechtgekommen?"

„Das war gar nicht so einfach", sagte Greta. Dann beugte sie sich vor und verengte die Augen zu Schlitzen. „Bist du gerade auf der Arbeit?"

„Ja, ich komme eben aus der Mittagspause."

„Sehe ich da hinten einen Aushang?"

Mia drehte sich um und blickte auf die Wand in ihrem Rücken. „Ach, das da? Ja. Meine Chefin geht in Rente." Sie runzelte die Stirn. „Aber lenk nicht ab. Habt ihr die Aufgabe gelöst?"

Camille berichtete Mia von den Diskussionen, die darüber entstanden waren, welche Charaktereigenschaften überhaupt als positiv gelten konnten, und dass dieses Thema sie bis in die Morgenstunden wach gehalten hatte.

„Warte, Camille. Niklas will das sicher auch gern wissen. Könntet ihr die Ergebnisse für uns aufschreiben?"

„Aufschreiben?" Camille verzog das Gesicht.

„Klar", mischte Greta sich ein und beugte sich näher zu Camille, um ihr in die Augen zu blicken. „Das ist doch ein Kinderspiel für dich."

Camille zuckte die Schultern. „Stimmt", lenkte sie ein, „das kann ich." Sie versprach, die Ergebnisse ihrer gestrigen Challenge in einer Mail an Mia und Niklas zu schicken. „Es war echt aufschlussreich", hängte sie an.

„Prima. Für heute haben wir uns wieder eine spannende Aufgabe ausgedacht. Wir möchten von jedem von euch wissen, was seine größte Angst ist."

Camille hörte ein leises Zungenschnalzen und sah von Greta zu Samir, der die Stirn gerunzelt hatte, dann wandte sie sich um und blickte in Falkos Gesicht, der von der Aufgabe ebenfalls wenig begeistert wirkte.

„Das ist sehr persönlich, findest du nicht?", sagte Samir.

„Vielleicht hast du recht." Mia verzog den Mund zu einer Schnute. „Vielleicht sind Niklas und ich auf diese Idee verfallen, weil ihr alle – außer dir, Samir – letztes Jahr Zeuge geworden seid, wie Niklas und ich uns unserer größten Angst gestellt haben." Sie verzog den Mund zu einer peinlich berührten Grimasse. Camille musste grinsen.

„Eure Hochzeitspanik", sagte Samir. „Ich habe davon gehört." In seiner Stimme klang ein Lächeln mit. „Da habt ihr in Sachen Ängste und Phobien tatsächlich ordentlich vorgelegt."

„Phobien ist ein gutes Stichwort", hakte Mia ein. „Wie wäre es, wenn ich euch freistelle, anstatt tief sitzender Ängste ungewöhnliche Phobien zuzugeben. Wie zum Beispiel eine Knopfphobie oder so was. Das kann man doch ruhig zugeben, oder?"

„Knopfphobie? Dein Ernst?", fragte Greta.

„Ja, die gibt es. Und die Menschen, die damit leben, haben es gar nicht mal so leicht. Ach, ihr werdet schon etwas finden. Seid kreativ! Ich muss Schluss machen, die Chefin rückt an." Sie schickte einen Luftkuss und schaltete ab.

„Boah, was ist das denn wieder für eine Challenge?"
Nachdenklich begann Camille damit, das Frühstücks-
geschirr aufeinanderzustapeln. Samir stand auf und
half ihr dabei. „Ich würde spontan sagen, dass ich keine
Ängste habe", dachte Camille laut nach. „Außer das Übliche, ihr wisst schon, nachts allein durch die Stadt laufen oder durch einen Wald. Aber so was meinen die beiden sicher nicht."

„Na ja, vielleicht kannst du ja mit irgendeiner
verrückten Phobie aufwarten." Greta griff nach dem
Stapel Teller, den Camille aufgeschichtet hatte, und
trug ihn zum Häuschen, wo sie durch die
offenstehende Tür nach innen verschwand.

Falko nahm Camille gleich darauf die Tassen aus der
Hand. „Du setzt dich jetzt einfach mal fünf Minuten hin
und lässt uns das hier beseitigen." Sein Lächeln ging
Camille unter die Haut.

„Okay, bevor ich mich schlagen lasse." Sie lockte
Banou zu sich und begann, der Hündin von ihrem Platz
aus das Stöckchen zu werfen. Es machte ihr Spaß, dem
kleinen Muskelpaket zuzusehen. „Aber dann suchen
wir das Meer", rief sie in Richtung des Hauses, in dessen
kleiner Küche die drei geschäftig zugange waren.
„Einverstanden?"

Kapitel 8

Die Sonne stand hoch, als sie mit Badetaschen bepackt das Haus verließen. Falko hatte zuvor in seinem Smartphone nachgesehen, welche Strecke auf dem kürzesten Weg zum Strand führte.

„Wir müssen uns hier links halten. An der Kapelle vorbei und dann einfach dem Weg folgen. Irgendwann kommen wir zu den Dünen."

„Wollen wir uns die Kapelle noch kurz ansehen?" Camille mochte die Ruhe, die das Fleckchen Erde hier ausstrahlte. Um die Kapelle herum war das Gelände von gepflegtem Rasen bedeckt. Das Gemäuer sah uralt aus. Der grob behauene Stein, aus dem es gebaut war, hatte eine graue Farbe. Vermutlich handelte es sich auch hier um eine Granitart. Gelbliche Flechten hatten ein Tupfenmuster auf die Steine gemalt, und das Gebäude wirkte asymmetrisch. Am Eingang zum Gelände hielten zwei große Findlinge wie steingewordene Wärter Wache. In den einen war eine tiefe rechteckige Kerbe hineingehauen. Auch die Ränder der Kerbe wirkten verwittert und waren mit Flechten bewachsen. Wer das wohl getan hatte, und wann?

„Ich finde diesen Ort absolut faszinierend", hörte Camille ihre eigenen Gedanken ausgesprochen und drehte sich zu der dunklen Stimme um. Samir stand mitten auf dem Gras, den Kopf in den Nacken gelegt, und betrachtete das Türmchen, in dem eine einzelne Glocke zu sehen war. „Ich könnte mir denken, dass diese winzige Kirche eine wechselhafte Geschichte zu erzählen hat. Die ist mehrere hundert Jahre alt. Vielleicht stammt sie sogar schon aus dem dreizehnten oder vierzehnten Jahrhundert." Er wandte sich Camille zu. „Wir sollten die Hausbesitzerin danach fragen. Ich habe mich auch schon gefragt, ob das Gebäude, in dem wir wohnen, früher eine andere Funktion hatte."

„Woran denkst du?"

„Es könnte ein Stall gewesen sein, so lang gezogen wie es ist. Ich tippe darauf, dass das Haus links von unserem früher das eigentliche Wohnhaus war."

„Hey, ihr beiden. Kommt ihr?", erklang Falkos Stimme. „Ich rieche schon das Meer." Er und Greta waren auf der Straße weitergegangen und dann links abgebogen. Banou stand etwas verloren auf halber Strecke zwischen ihnen und wirkte unentschlossen, ob sie bei ihrem Herrchen bleiben und weiter die Kapelle inspizieren sollte, oder ob es vielversprechender war, Falko und Greta zu folgen.

„Wir kommen", antwortete Samir und griff nach Camilles Ellbogen, um sie zur Straße zu lenken.

„Das Meer?", rief Camille. „Das riecht man hier doch überall."

Ein lautes Lachen von Falko war die Antwort.

Sie schlugen einen Pfad ein und folgten ihm durch Felder, an einer kleinen Pferdekoppel und an den rückseitigen Grundstücken mehrerer Häuser vorbei, die genauso hingestreut wirkten wie das Grüppchen der Häuser, zu denen ihres gehörte. Camille ließ das Zirpen der Grillen, die von Wärme flimmernde Luft über der Erde und die unzähligen, großzügig verteilten knallroten Farbtupfer des Klatschmohns auf sich einwirken.

Nach einer Weile überquerten sie die Landstraße und sahen, wie versprochen, die Dünen in der Ferne. Dahinter das Meer. Durch eine gewellte, mit widerstandsfähigem Gras bewachsene Ebene wanderten sie darauf zu. Der Hund lief fast hektisch von einem Erdloch zum anderen. Überall entdeckte er kleine Höhlen und Gänge, die von Kaninchen oder anderen Tieren stammten. Hoffentlich nicht von Ratten.

„Seht mal dahinten", Greta deutete zum Himmel über dem tiefblauen Ozean. „Sind das Flugdrachen?"

Falko blieb neben ihr stehen und schob den Kopf neben ihren, um die bunten Flecken genauer zu betrachten. Dabei legte er wie zufällig einen Arm um ihre Taille. Als Camille auf gleicher Höhe war, blieb sie ebenfalls dicht neben Falko stehen, und sein zweiter Arm krabbelte um ihren Rücken herum. Er zog beide Frauen an sich, und es hatte nichts Unangenehmes, sondern erinnerte Camille an die Hochzeitsfeier, bei der sie sich so gut angefreundet hatten. Samir schloss zu ihnen auf und griff nach Camilles Hand. Obwohl es eine natürliche Geste unter Freunden war, musste sie den Impuls niederkämpfen, ihm ihre Hand zu entziehen. Wie anders empfand sie dagegen Falkos Berührung, die einen tiefergehenden Strom in ihr auslöste. Erstaunt registrierte sie das wohlige Ziehen unterhalb ihres Nabels. Seit dem Winter und der unangenehmen Erfahrung mit Carlo hatte sie nichts Vergleichbares mehr gespürt. Es war an der Zeit, wieder Leichtigkeit zuzulassen.

„Das sind Kitesegel", sagte Samir und beugte sich leicht vor, um Falko ansehen zu können. „Bei diesem Anblick wirst du bestimmt ganz nervös, oder?"

„Yes!" Es klang ein bisschen wie ein Triumpfruf.

Camille löste sich von den beiden Männern und ging, angetrieben von der Aussicht, endlich am Meer zu stehen, weiter. Die sanften, grasbewachsenen Hügel der Dünen waren ganz nah. Die Form der Segel in der Luft und die einzelnen Personen, die auf Boards durchs Wasser glitten und sie hielten, waren mit jedem Schritt besser zu erkennen.

„Dahinten ist eine Surfschule", erklärte Falko. Anscheinend hatte er sich längst informiert. Er deutete auf mehrere flache Gebäude, um die herum Camille viele Menschen sehen konnte. Auch ein Parkplatz war angelegt, und eine schmale Straße führte an der Küste entlang.

„Man kann dort sehr gut essen", erklärte nun Samir. „Die Buchweizencrêpes mit Jakobsmuscheln sollen besonders lecker sein. Kennst du die typisch bretonischen Galettes?", fragte er an Greta gewandt mit einem Zwinkern. Ein Sonnenstrahl ließ seine blauen Augen hell aufleuchten.

Greta gluckste. „Nein, aber das werden wir heute noch ändern. Vielleicht ist das meine größte Angst: nicht rechtzeitig etwas zu Essen zu bekommen." Sie boxte Samir sacht in die Seite. „Wolltest du mit deiner Frage nach den Galettes darauf anspielen? Wo wir uns doch Gedanken um unsere größten Ängste machen sollen?"

„Hast du etwa schon wieder Hunger?", nahm Falko das Thema auf und schüttelte grinsend den Kopf. Er machte einen halben Schritt Richtung Surfschule, die pure Vorfreude sprach aus seinem Blick. „Ich muss jetzt sofort fragen, ob ich kiten kann."

Greta verdrehte die Augen und boxte in Falkos Richtung. Dieser fing ihre Faust auf und zog sie zu sich heran. Lachend wand sie sich, doch er hielt sie fest.

„Du bist ein Spielkind, weißt du das? Wenn du was siehst, musst du es sofort haben." Gretas Haare flogen im Wind und berührten Falkos lachendes Gesicht, während die beiden sich balgten.

Einen Moment hielt er sie so fest, dass sie sich nicht bewegen konnte. „Du musst es ja wissen."

Camille fragte sich unwillkürlich, was er damit meinte, als Falko Greta wieder losließ.

„Ihr könnt euch ja schon mal die Speisekarte ansehen. Ich erkundige mich nach den Kites. Noch jemand Interesse?" Als er keine Antwort auf seine Frage bekam, zuckte er die Achseln und suchte den Eingang zu dem niedrigen Bau, vor dem ein paar Surfbretter zum Trocknen lagen.

„Speisekarte?", fragte Samir mit hochgezogenen Brauen.

Camille grinste. „Na ja, wir könnten heute Abend eine Galette essen. Bevor wir wieder zurückgehen." Sie atmete tief ein und aus. „Ich habe nichts dagegen, den Nachmittag hier zu verbringen." Sie deutete über die Dünen hinweg, die sie noch immer vom Wasser trennten. „Da drüben scheint ein schöner Strand zu sein."

Greta war bereits vorausgelaufen und stand an dem Gebäude, in dem das Lokal untergebracht war. Davor konnte man im Freien essen. Die Leute, die hier saßen, wirkten entspannt, und das Personal bestand aus Menschen, die ihrerseits wie typische Surfer aussahen. Bei Männern wie Frauen sah Camille von Wind, Sand und Salz gegerbte Haut, und die Jungen trugen vorzugsweise zu Nestern aus Rastazöpfen drapierte kleine Kunstwerke auf den Köpfen.

„Sieht gut aus." Greta wandte sich von der Speisekarte ab. „Ich finde auch, dass wir später unbedingt hier essen sollten. Ich reserviere uns einen Tisch."

„Meinst du, das ist nötig?", fragte Camille.

Greta sah dem Kellner in ausgefransten Jeansbermudas und sonnenverblasstem T-Shirt hinterher, der das Lokal betrat, und zuckte eine Schulter. „Mir egal. Ich mach das jetzt. Drinnen oder draußen?" Sie warf einen Blick ins Innere des Lokals und beantwortete sich ihre Frage gleich selbst. „Drinnen." Damit verschwand sie und kam zwei Minuten später wieder heraus. „Ihr werdet es lieben", versprach sie, hängte sich bei Camille und Samir ein und zog sie zurück zur Surfschule, wo sie Falko jedoch nicht entdecken konnten. Als Samir in das kleine Gebäude eintreten wollte, erschien Falko mit einem Mann im Türrahmen.

„Ah, da seid ihr ja. Ich kann ein Surfbrett haben, aber die Kites sind alle besetzt. Vielleicht reichen die Wellen, um ein bisschen darauf zu reiten." Er sah sie alle der Reihe nach an. „Eigentlich perfekte Bedingungen für Anfänger. Soll ich euch ein bisschen was zeigen?"

Camille lachte laut auf. „Nein, heute nicht. Ich bin erst mal hier, um mich zu entspannen." Sie deutete auf ihre Badetasche, in der sie neben einem riesigen Badetuch auch ein Buch dabei hatte.

„Ich habe auch keinen Bedarf", pflichtete Greta ihr bei, legte dann jedoch einen Moment den Kopf schief. „Aber vielleicht in den nächsten Tagen. Warum nicht? Als Kind habe ich es schon mal versucht und ich war eigentlich nicht schlecht."

„Ich kümmere mich um Banou", erklärte Samir, als Falko auch ihn fragend anblickte.

Camille entging nicht, dass er ihren Freunden verschwieg, wie gut er das Surfen beherrschte. Camille wusste es von früher: Samirs Onkel hatte den Jungen regelmäßig im Herbst und Frühling zu bekannten Surf-Spots in ganz Frankreich mitgenommen. Sie erinnerte sich an einige der Fotos in seinem Kinderzimmer, auf denen er noch mit pechschwarzem Haar, immer in Neoprenanzüge gekleidet, auf den bunten Brettern vor den Wellen des Atlantiks hergesurft war. Seine Muskeln waren vielleicht eine Folge davon, kam es ihr jetzt in den Sinn, nur um im nächsten Moment innerlich den Kopf über diesen Gedanken zu schütteln.

„Ihr seid ja alle Angsthasen." Falko feixte. „Camille, notier das für Mia und Niklas: Wasserphobie bei dir, Greta und Samir." Damit klemmte er sich das Brett unter den Arm und nahm vom Surflehrer einen Neoprenanzug mit halblangen Ärmeln und Beinen entgegen.

Lachend schlugen sie den durch einen Zaun abgetrennten Weg durch die Dünen ein. Camille zog ihre Sandalen aus, die sie zum Jeansmini trug, und stapfte barfuß durch den weichen Sand. Bald konnten sie den weiten Sandstrand sehen und die Bucht, die von Wellenbrechern aus langen Reihen aufgeschichteter Findlinge eingerahmt wurde.

Der Strand war nicht überlaufen, auch wenn reges Treiben herrschte. Samir führte Banou jetzt an der Leine, damit sie keine fremden Menschen belästigte. Sie hielten auf die rechte Seite zu, auf der Hunde erlaubt waren. An einer windgeschützten Stelle in der Nähe der dunklen Gesteinsbrocken breiteten sie schließlich ihre Decken aus und begannen, sich zu entkleiden. Das Oberteil des rot-weiß-karierten Bikinis, den Camille sich vor dem Urlaub in Metz gekauft hatte, war mit festen Cups und Bügeln ausgestattet. So konnte sie sicher sein, dass nichts verrutschte. Das Höschen hatte die Form einer Panty, und ihr war bewusst, dass sie mit ihrer kurvigen Figur und ihren ungebändigten, dunklen Locken wie eine Schauspielerin aus einem amerikanischen Spielfilm der Sechzigerjahre wirkte. Noch im Laden war sie unsicher gewesen, ob sie sich nicht doch einen Einteiler zulegen sollte. Aber jetzt genoss sie es. Selbst die elfenhafte, grazile und doch hochgewachsene Gestalt von Greta rief keine Unsicherheit in ihr hervor. Sie lächelte der Freundin herzlich zu, die sich mit einem Schnauben neben ihr aufs Badetuch fallen ließ und die kurze Hose von den langen Beinen strampelte. „Soll ich dich eincremen?", bot Camille ihr an.

„Oh ja, den Rücken bitte. Ich revanchiere mich auch dafür."

Falko quälte sich indessen damit ab, in den engen Neoprenanzug zu steigen. Camille vermied, ihm zuzusehen, ebenso wie sie es mied, mit den Blicken über Samirs Körper zu wandern, der inzwischen nur noch Badeshorts trug und dessen Oberkörper im Gegensatz zu den Unterschenkeln und den Armen erstaunlich hell war. Das würde sich wahrscheinlich innerhalb kurzer Zeit ändern. Seine Haut war der Sonne gegenüber nahezu unempfindlich.

„Ich lasse meine Sachen hier, okay?" Samir rollte seine Umhängetasche zusammen und legte seine Hose und das T-Shirt darauf ab. Dann setzte er auch seine Brille ab und verstaute sie unter dem Stoff. Für eine Sekunde fühlte Camille sich von seinem Blick gebannt. Er hatte etwas Verletzliches ohne den schützenden Hornrahmen, der sonst wie eine Schranke zwischen ihm und der Welt stand.

„Klar." Schnell schaute sie auf Gretas Rücken und verteilte die restliche Sonnencreme darauf.

Samir und Falko schlenderten davon. Der eine nur mit Badehose bekleidet, den schwarzen Hund neben sich, als gehöre er zu ihm wie ein kleiner Schatten, der andere mit dem Surfbrett unter dem Arm. Falkos Anzug betonte das Spiel seiner Pomuskeln und unterstrich seine sehnigen, lässigen Bewegungen.

„Wow, anscheinend sind wir mit den zwei attraktivsten Jungs am Strand unterwegs", hörte Camille Greta sagen. Sie hatte sich halb umgedreht, und auf den Ellbogen gestützt sah sie den beiden hinterher. Dann deutete sie mit dem Kinn auf Camille. „Aber die beiden sind auch in der attraktivsten weiblichen Begleitung. Oder was meinst du?"

Camille stimmte in Gretas ausgelassenes Lachen mit ein.

„Und jetzt creme ich dich noch ein. Du kannst ein bisschen gesunde Farbe wirklich gebrauchen, meine Liebe."

Wenig später spielte der Wind mit den Seiten in Camilles aufgeschlagenem Buch. Sie lag auf dem Bauch und lauschte auf die Geräusche. Greta war eingeschlafen und atmete ruhig und gleichmäßig, um sie herum war helles Kinderlachen zu hören, aber auch die Unterhaltungen der Touristen in unterschiedlichen Sprachen. Der Wind verursachte ein ständiges leises Brausen, das sich mit dem Rauschen der sich brechenden Wellen mischte. Und hörte sie in der Ferne nicht immer noch das Zirpen der Grillen?

„Wollen wir ein bisschen am Wasser entlangspazieren?" Es war Gretas Stimme, die Camille aus ihrem Nickerchen zurückholte. Dann spürte sie sacht die Berührung ihrer Hand auf den Schultern. „Du solltest dir etwas überziehen, deine Haut ist schon genauso heiß und rot wie meine."

Camille drehte sich um und blinzelte zu Greta hoch, die mit angezogenen Beinen neben ihr saß. Sie hatte sich ihren Strohhut tief ins Gesicht gezogen. Ihre Augen waren hinter der großen Sonnenbrille verborgen. Quer über ihren Schultern lag das Top, das sie vorher getragen hatte. Camille erkannte, dass Gretas Dekolleté über ihrem Bikinioberteil rosig schimmerte. Oh je, dann musste ihre eigene Schneewittchenhaut inzwischen krebsrot sein, Sonnenschutz hin oder her. „Wie lange habe ich denn geschlafen?" Rasch kramte sie ihre kurzärmelige Bluse unter der Badetasche hervor, die ihr als Kopfkissen gedient hatte, und zog sie über. Dann betrachtete sie ihre Arme. Ja, sie hatten Farbe bekommen, wirkten aber nicht verbrannt. Gott sei Dank!

„Keine Sorge, so lang war es gar nicht. Ich dachte mir einfach, dass ich dich aufwecke, bevor du dir einen Sonnenbrand holst. Außerdem“, sie deutete zum Wasser, „würde ich gern noch ein bisschen meine Füße baden, bevor die Flut zurückkommt.“

„Hast du Lust auf Schwimmen?“

Greta winkte ab. „Vielleicht, mal sehen. Aber ich glaube, mir ist der Atlantik einfach zu kalt.“

Camille suchte ihre Sonnenbrille hervor und setzte sie auf. Die Wellen schienen ihr bereits etwas näher als zuvor. Sie ließ den Blick über die weite Bucht schweifen, an deren einem Ende die Pointe de la Torche lag, die der Surfschule den Namen gegeben hatte. „Du hast recht. Lass uns mal den alten Bunker dort ansehen.“ Sie deutete auf den schräg liegenden Betonkubus mitten auf dem Strand, der zu mehr als zwei Dritteln im Sand versunken dalag.

Sie schlenderten zur Wassergrenze, vorbei an dem Bunker, der aus dem Zweiten Weltkrieg stammte und irgendwie komplett fehl am Platz wirkte. Um ihn herum stand Wasser, das sich dort gesammelt hatte, wo er in den Sand eingesackt war. Kurz darauf genoss Camille am Wassersaum die sacht vor- und zurückfließenden kleinen Wellen, die ihre Füße umspielten. Sie suchte mit den Augen nach den beiden Männern. Es waren viele Surfer und Surferinnen auf dem Wasser, vor allem mit Kites. Erstaunlich, was sie an Kunststücken darboten!

„Sieh mal, dort ist Falko! Ganz weit draußen.“ Greta deutete auf das Meer hinaus, doch Camille konnte ihn nicht von den anderen Surfern unterscheiden. Zu viele ritten die Wellen, die jetzt höher waren als noch vor einer Stunde.

„Ich kann ihn nicht erkennen." Camille legte die Hand über die Augen, doch es war hoffnungslos.

„Er kommt näher, gleich wirst du ihn sehen. Seine blonden Haare stechen heraus."

Plötzlich spürte Camille Wasser, das von der Seite her an ihr Bein spritzte. Mit einem Quieken sprang sie zurück und drehte sich um. Samirs Hündin beschnupperte ihre Waden. Camille lachte. „Banou! Das kitzelt." Dann beugte sie sich hinunter und kraulte die Hündin hinter den Ohren. Dabei sah sie zu Samir, der aus der Richtung von La Torche herankam. Sie lächelte. „Salut."

„Wir waren dort hinten bis zur Spitze. Ein schöner Ort. Aber nicht ganz ungefährlich. Da sind in regelmäßigen Abständen am Weg entlang Rettungsringe aufgehängt, wahrscheinlich für den Fall, dass Leute von der Flut überrascht werden. Die Landzunge ist dann nur noch ein schmaler Steg. Es gibt ein Denkmal, das an die Gefallenen des Kriegs erinnert." Er runzelte leicht die Stirn. „Den Bunker habt ihr schon gesehen, oder?"

„Ja, er ist ja nicht zu übersehen. Er wirkt strange hier mitten am Strand."

Samirs Stirn glättete sich wieder. „Ja, aber er kann den Frieden des Ortes trotzdem nicht brechen. Richtig?"

Camille sah überrascht in seine immer noch ungeschützten Augen. Er griff nach ihrer Sonnenbrille und hob sie ein Stück hoch, damit er ihre Augen erkennen konnte. Es war eine eigenartig intime Geste, die sie verunsicherte.

Er setzte ihr die Brille wieder auf und lächelte. „Es tut gut, hier zu sein. Ich werde mich bei Sophie bedanken, dass sie ihren Gewinn an mich abgetreten hat."

„Oh Gott, was macht er denn da?", rief Greta, die die ganze Zeit weiter nach Falko Ausschau gehalten hatte. Sie lief ein paar Schritte ins Wasser hinein und starrte unverwandt geradeaus. Ihr ausgestreckter Arm deutete auf eine Stelle zwischen den heranrollenden Wellen. Camilles Herz begann heftig zu pochen, während sie vergeblich nach Falkos Silhouette Ausschau hielt. Auch Samir starrte in die angezeigte Richtung.

Greta fasste nach Camilles Arm. „Er ist mit jemandem zusammengestoßen, sie sind beide ins Wasser gestürzt. Aber ich kann ihn nirgends sehen. So lange kann er doch nicht unter Wasser bleiben. Siehst du sein Board? Ist es das dort?"

In diesem Moment erkannte Camille das neongelbe Board, das von einer kleineren Welle hochgehoben wurde. Falko war nicht zu sehen, doch in der Nähe seines Bretts zog sich ein anderer Surfer auf sein Board und begann, sich mit den Händen paddelnd auf Falkos Brett zuzubewegen. An dieser Stelle war das Wasser nicht mehr sehr tief. Umso eigenartiger, dass Falko noch immer nicht aufgetaucht war.

„Um Himmels willen, er wird sich doch nicht verletzt haben?"

„Halt fest, ich schwimme raus." Samir drückte Camille die Hundeleine in die Hand, warf sich ins Meer und schwamm mit sicheren, weitausholenden Zügen zu den beiden Brettern hinaus. Es war nicht zu übersehen, dass er ein geübter und sicherer Schwimmer war.

„Hoffentlich findet er ihn gleich." Gretas Stimme klang genauso besorgt, wie Camille sich fühlte. „Ich habe Angst! Falko wird doch nichts passiert sein?"

„Ganz bestimmt nicht. Sieh mal, dort ist es gar nicht mehr tief. Falko weiß, was er tut." Doch Camille glaubte ihren Worten selbst nicht. Ihre Brust wurde eng, sie konnte nur oberflächlich atmen.

Wassertretend sprach Samir mit dem anderen Surfer, der auf eine bestimmte Stelle deutete. Dann tauchte Samir unter und im nächsten Moment kam er wieder hoch, mit Falko! Er hielt ihn unter beiden Achseln, damit sein Kopf über der Wasseroberfläche blieb.

Greta schrie vor Schreck laut auf und lief weiter ins Wasser hinaus, um zu den Männern zu schwimmen. Die Wellen warfen sie jedoch immer wieder zurück, sie kam kaum voran. Schließlich gab sie auf und watete in ihrem klatschnassen Top wieder Richtung Camille, die mit Banou etwas weiter zurückgegangen war, da das Wasser nun langsam immer näher schwappte. Anscheinend kehrte die Flut zurück.

Samir und der fremde Mann hatten Falko inzwischen auf sein Board gezogen, und als sie im flacheren Wasser ankamen, kam er wieder zu sich. Camille sah ihn sich aufbäumen, hörte ihn husten und nach Luft schnappen und sah, wie Greta die Hände vor Entsetzen vors Gesicht schlug. Mit vereinten Kräften sorgten der andere Surfer und Samir dafür, dass sie ins seichte Wasser gelangten, wo sie stehen und die Boards zum Strand schieben konnten. Falko saß jetzt aufrecht und schüttelte sich das Wasser aus den Ohren. Dann stand auch er auf und kam, leicht schwankend, auf Camille und Greta zu.

„Was ist nur passiert?", rief Greta und umarmte ihn. Sie hielt ihn fest, beugte sich dann aber zurück, um ihm ins Gesicht blicken zu können.

Camille erschrak heftig, als sie die Wunde an seinem Haaransatz entdeckte, aus der frisches Blut herauslief. Seine Gesichtsfarbe war fahl. Sie griff nach Falkos Unterarm, um seinen Puls zu suchen. Die kühle, feuchte Haut beunruhigte sie, obwohl sie darunter die Bewegung seiner Muskeln fühlen konnte.

Samir hatte sich das Brett unter den Arm geklemmt und bedeutete ihnen, zurück zu ihren Decken zu gehen, da kam ein Strandwächter herangelaufen. „Sind Sie verletzt?"

Greta trat zur Seite, sodass der Mann Falkos Gesicht sehen konnte. „Kommen Sie mit, ich versorge Ihre Wunde. Was ist geschehen?"

„Wir hatten einen Zusammenstoß", erklärte der andere Surfer, ein etwas älterer Franzose. „Er muss sich den Kopf am Board angeschlagen haben und war kurze Zeit bewusstlos."

„Dann müssen wir den Notarzt rufen."

„Unsinn", rief Falko aus. Die Farbe war in sein Gesicht zurückgekehrt. „Mir geht es gut. Das ist doch nur ein Kratzer. Ich bin bloß ins Wasser gefallen, mein Gott!" Er lachte und rieb sich mit der Hand das Blut von der Stirn.

Obwohl sie den Gedanken unpassend fand, fiel Camille auf, wie unwiderstehlich er gerade aussah mit seiner nass glänzenden Haut, dem eng anliegenden

Neoprenanzug und den wirren, vom trocknenden Salzwasser verklebten Haaren. Die Wunde hatte schon aufgehört zu bluten und verlieh ihm etwas Piratenhaftes. Er wirkte tatsächlich nicht wie jemand, der ärztliche Hilfe brauchte.

Der Strandwächter ließ es sich dennoch nicht nehmen, Falkos Wunde zu desinfizieren. Es stellte sich heraus, dass es nur eine oberflächliche Schramme war. Nachdem Falko ein paar Tests gemacht hatte, die bewiesen, dass seine Reflexe noch funktionierten, konnte er den Mann davon überzeugen, ihn gehen zu lassen. Schließlich verabschiedeten sie sich von dem anderen Surfer, wanderten zu ihren Strandtüchern zurück und ließen sich in einem Kreis darauf nieder. Nur Greta blieb stehen, bückte sich und kramte in ihrer Strandtasche nach etwas.

„Danke, dass du mir geholfen hast", sagte Falko an Samir gewandt. „Ich weiß nicht, ob ich alleine wieder aufgetaucht wäre." Plötzlich schien alle Selbstsicherheit, die er dem Strandwächter vorgespielt hatte, von ihm abzufallen. Er schälte sich im Sitzen umständlich aus dem Neoprenanzug, und jetzt konnte Camille sehen, dass seine Hände zitterten.

„Kein Problem." Samir sah Falko an und nickte ihm zu.

Falko saß jetzt in seiner Badehose auf dem Tuch, die Beine zum Schneidersitz verschränkt. Er streckte die Hände nach vorn, das Zittern seiner Finger war nicht zu übersehen. Camille hatte den Impuls, sich an ihn zu schmiegen, um ihn zu wärmen, aber das wäre wohl unpassend gewesen. Sie warf einen Blick auf Greta, die sich mit einem Handtuch abgetrocknet hatte und sich nun ebenfalls hinsetzte. Ihr Top legte sie einfach flach in die Sonne, um es trocknen zu lassen.

„Du hast einen Schock", sagte sie und griff nach einer von Falkos Händen. Er überließ sie ihr und legte die zweite Hand auf seinen Oberschenkel.

„Ja, anscheinend schon. Aber es ist ja nichts passiert. Alles gut." Er sah nochmals zu Samir, der sich ein Handtuch um den Oberkörper gehängt hatte. „Aber eines muss ich jedenfalls revidieren. Samir und Greta, ihr habt keine Wasserphobie!" Dann zwinkerte er Camille zu. „Bei dir bin ich mir allerdings nicht sicher."

Camille winkte ab. „Einer musste ja bei Banou bleiben."

Samir blickte zum Himmel hinauf. „Wir müssen ja jetzt eh warten, bis unsere Sachen wieder trocken sind. Da könnten wir uns auch Gedanken über unsere Tagesaufgabe machen, was meint ihr?" Seine Stimme klang ernst und ein bisschen belegt, wie Camille überrascht feststellte.

„Ja, das könnten wir tatsächlich", stimmte sie ihm zu. „Allerdings ist mir noch nichts eingefallen, das mir Angst macht. Und wie ist es mit euch?" Sie sah unverwandt Samir an, weil sie das Gefühl hatte, dass er etwas loswerden wollte.

Tatsächlich nickte er bedächtig. „Mir ist es bei meinem Spaziergang klar geworden." Er sah zu Falko. „Und gerade eben noch mal, als ich dich nicht sehen konnte und Greta vor Angst um dich geschrien hat. Es ist etwas, das mich immer schon begleitet hat, und ich denke, es hat mit meinen Großeltern zu tun."

Falko lächelte Greta an und drückte dankbar ihre Hand, die noch immer mit der seinen verschränkt war, dann ließ er sie los.

„Ich hatte auch Angst um dich", sagte Camille und erwiderte das Lächeln, das Falko ihr daraufhin schenkte. Sie hatte das Gefühl, dass sein Blick ihr etwas sagen wollte. Etwas, das sie gern gehört hätte. Das sanfte Ziehen unterhalb ihres Nabels setzte wieder ein, das er heute schon einmal in ihr ausgelöst hatte.

„Was meinst du, Samir?", fragte Falko dann.

Samir zog seine Knie an und umfasste sie mit den Armen, bevor er weitersprach. Es wirkte, als wollte er sich abschirmen, und doch ließ er sie mit seinen Worten an etwas teilhaben, das ihn seit seiner Kindheit bewegen musste. Früher hatte er nie darüber gesprochen, er hatte seine Großeltern nie erwähnt. Doch nun fing er an zu reden, zuerst stockend, dann immer sicherer. Er erzählte die Geschichte seines Großvaters, der vor über sechzig Jahren aus Saudi-Arabien nach Frankreich geflüchtet war. Die eigentlichen Gründe kannte Samir nicht, doch es war dem alten Herrn, der inzwischen nicht mehr lebte, und seiner Familie unmöglich gewesen, wieder in die ehemalige Heimat zurückzukehren. Er berichtete, wie sein Opa die fremde Sprache lernte und sich mit schlecht bezahlten Gelegenheitsjobs durchschlug, wie er sich in der Banlieue von Paris unter Arabern wie Franzosen behaupten musste. Er war oft zusammengeschlagen worden, hatte sich auch selbst mit anderen geschlagen. Dann hatte er seine spätere Frau kennengelernt, Marie, die Tochter seiner Lehrerin. Von da an war alles besser geworden. Der

Opa war Muslim geblieben, obwohl er eine Christin geheiratet hatte. Er vergaß niemals seine Wurzeln und lebte seinen Glauben, aber mit größter Offenheit.

„Ich habe meinen Opa geliebt, er war einer der ersten wirklich toleranten Menschen, die ich kennengelernt habe."

„Du hast diese Toleranz von ihm übernommen." Vor Camilles innerem Auge entstand das Haus der Familie Faure, und sie erinnerte sich dunkel an den alten Herrn, Samirs Großvater, den sie ein paar Mal getroffen hatte.

„Das mag sein. Aber ich trage auch eine irrationale Angst in mir. So geht es wohl allen Menschen, die in einer Welt aufwachsen, von der sie nicht ganz und gar Teil sind. Obwohl ich bereits zur dritten Generation gehöre, habe ich manchmal dieses Gefühl, ein Fremder zu sein." Er hielt einen Moment inne und blickte in die Ferne. „Ich träume manchmal davon, fliehen zu müssen. Das ist in den letzten Jahren noch schlimmer geworden. Die Nachrichten von Menschen, die aus ihrer Heimat fliehen müssen und in Europa Hilfe suchen. Nachts wache ich manchmal auf und weiß, ich gehöre zu ihnen." Er rieb sich mit den Händen über das Gesicht. „Ich habe nichts davon selbst erlebt. Und dennoch habe ich Angst davor, jemals in eine solche Situation zu geraten. Es ist unlogisch, aber es ist da."

Camille rückte näher zu Samir und lehnte sich gegen ihn. Seine Haut war warm. Überrascht bemerkte sie das hauchzarte Kitzeln, das seine Körperbehaarung auf ihrer Haut an den Stellen auslöste, an denen sie sich berührten. Sie bemühte sich, es zu ignorieren. „Das verstehe ich", sagte sie einfach.

Samir hob den Kopf und nickte ihr zu. Dann atmete er tief ein und aus. „Tja, nun wisst ihr es. Diese Angst begleitet mich schon sehr lange. Aber ich komme damit zurecht. Natürlich macht sie sich ab und zu bemerkbar. In unerwarteten Momenten bricht sie auf. Es muss eine Art Verlustangst sein. Mein Opa hat auf der Flucht damals seinen Bruder verloren." Er runzelte abermals die Stirn. „Das hat mit meinem Leben eigentlich nichts zu tun. Und trotzdem." Er zog die Schultern hoch, wodurch Camille den Kontakt zu ihm verlor. Sie rückte wieder ein bisschen von ihm ab. „Aber jetzt genug von mir", sagte er. „Ich möchte wissen, was es bei euch ist. Wovor hast du Angst, Greta?"

Greta zog die Beine an und umschlang sie mit den Armen, wie Samir zuvor. Camille musste den Impuls bekämpfen, in die gleiche Pose zu verfallen. Eigenartig.

„Bei mir ist es das Klischee schlechthin." Sie verzog den Mund. „Ich bin das arme reiche Mädchen, das Angst hat, nicht geliebt zu werden." Sie grunzte und winkte ab. „Na ja, nicht ganz so, aber doch nah dran. Wie ihr wisst, sind meine Eltern beide Ärzte und hatten deshalb so gut wie nie Zeit für mich, als ich noch ein Kind war. Sie haben zwar ein Haus- und Kindermädchen finanziert, aber", sie runzelte die Stirn, „meine Eltern haben mir halt gefehlt. Manchmal habe ich sie tagelang nicht zu Gesicht bekommen." Sie wischte sich mit der Hand über die rechte Wange. „Schnee von gestern. Inzwischen bin ich erwachsen und verstehe mich gut mit ihnen. Wir sind Freunde geworden." Sie lachte freudlos. „Allerdings gibt es Dinge, die sie mir einfach nicht verzeihen können."

„Was zum Beispiel?", wollte Samir wissen.

„Ich habe nicht studiert, sondern eine Lehre gemacht. Ich bin Floristin geworden. Das ist ihnen ein Dorn im Auge."

Samir hob eine Augenbraue. „Aber du liebst den Beruf?"

Greta zog eine Grimasse. „Einerseits ja. Ich liebe die Arbeit mit den Pflanzen, genauso wie Mia übrigens. Aber", sie presste kurz die Lippen aufeinander, „meine Eltern hatten irgendwie doch recht. Ich arbeite als Angestellte in dem kleinen Kiosk an unserem Klinikum und, na ja, ich fühle mich unterfordert."

Camille betrachtete ihre Freundin nachdenklich. „Hast du den Beruf nur wegen deiner Eltern ausgesucht, um ihnen eins auszuwischen?"

Greta seufzte. „Halb und halb." Sie blickte in den Himmel, hinter ihrer Stirn schienen sich die Gedanken zu jagen. „Jedenfalls kann ich sagen, dass das meine größte Angst ist. Haben meine Eltern recht behalten? Hab ich mein Leben in den Sand gesetzt?"

„Wie alt bist du, Greta?", fragte Samir sanft.

„Sechsundzwanzig."

„Und da resignierst du schon?", fragte Falko, der die ganze Zeit still geblieben war. „Was soll ich denn da sagen? Ich bin mit achtundzwanzig immer noch Student." Er zwinkerte. Sie alle wussten, dass er einen Lehrstuhl so gut wie sicher hatte.

„Ihr habt ja recht. Es ist bloß – ich will meinen Eltern nicht die Genugtuung geben."

„Aber das ist ja fast schon paradox", rief Camille aus. „Hängst du in einem Beruf fest, den du gar nicht liebst?"

„Nein, das auch wieder nicht. Ich arbeite liebend gern mit Pflanzen. Der Job im Kiosk hat bloß keine

Perspektive. Ich bin dort schon seit ein paar Jahren, und obwohl ich den Umgang mit den Kunden wirklich mag, fühle ich mich halt unterfordert.“

„Hast du mal daran gedacht, einen eigenen Blumenladen aufzumachen?“ Falko hatte sich inzwischen zurückgelegt und hielt den Kopf leicht angehoben, damit er die Freunde sehen konnte.

„Tatsächlich denke ich schon eine ganze Weile darüber nach.“ Sie streckte die Beine aus und straffte ihre Schultern. „Und ich glaube, das werde ich nach dem Urlaub gezielt in Angriff nehmen.“ Sie grinste.

„Dann hast du deine Angst soeben überwunden?“ Samir blinzelte.

Greta blies die Wangen auf. „Ja. Nein. Vielleicht.“ Sie lachte. „Ich hoffe es. Mal sehen, wie zielstrebig ich es durchziehe. Und was meine Eltern dazu zu sagen haben. Sie hoffen immer noch heimlich darauf, dass ich ein Studium beginne, glaube ich.“

„Tja. Das ist nicht ihre Entscheidung. Aber es ist ja schon irgendwie komisch, dass wir beide zu entgegengesetzten Mitteln gegriffen haben, nur um unseren Eltern etwas zu beweisen.“ Falko setzte sich jetzt wieder auf. Er strich sich mit den Fingern durch die störrischen Haare. Camille musste lächeln. Es war ein schöner Anblick und hatte zugleich etwas Unüberlegtes und sehr Jungenhaftes.

„Du hast absichtlich *nicht* studiert, und ich habe gezielt studiert und dann auch noch weitergemacht.“

„Meinst du, es war Angst, die dich dazu bewogen hat?“, hakte Samir nach.

„Ja. Es ist ganz einfach. Und es läuft wieder auf die Geschichte hinaus, die ich euch gestern schon erzählt habe." Er tupfte vorsichtig auf der verkrusteten Wunde an seiner Schläfe herum. „Meine größte Angst ist es, nicht gut genug zu sein. Das hat positive Eigenschaften in mir verstärkt, aber irgendwie verhindert es auch, dass ich völlig frei sein kann."

„Womit könnte diese Angst beendet werden?" Camille sah Falko in die Augen. Sie selbst hatte in ihrer Familie niemals Vergleichbares erlebt. So einfach ihre Eltern das Familienleben auch gestaltet hatten, es war eine rundum glückliche Kindheit gewesen. Umso mehr wünschte sie sich, Falko diese Angst nehmen zu können.

„Das liegt ganz an mir, schätze ich. Wahrscheinlich ist es reine Gewohnheit, die ich seit meiner Kindheit mitschleppe. Schließlich hat meine Mutter mir vor ihrem Tod gesagt, dass sie mich immer geliebt hat und dass sie stolz auf mich ist. Also sitzt dieser Gedanke nur in meinem Kopf fest. Denn mein Vater ist von meiner Studienfachwahl von Anfang an begeistert gewesen." Unvermittelt sprang er auf. „Aber wisst ihr was, genug gegrübelt. Was haltet ihr von einem Abendessen? Spät genug ist es ja. Und immer wenn ich fast sterbe, habe ich hinterher einen Mordshunger." Er lachte schallend.

Innerhalb von zehn Minuten hatten sie ihre Sachen zusammengepackt. Falko gab das Board und den Neoprenanzug wieder ab, und weitere fünf Minuten später saßen sie in dem kleinen Lokal auf den rustikalen Stühlen mit Bambussitzflächen und studierten die Speisekarte. Die kleinen, dunklen Holztische waren mit Gläsern, Besteck und weißen Stoffservietten eingedeckt, und es zeigte sich, dass man hier auch gediegen speisen konnte. Alle vier wählten sie jedoch Galettes. Dazu orderten sie einen großen Pichet Apfelcidre.

Camille fühlte sich ausgelassen wie schon lange nicht mehr. Ihre Knie berührten die Knie beider Männer unter dem Tisch. Am Anfang versuchte sie noch, die Berührung zu vermeiden, doch da beide Jungs sich keinerlei Mühe machten, ihre Beine eng nebeneinanderzustellen – die einzige Möglichkeit, mit der sie Camille und Greta die Chance gegeben hätten, auf Abstand zu bleiben – sah auch Camille nach einer kurzen Weile nicht mehr ein, weshalb sie verkrampft ihre Oberschenkel aneinanderpressen sollte. Wozu auch? Letzten Endes löste sowohl die Berührung mit Samirs als auch Falkos Knie eine wohlige Empfindung in ihr aus. Bevor sie sich allerdings bemühte, diese Empfindung näher zu analysieren, machte sie sich bewusst, dass Greta und die beiden Jungs genau die gleichen sensuellen Erfahrungen machen mussten. Camille fragte sich bloß, ob die anderen sie auch so intensiv empfanden wie sie selbst.

Camille hatte ihren ersten Tonbecher Cidre bereits geleert, weil das süßherbe, spritzige Getränk so herrlich erfrischend schmeckte. Allerdings schlug die Wirkung des Alkohols auch sofort zu. Sie fühlte sich auf eine herrlich leichte Art beschwipst.

„Wisst ihr eigentlich, dass ich das gerade richtig klasse finde?"

„Ich finde es auch klasse. Aber was genau meinst du?" Falko sah ihr mit seinem dunkelgrün schimmernden Blick in die Augen.

Camille stieg die Hitze in die Wangen und sie hoffte, dass es nach der heutigen Sonneneinstrahlung und in dem leicht diffusen Licht, das wegen der kleinen Fenster in diesem Raum herrschte, nicht auffallen würde. Sie hielt Falkos Blick bewusst stand, als sie weiterredete. „Na, wie wir vier hier zusammensitzen, Urlaub haben und chillen. Ich find's genial." Sie streichelte einmal kurz über Falkos Arm, wobei ihr Herz loswummerte. Seine Reaktion war ein umwerfendes Lächeln. Offensichtlich störte es ihn nicht, im Gegenteil. Mit einem raschen Seitenblick sah Camille, wie Greta Samir ein Lächeln schenkte, dann sprach sie weiter. „Ich meine, wir sitzen hier so vertraut zusammen, als würden wir uns schon ewig kennen, und es ist so normal, versteht ihr? Wie eine Familie." Sie stockte. Nun, Bruder und Schwester war nicht das, was sie sich vorstellte. Das war es vielleicht auf ihrer linken Seite, mit Samir, aber die Berührung mit Falko war definitiv anderer Natur. Eine zarte Gänsehaut überlief sie, als sie sich klarmachte, dass sie tatsächlich dabei war, sich in den großen Sportler zu verlieben. War das Leben nicht wundervoll?

Der Moment zog sich auf wunderbare Weise in die Länge. Sie saßen da und lächelten ... *grenzdebil*, kam es Camille in den Kopf, aber bevor sie anfing, noch mehr Blödsinn zu faseln, der ihr irgendwann peinlich sein würde, brachte eine Kellnerin mit kunstvoller Dreadlocks-Frisur die ersten beiden Galettes an den Tisch. Damit war der Bann gebrochen.

Ein zweiter Kellner stellte nun auch die Bestellungen von Samir und Greta hin und wünschte einen guten Appetit. Samir orderte einen weiteren Pichet de Cidre, dann machten sie sich mit Heißhunger über ihre Pfannkuchen her.

„Mh, ist das lecker!“ Camille hatte schon lange keine Jakobsmuscheln mehr gegessen. Der zarte Muschelgeschmack in Verbindung mit der Crêpe aus herbem Buchweizenmehl und einer milden, hellen Soße schmolz auf ihrer Zunge zu einer unwiderstehlichen Melange. Das Fleisch der perfekt gegarten Muschelfilets war zart und doch fest, ein bisschen erinnerte seine Konsistenz an Hähnchen.

Auch Greta ließ entzückte Geräusche ertönen. Beide Männer wechselten Blicke und lachten auf.

Mit einem Nicken sagte Samir in Gretas Richtung: „Dass Camille weiß, was gut ist, habe ich ja schon gemerkt, als wir noch Kinder waren. Aber du verstehst es offensichtlich, genauso sinnlich zu genießen. Dabei sieht man es dir kein bisschen an.“

Scherzhaft mit der Zunge schnalzend schlug Camille ihm auf den Unterarm. „Aber mir schon, oder wie? Samir, das ist nicht gerade charmant.“

Greta hingegen sah Samir mit leicht hochgezogenen Brauen an. „Sinnlich, meinst du? Bist du sicher, dass du das korrekte deutsche Wort benutzt?“

Samir runzelte die Stirn, dann grinste er. „Ach, ich meine natürlich lustvoll.“

Camille schluckte. Die Luft am Tisch schien plötzlich elektrisch aufgeladen. Greta und Falko lachten, die eine glockenhell, der andere mit einem Bariton, der Camille sofort in den Bauch fuhr.

„Lustvoll ist zwar herrlich.“ Falko beugte sich leicht vor, sodass Camille seinen unaufdringlichen Geruch nach Sonne, Salz und Haut auffangen konnte. Oh ja, das hatte definitiv etwas Lustvolles. Sie könnte in seinem Duft baden! „Aber“, führte Falko fort, „du meintest vermutlich doch eher sinnlich. Schließlich ist essen und schmecken etwas, wofür wir unsere Sinne einsetzen. Und was dich angeht, Camille", sein Handrücken berührte den ihren und sandte Hitze unter ihre Haut, "so ist es absolut als Kompliment zu verstehen. Ich wollte dir schon bei Mias Hochzeit sagen, wie schön du bist. Ich fand es nur ein bisschen unpassend. So was macht man in unserer Gesellschaft nicht ohne Hintergedanken, richtig?" Er sah zu Greta. "Aber jetzt nutze ich den Moment einfach schamlos aus und sage auch dir, wie schön du bist." Er grinste, dann steckte er sich die Gabel mit einem Stück Crêpe in den Mund und kaute, offensichtlich zufrieden mit sich und der Welt. Er schluckte den Bissen, dann stellte er fest: "Samir und ich haben Glück mit unserer weiblichen Begleitung. Kann man nicht anders sagen."

Greta warf Camille einen verschwörerischen Blick zu, und sie musste daran denken, wie sie beide heute Nachmittag am Strand fast exakt das Gleiche bezüglich ihrer männlichen Begleitung festgestellt hatten. Dann reckte die Blondine das Kinn ein bisschen vor. Camille war sich nicht ganz sicher, hatte aber den Eindruck, dass Greta ihr zuzwinkerte, bevor sie ihre nächsten Worte an Samir richtete. "Aber wie genau meintest du das denn eben? Camille weiß, was gut ist? Meinst du nur aufs Essen bezogen oder gibt es da noch eine Hintergrundgeschichte, die ihr beide uns vorenthalten habt?"

Samirs Augen blitzten vor Vergnügen, und Camille fühlte sich für eine Sekunde in die Zeit zurückversetzt, in der sie ihm hoffnungslos erlegen war. Ob seine

Ausstrahlung gerade die gleiche Wirkung auf Greta hatte?

„Ich meinte es auf das Essen bezogen, ja. Allerdings", er hielt inne und verzog seine großzügig geschwungenen Lippen, „kann ich auch mit Fug und Recht sagen, dass sie das Abenteuer geliebt hat."

„Das Abenteuer?", hakte Falko nach.

Samir lachte. „Ja, wie Kinder es nun mal tun, die ohne Aufsicht, frei wie die Vögel, durch die Natur streifen. Julien, Camille und ich sind über Felder und durch Wälder gestrolcht, durch Bäche gewatet, auf Bäume geklettert. Übrigens", er wandte sich Camille zu. Sein Lächeln sprühte vor Vergnügen. „Du hast damals keine Kleider getragen, sondern immer nur kurze Hosen."

„Wie bedauerlich", entfuhr es Falko. Seine Bemerkung entfachte das Kribbeln in Camilles Bauch erneut.

„Hey, werdet ihr jetzt anzüglich, oder was? Ts!" Greta schüttelte schmunzelnd den Kopf. Camilles Wangen brannten. „Ich jedenfalls mag Camilles Stil sehr, und manchmal wünschte ich, ich hätte auch etwas mehr von dieser weichen Weiblichkeit."

„Holla, ist jetzt die Stunde der Selbsterkenntnisse?" Falko hatte den Kellner herbeigewunken und um die Dessertkarte gebeten. „Das sind doch alles nur Äußerlichkeiten. Ich mag euch alle so, wie ihr seid. Und dass ihr auch noch schön seid, stört mich dabei kein bisschen." Er feixte und blickte sie alle drei der Reihe nach an.

Samir öffnete den Mund, als wolle er etwas sagen, doch dann schloss er ihn wieder.

Greta, die ihn beobachtet hatte, lachte laut auf. „Leute, ich mag euch auch! Und ich werde mir jetzt noch diese Crème brûlée schmecken lassen."

Kapitel 9

Die Nacht brach bereits herein, als sie endlich an ihrem Häuschen in La Madeleine ankamen. Camille war heilfroh, dass sie den Weg zurück gefunden hatten. Banou hatte ihnen mit ihrer Schnuppernase im Zweifelsfall die Entscheidung, welche Richtung sie einschlagen mussten, abgenommen. Zwar war keiner von ihnen betrunken, aber angeheitert fühlte Camille sich allemal, und sie ging davon aus, dass der Alkohol auch bei den anderen seine Wirkung entfaltet hatte. Jedenfalls waren sie über die unebene weite Fläche zwischen der Küsten- und der Landstraße mehr gestolpert als gewandert, und jeder von ihnen war mindestens einmal mit dem Fuß in einem der Kaninchenlöcher gelandet, was zu mehreren Heiterkeitsausbrüchen und aufgeregtem Buddeln und Bellen der Hündin geführt hatte. Schon sehr bald hatten sie eine Kette gebildet, Camille hatte sich bei Falko und Samir untergehakt, Greta war auf der anderen Seite von Samir gelaufen. Der unebene Untergrund zwang sie zwar oft, sich voneinander zu lösen, aber sie fügten sich immer wieder zusammen. Camille genoss ein weiteres Mal das unbeschwerte Zugehörigkeitsgefühl und die Freundschaft, die sie mit diesen drei Menschen verband. Daran, dass jede Berührung von Falko zugleich ein angenehmes Ziehen in ihrem Bauch auslöste, gewöhnte sie sich, und sie begann, dieses Gefühl bewusst herbeizuführen, indem sie ihn immer wieder wie zufällig berührte, darauf hoffend, dass Samir und Greta es nicht registrierten. Sie hatte den Eindruck, dass Falko diese Berührungen ebenso genoss wie sie selbst. Warum sonst würde er ihren Ellbogen greifen oder ihre Taille umfassen, um ihr über eine Unebenheit hinwegzuhelfen?

Als sie das Haus betraten, holte Greta eine Wasserflasche aus dem Kühlschrank, schenkte sich ein Glas ein und ließ sich auf einen der Sessel fallen. „Puh, mein Schädel brummt."

„Verträgst du den Alkohol nicht?", fragte Samir besorgt. Er hatte drei weitere Wassergläser aus dem Schrank genommen, und sie setzten sich um den kleinen Couchtisch herum. Samir schenkte jedem ein Glas Wasser ein und füllte das von Greta nochmals auf, als sie es ihm auffordernd hinhielt.

„Nein, ich denke, es ist die Kombination von allem. Zu viel Sonne, zu viel Wind, zu viel gegessen. Der Cidre ist nur ein weiterer Faktor. Jedenfalls habe ich jetzt Kopfweh. Ich denke, ich muss eine Tablette einwerfen, dann besteht die Chance, dass es sich verzieht und nicht zu einer Migräne anwächst." Sie rappelte sich auf und sah entschuldigend zu Camille. „Tut mir sehr leid. Das wird vermutlich keine angenehme Nacht. Wenn ich Kopfschmerzen habe, schlafe ich immer sehr unruhig." Greta verschwand im Badezimmer, während die drei anderen noch sitzen blieben.

„Ich denke, ich schlafe diese Nacht in einem der Betten oben im Flur. Bestimmt ist es für Greta angenehmer, wenn sie alleine ist. Mir wäre das jedenfalls lieber, wenn es mir so ginge", erklärte Camille und zog die Schultern hoch. „An Schlafplätzen mangelt es hier ja definitiv nicht."

Falko sah sie an, dann nickte er. „Ich würde dir mein Bett anbieten, aber dann müsstest du Samirs Schnarchen ertragen."

„Moment mal!"

Falko lachte auf. „Nur ein Scherz. Du schnarchst nicht. Jedenfalls nicht laut."

In diesem Moment kam Greta zurück. „So, Leute, ich verabschiede mich. Gute Nacht!"

„Lass mich noch mein Nachthemd herausholen. Ich schlafe oben im Flur." Camille folgte Greta die Treppe hinauf und holte ihr Kopfkissen, die Decke und das Nachthemd aus ihrem Zimmer. „Schlaf gut!", sagte Camille, bevor Greta im Zimmer verschwand. „Und falls du etwas brauchst, kannst du mich wecken, ja?"

„Danke, das ist lieb. Gute Nacht!"

Camille richtete sich eines der beiden Betten auf der Galerie her, dann stieg sie wieder hinunter. Die beiden Jungs hatten sich leise unterhalten, ohne dass sie verstanden hätte, worüber, und blickten ihr nun erwartungsvoll entgegen.

„Eine Sache haben wir nun immer noch nicht geklärt", sagte Falko, als sie sich auf die Sesselkante setzte, ihr zusammengerolltes Nachthemd auf den Knien haltend.

Camille war müde und wollte ebenfalls gleich schlafen gehen. „Ja?"

Falkos Blick war weich, als er sie anlächelte. „Deine größte Angst."

Sie nagte an ihrer Unterlippe. „Tja, mir fällt echt nichts ein. Außer solch lapidarem Zeug wie einem Unfall oder einer schlimmen Krankheit oder so etwas. Nichts, was eine nachvollziehbare Ursache hätte oder mir schlaflose Nächte beschert, wie Samirs Ängste und Albträume." Sie lächelte dem Genannten zu, er nickte schweigend. „Oder deine Sorge, nicht gut genug zu sein, die deine Eltern in dir geweckt haben. So etwas gibt es in meinem Leben einfach nicht." Sie strich sich mit einer Hand durch die widerspenstigen Locken. „Vielleicht bin ich einfach ein Glückskind."

Sie zögerte. War das so? Ja, erkannte sie, ihr Leben war bisher ruhig verlaufen, wenn man von dem Liebeskummer absah, den ihr mehrere Männerbekanntschaften in den letzten Jahren beschert hatten. Aber der gehörte ja nun mal dazu, wenn man nicht gerade als Einsiedlerin leben wollte. Und – nun ja, gerade ließ sie sich wieder auf eine Liebe ein. Der Gedanke elektrisierte sie, und mit einem verstohlenen Blick in Falkos Gesicht versuchte sie herauszufinden, ob er ihre Gedanken lesen konnte. Sie vollführte mit dem Kopf eine unentschlossene Achterbewegung. „Vielleicht gibt es ja doch etwas, das mir Angst macht."

„Wir werden es herausfinden und dann reden wir darüber. Okay?" Falko hatte eine Hand ausgestreckt, die sie dankbar ergriff und eine Weile festhielt.

Glücksgefühle breiteten sich in Camille aus. Sie erfüllten sie auch noch, als sie sich oben in dem Kinderbett zusammengerollt hatte, als Samir und Falko an ihr vorbeigeschlichen waren und sich in ihrem gemeinsamen Zimmer schlafen gelegt hatten, als Banou es sich unten in ihrem Körbchen bequem gemacht hatte und bald tief und gleichmäßig atmete – und als ihr selbst kurz darauf die Augen zufielen.

Ein eigenartiges Wimmern ließ Camille aus dem Schlaf schrecken. Hatte Greta nach ihr gerufen? Sie lauschte in die Dunkelheit, die nur durch einen schwachen Lichtschimmer durchbrochen wurde, den die Straßenlaterne durch das kleine Fenster der Hausfront hereinwarf.

Da hörte sie es wieder. Weinte Greta vor Schmerzen? Camille setzte sich auf und stellte die Füße auf den Holzboden. Nein, das Geräusch drang nicht hinter der Zimmertür hervor, sondern vom Fuß der Treppe herauf. Es erklang noch einmal, und erst jetzt konnte sie es identifizieren: Banou winselte leise. Offenbar lag sie nicht mehr in ihrem Körbchen, sondern ... ja, sie stand unten an der Treppe und versuchte auf sich aufmerksam zu machen. Die Hündin traute sich die Holztreppe nicht herauf, vermutlich weil man zwischen den Stufen hindurchblicken konnte. Deshalb hatte Samir auch entschieden, dass ihr Körbchen im Erdgeschoss stehen sollte.

„Was ist denn los? Musst du raus?", flüsterte Camille und blickte angestrengt nach unten, wo sie die Gestalt des Hundes als schwarzen Schatten vor dem Hintergrund des dunklen Holzbodens nur erahnen konnte. Nur ein Blinzeln der feucht schimmernden Hundeaugen ließ sie erkennen, wo das Gesicht war. Schwarzer Hund vor schwarzem Hintergrund, schoss es ihr durch den Kopf, und sie musste schmunzeln.

Schon hatte sie die Füße in ihre Flip Flops geschoben und schlich die Treppe hinunter. Unten angekommen, konnte sie die Hündin besser erkennen. Banou stand da wie unter Strom, die Ohren aufgestellt, und wackelte in einer einzigen Bewegung mit dem Hintern.

„Du musst raus, oder?"

Banou machte eine Bewegung, als wolle sie zur Terrassentür laufen, blieb dann aber doch stehen. Es sah wie eine sehr eindeutige Aufforderung aus.

„Okay, ich lass dich raus, damit du pinkeln kannst. Aber", Camille tastete auf dem Schrank nach der Leine des Hundes, konnte sie dort aber nicht finden, „ich verlasse mich darauf, dass du nicht wegläufst."

Obwohl sie sich nicht ganz wohl dabei fühlte, ohne Leine mit dem Hund hinauszugehen, hoffte sie darauf, dass Banou nur ihr Geschäft erledigen und dann sofort zurückkommen würde. Wenn sie jetzt nach der Leine suchen musste, würde sie das ganze Haus aufwecken.

Also tapste Camille zur Tür, schloss sie auf und ließ Banou auf die Wiese laufen, bevor sie selbst hinaustrat. Sie verlor den schwarzen Schatten sogleich aus den Augen und ärgerte sich über ihren Leichtsinn. Banou war zielstrebig in Richtung des Bachlaufs gerannt.

„Banou, lauf nicht weg!", rief sie leise und musste grinsen. Sie hoffte, dass die Hündin gute Ohren hatte – und Deutsch verstand. Na ja, sagte Camille sich dann, es war eigentlich ein gutes Zeichen, dass der Hund den Garten verschonte.

Sie atmete tief ein und aus und blickte zum Himmel hinauf. Ihre Unterkunft lag weit weg von einer größeren Stadt, und der Himmel war sehr dunkel, obwohl erst vor zwei Nächten Vollmond gewesen war. Camille entdeckte einen Schimmer dort, wo er stand. Dicke Wolken verdeckten ihn, deshalb vermochte er die Szenerie nicht zu erhellen. Nur direkt über Camille war der Himmel blankgefegt. Die Sterne, die sie sehen konnte, funkelten hell, als sendeten sie

Morsebotschaften. Camille versuchte, einzelne Sternbilder zu erkennen, aber bevor sie eines ausmachen konnte, raste plötzlich ein heller Streif quer über die wolkenfreie Fläche.

Eine Sternschnuppe!

Rasch schloss sie die Augen, um sich etwas zu wünschen. Sie brauchte nicht nachzudenken. Sie spürte, wie ein Lächeln sich auf ihre Gesichtszüge legte, da zerriss ein heller Ton die Nachtruhe.

Banou!

Es hörte sich nach einem Schmerzenslaut an, der jedoch rasch verklang, sodass Camille sich nicht sicher war, woher er gekommen war. Sie rannte unwillkürlich in die Dunkelheit hinein und auf den Bach zu. „Banou, wo bist du?" Jetzt achtete sie nicht mehr auf ihre eigene Lautstärke.

Da hörte sie rasch näherkommende Schritte eines Vierbeiners. Sie strengte sich an, um zu erkennen, ob es der Hund war, der auf sie zurannte. Obwohl sie sich selbst sagte, dass es Unsinn war, entstanden in ihrem Kopf kurzzeitig Visionen von nicht irdischen Gestalten, wie man sie aus den „Alien"-Filmen kannte. Dann spürte sie eine Schnauze, die an ihrem bloßen Bein schnupperte, und beugte sich hinunter, um das Tier abzutasten. Ja, es war Banou. Gott sei Dank kein Wildschwein oder Fuchs. Banous Schnauze war nass. Offensichtlich war sie dem Bach zu nahe gekommen. Camille tastete ihr Fell weiter ab und stellte fest, dass auch Brust und Bauch der Hündin vor Wasser trieften. Davon abgesehen war sie trocken.

„Komm, wir gehen schnell rein und trocknen dich ab", murmelte Camille. Sie richtete sich auf – und erschrak zu Tode: Jemand stand unmittelbar vor ihr!

Ihr Herz raste, sie hielt die Luft an. Da berührten sie zwei Hände an den Ellbogen, und als sie wieder klar sehen konnte, schälte sich ein männlicher, nackter Oberkörper heraus. Sie nahm die blonden Haare wahr und die karierten Boxershorts, die der Mann trug.

Falko!

„Ist alles in Ordnung? Ich habe etwas gehört, und als ich runterkam, habe ich gesehen, dass die Tür offensteht, und bin herausgekommen."

Camille widerstand der Versuchung, sich an ihn zu schmiegen. „Ja, ich habe Banou rausgelassen, sie ist zum Bach gelaufen und hat dann so eigenartig gequietscht. Nicht, dass sie etwas gebissen hat! Jetzt ist sie nass. Wir müssen sie abtrocknen."

Beide gingen zum Wäscheständer, der in der Nähe des Hauses stand, und Falko nahm ein Handtuch herunter, das Samir tags zuvor schon für die Hündin benutzt hatte. Sie gingen dicht nebeneinander in die Knie, und ohne genau sehen zu können, was sie taten, rubbelten sie den Hund ab. Camille berührte dabei immer wieder Falkos nackte, warme Haut. Die Szene hatte etwas Heimeliges, so als gehörten sie zusammen und kümmerten sich um ihren gemeinsamen Hund. Als Camille glaubte, Banou nicht mehr trockener rubbeln zu können, rappelte sie sich auf.

Falko blieb noch einen Moment in der Hocke und kraulte den Hund hinter den Ohren. „Ob sie verletzt ist, müssen wir uns drinnen bei Licht ansehen. Allerdings scheint sie nicht mitgenommen zu sein." Er richtete sich ebenfalls auf und blieb dicht vor Camille stehen. Die Hündin trippelte zur Tür und ging hinein.

Eine leichte Spannung erwachte zwischen ihr und Falko. Seine Nähe, seine Haut, sein Geruch weckten in Camille starke Empfindungen. Warum blieb er einfach stehen und sagte nichts?

Verlegen drehte sie sich halb zum Garten um, wodurch ihre Seite ihm noch näher kam. Überdeutlich spürte sie seine Wärme und widerstand ein weiteres Mal der Versuchung, sich an ihn zu lehnen. Sie war sich einfach zu unsicher, ob er so empfand wie sie. Spürte er diese Anziehung auch?

„Hast du die Sternschnuppe gesehen?", fragte sie dann. Die Lücke zwischen den Wolken hatte sich inzwischen wieder geschlossen. Als hätte der Himmel sich nur für sie einen Moment geöffnet, schoss es ihr durch den Kopf.

„Nein." Falko schien ebenfalls in den Himmel zu schauen. „War da eine? Es ist doch bewölkt."

„Ja, bevor Banou gewinselt hat, war da oben eine wolkenlose Stelle, und ich habe eine Sternschnuppe gesehen."

„Hast du dir etwas gewünscht?"

Camilles Herz wummerte los. Sollte sie es herausfordern? Sie drehte sich wieder zu Falko und blickte nach oben in sein Gesicht, das im Dunkeln wie ein gemeißeltes Kunstwerk aussah. Und seine Brust! Sie atmete durch. „Ja, ich habe mir etwas gewünscht. Soll ich es dir verraten?"

„Das solltest du besser bleiben lassen, sonst geht es nicht in Erfüllung."

„Du hast recht." Ihr Puls pochte ihr bis in die Ohren, als sie sich mutig auf die Zehenspitzen stellte und ihren Mund dicht vor seinen brachte. „Aber vielleicht darf ich es dir zeigen?"

Ein leises Lachen klang aus seinem Mund und sein Atem strich warm über ihre Lippen. Er legte eine Hand an ihre Taille, was sie als Zustimmung auffasste. „Es heißt, Sternschnuppen hätten die Macht, Wünsche zu erfüllen." Seine Stimme war nicht mehr als ein Flüstern. „Und dass man den Wunsch mit einem Kuss besiegeln könne."

Sie blieb weiter dicht vor ihm, lächelte und legte den Kopf schief. „Du meinst also, ein Kuss lässt den Wunsch erst wahr werden?" Dass genau das ihr Wunsch gewesen war, konnte er ja nicht wissen.

Er sparte sich eine Antwort und berührte sacht ihre Lippen mit den seinen.

In Camilles Kopf verwandelten sich alle Gedanken in einen warmen, wohligen Strudel. Sie spürte nur noch, dachte nichts mehr. Deshalb hätte sie im Nachhinein nicht sagen können, wer von beiden als erstes tastend die Zunge vorschob. Camilles Lippen öffneten sich willenlos für Falko, und ihre Zunge begrüßte seine, um mit ihr ein zärtliches Spiel zu beginnen, das nur wenige Momente dauerte, aber so intensiv war, dass sie wusste, diesen Kuss würde sie nie wieder vergessen. Und das, obwohl weder Falko noch sie zu weit gingen und den Kuss ausdehnten. Es war ein fast keusches Spiel ihrer Zungenspitzen und trotzdem – oder gerade deshalb – unglaublich intensiv.

Falkos Hand lag noch immer an ihrer Taille, als sie sich voneinander lösten. Er zog sie zu sich heran und umarmte sie einige Momente lang. „Möge dein Wunsch in Erfüllung gehen“, sagte er, dann ließ er sie los.

Camille hatte das Gefühl, die Berührung brenne sich bis in ihr Innerstes hinein. Sie wünschte sich, länger mit ihm so stehen zu bleiben, und sie hätte ihn gern nochmals geküsst – und vielleicht auch mehr.

Doch Falko trat einen Schritt zurück. „Ich hoffe, das ist okay für dich? Ich bin dir doch nicht zu nahe getreten?“

Was war das denn für eine Frage! In Camille leuchtete ein Warnlicht auf. Wenn Männer von „zu nahe treten“ sprachen, bedeutete das ihrer Erfahrung nach, dass sie nicht an einer Beziehung interessiert waren. Aber Falkos Verhalten ließ doch einen ganz anderen Schluss zu, oder nicht? Camille ärgerte sich darüber, dass ihr innerer Aufruhr jeden klaren Gedanken verhinderte. Falkos Nähe, sein Geruch, seine nackte Haut und seine Stimme verwirrten und erregten sie so stark, wie sie es lange nicht mehr erlebt hatte. Vielleicht trugen die Sommernacht, die Ferne von zu Hause und das Meer dazu bei. Camille hätte sich am liebsten sofort in ein Liebesabenteuer mit Falko gestürzt. Doch er hatte durch seine Frage und seinen Schritt zurück eine unsichtbare Schranke errichtet.

„Aber nein“, beantwortete sie schließlich seine Frage. „Du bist doch ein Freund.“

Autsch, wie hatte sie so etwas Banales sagen können? Sie sah in ihm doch viel mehr als nur einen Freund. Sie lachte auf und fühlte sich ungeschickt und deplatziert wie damals, als junges Mädchen, nachdem Samir sie so enttäuscht hatte. Sie hatte eine Zeit lang gedacht, sie könne nie wieder glücklich werden, und sich unter all ihren Freundinnen und Freunden, mit denen sie die Schule besuchte, wie eine Fremde gefühlt. Wie jemand, der mit seiner Umwelt nicht mehr kompatibel war.

Dieses eigenartige Gefühl des Fremdseins erwachte auch in diesem Moment wieder in ihr und das Unbeschwerte, Leichte, Glückliche trat davor in den Hintergrund. Sie straffte die Schultern. Das war nicht neu für sie und sie würde dagegen ankämpfen. Falko hatte sie geküsst, und der Kuss war einer der intensivsten Küsse gewesen, die sie je erlebt hatte. Ein solcher Kuss log nicht. Ihr innerer Aufruhr legte sich, die Gedanken wurden wieder klar. Sie durfte einfach nichts übereilen.

„Ja, ich bin dein Freund", sagte Falko jetzt. „Und du bist meine Freundin. Vielleicht die beste, die ich habe." Er zog sie nochmals kurz in die Arme.

Na bitte, sie hatte Gespenster gesehen! Camille sog seinen Duft tief in sich auf und ließ das Glücksgefühl wieder aufleben, während sie ihre Wange an seine Schulter schmiegte. „Gehen wir wieder hinein?", fragte sie dann, denn ihre bloßen Füße in den Flip Flops begannen langsam zu Eisklumpen zu frieren. Das merkte sie jetzt, da ihre Konzentration wieder von ihrem Herzen und ihrer Mitte wegzog.

„Ja", sagte er schlicht und zog sie an der Hand ins Haus. Eine Sekunde dachte Camille, er werde sie noch mal küssen – und vielleicht mehr. Doch er ließ sie los, sperrte die Terrassentür ab und ging Richtung Badezimmer. „Gute Nacht", flüsterte er ihr zu, bevor er die Toilette betrat.

Camille stieg leise die Treppe hinauf und legte sich wieder ins Bett. Falko wusste ja, wo er sie fand.

Sie musste eingeschlafen sein, denn sie erwachte erst am nächsten Morgen. In ihren Träumen war Falko zu ihr gekommen, und sie hatte mit ihm Dinge erlebt, die sie hoffentlich nicht hatten laut werden lassen. Sie schüttelte über sich selbst den Kopf. Da schlief sie einmal in einem Flur, wo sie wahrscheinlich jeder hören konnte, und träumte ausgerechnet so etwas! Camille wusste, dass sie oft im Schlaf redete, was normalerweise ja niemand hörte, da sie die meiste Zeit ihres Lebens allein schlief. Und wenn in der Vergangenheit einer ihrer Partner bei ihr übernachtet hatte, war es nicht hinderlich gewesen. Sie hatten sich meistens darüber amüsiert. Aber wie peinlich wäre es hier und jetzt, wenn sie im Schlaf etwa laut gestöhnt hätte! Sie errötete, obwohl alle anderen noch schliefen. Selbst die Hündin unten atmete tief und gleichmäßig.

Camille ließ den Traum Revue passieren. Ja, sie hatte mit Falko geschlafen! Und es war sehr intensiv und schön gewesen. Ob die Realität auch so wäre? Warum nicht, sagte sie sich. Schließlich war sie selbst nicht gerade unerfahren. Ein Lächeln legte sich auf ihr Gesicht und sie bemühte sich, diese Gedanken zu vertreiben. Jede neue Beziehung bedeutete, sich auf jemanden einzulassen, von dem man am Anfang so gut wie nichts wusste. Und das war gut so.

Camille streckte sich behaglich im Bett und schloss noch einmal die Augen, um die Gerüche des Hauses und den Gesang der Vögel von draußen in sich aufzunehmen. Sie musste noch eine Mail an Mia und Niklas schicken, fiel ihr ein, um ihnen mitzuteilen, was sie über ihre Ängste herausgefunden hatten. Was ihre Freunde herausgefunden hatten, korrigierte sie sich.

Sie selbst hätte noch immer keine Angst benennen können.

Gerade, als sie wieder wegdämmerte, öffnete sich die Tür zu Gretas und ihrem Schlafzimmer. Camille hob ein Augenlid in der Erwartung, die Freundin dort stehen zu sehen. Hoffentlich hatten ihre Kopfschmerzen sich wieder verzogen. In der Sekunde, in der sie die hochgewachsene Gestalt mit den breiten Schultern und dem kurzen, verstrubbelten Blondhaar im Türrahmen erkannte, wurde ihr jedoch klar, dass sie in der Nacht Falkos Stimme nicht nur in ihren Träumen gehört hatte. Nein, er hatte tatsächlich leise geredet und gescherzt, allerdings nicht mir ihr, Camille, sondern ...

Eine kalte Dusche schien über ihren Körper hereinzustürzen. Falko hatte die zweite Hälfte der Nacht – nach ihrem Kuss! – bei Greta verbracht!

Er strahlte Camille an, als er sah, dass sie wach war. Nicht die Spur von Irritation, Unbehagen oder gar schlechtem Gewissen sprach aus seinem Gesicht. Seine Bartstoppeln waren gewachsen und verliehen ihm eine Attraktivität, die zu seinem sportlichen Körper passte. Sein Anblick löste ein schmerzhaftes Ziehen in Camilles Magen aus.

„Ups", sagte sie, mehr fiel ihr nicht ein.

Falko kam zu ihr und setzte sich auf die Bettkante, wie ihr Bruder Julien es früher immer gemacht hatte. „Guten Morgen, gut geschlafen?"

War das zu fassen? Camille wusste einfach nicht, wie sie sein Verhalten einschätzen sollte. „Ja. Und du? Wieso kommst du denn aus Gretas Zimmer?" Sie bemühte sich um einen neutralen Tonfall.

„Greta hat geweint, als ich heute Nacht zurück ins Bett gehen wollte. Ich habe gesehen, dass du schon eingeschlafen warst, und wollte nicht, dass du aufwachst. Also bin ich leise zu ihr gegangen." Er strich sich durch die Haare. „Sie wimmerte im Halbschlaf. Es war offensichtlich, dass sie immer noch Schmerzen hatte. Ich habe ihr dann eine weitere Tablette besorgt und wir haben noch ziemlich lang gesprochen." Er betrachtete seine Hände, die er im Schoß abgelegt hatte, und begann an einem der Fingernägel zu zupfen. Camille lenkte ihren Blick von seinen nackten Oberschenkeln weg.

„Wir haben uns über unsere Kindheit unterhalten. Schon komisch, dass wir beide so ähnliche Erfahrungen gemacht haben. Und dann bin ich irgendwann eingeschlafen."

Die Tür zu Samirs Zimmer öffnete sich in diesem Moment. Er trat heraus, ebenfalls nur mit einer Pyjamahose bekleidet. Es war nicht zu übersehen, dass er am Vortag Sonne getankt hatte. Er hatte seine Brille noch nicht aufgesetzt und kniff die Augen zusammen, als er Falko und Camille sah.

„Guten Morgen", nuschelte er. „Wann bist du denn aus unserem Zimmer ausgezogen?" Er kam näher und blieb vor dem Bett stehen.

Was für eine eigenartige Situation, dachte Camille. Wie musste das auf Samir wirken? Aber das konnte ihr auch egal sein. Falkos Erklärungen hatten sie jedenfalls kaum beruhigt. Hatte er sich Greta gegenüber wie ein guter Freund verhalten oder steckte mehr dahinter? Doch dann sagte sie sich, dass sein Verhalten das eines guten Freundes war. Mehr nicht.

„Nachdem ich aus dem Bett gefallen bin, weil du so laut geschnarcht hast." Falko lachte leise und stellte sich zu Samir.

Camille setzte sich auf und schob die Füße über die Bettkante, um nach ihren Flip Flops zu angeln. Samir hatte definitiv nicht geschnarcht. Aber anscheinend wollte Falko nichts von ihrem nächtlichen Ausflug in den Garten erzählen. Nun, das war ihr nur recht. Trotzdem wollte sie nach dem Hund sehen. „Samir, schau dir mal Banou genauer an. Ich habe sie zum Pipimachen rausgelassen, und da hat sie so komisch gequietscht. Sie war am Bach."

„Das sehe ich mir gleich mal an", sagte Samir und machte einen Schritt auf die Treppe zu, an deren Fuß die Hündin schon bereitstand und Samir mit freudigem Hüftgewackel begrüßte. „Und Falko, hör auf mit deinen Lügengeschichten. Ich schnarche nicht." Er grinste bei seinen Worten, dann stieg er hinunter. Falko und Camille folgten ihm.

Camille beobachtete, wie Samir die Schnauze der Hündin genau untersuchte und dann ihren gesamten Körper abtastete.

„Hier", sagte er schließlich und strich mit dem Finger über eine Stelle an ihrem Brustkorb. „Da ist ein Kratzer. Vermutlich hat sie sich an einem dornigen Ast verletzt. Das ist nicht weiter schlimm." Er erhob sich wieder. „Ich gehe mit ihr raus. Frühstücken wir wieder im Garten?" Doch als er die Tür öffnete, wehte ein kühler Wind herein. Er fröstelte. „Okay. Keine gute Idee, es ist zu kalt."

Das kühle Wetter passte zur Stimmung, dachte Camille, als sie auf die Stelle blickte, an der Falko und

sie sich geküsst hatten. Der nächtliche Moment kam
ihr nun fast surreal vor.

Kapitel 10

Am späten Vormittag saßen sie noch immer bei einem ausgedehnten Frühstück am dreieckigen Tisch. Aromatischer Kaffeeduft lag in dem lang gestreckten Raum. Greta war kurz nach den anderen aufgestanden. Sie wirkte übermüdet, aber die Schmerzen hatten sich verzogen. Sie erwähnte mit keinem Wort, dass Falko in ihrem Zimmer übernachtet hatte, und auch sonst kam niemand darauf zu sprechen.

Nun, sagte Camille sich, sie waren erwachsen und konnten alle tun und lassen, was sie wollten. Außerdem wussten Greta und Samir auch nichts vom geheimen Sternschnuppenkuss. Jedes Mal, wenn sie an ihre und Falkos nächtliche Begegnung dachte, erfüllte leises Prickeln sie. Nichts deutete darauf hin, dass im Schlafzimmer zwischen Greta und Falko mehr als ein freundschaftliches Gespräch stattgefunden hatte, und schließlich erinnerte Camille sich daran zurück, wie sie selbst bei Mias Hochzeit mit der Freundin fast eine ganze Nacht durchgequatscht hatte. Greta war eine unglaublich gute Zuhörerin und scheute sich ihrerseits nicht, ihren Freunden echtes Vertrauen entgegenzubringen. Insofern war also alles gut. Es ärgerte Camille, dass trotzdem die Angst an ihr nagte. Sie schaffte es nicht hundertprozentig, an ihr „Alles ist gut" zu glauben.

Sie waren noch unentschlossen, was sie heute unternehmen wollten. Es hatte nicht zu regnen begonnen, doch der Himmel war auch in der Mittagsstunde noch bewölkt und es wehte ein zwar recht warmer, aber heftiger Wind.

In der lässigen Sitzhaltung eines Teenagers – einen Fuß auf der Bank abgestellt, den Arm um ihr schlankes Bein gelegt – zerrupfte Greta den Rest eines Brötchens auf ihrem Teller. „Wenn ihr wollt, könnt ihr heute allein was unternehmen. Es ist echt zu blöd, aber ich reagiere voll empfindlich auf Wind. Ich habe einfach Angst, dass mein Kopfweh zurückkommt." Sie verzog das Gesicht.

Zuvor hatten sie darüber geredet, nach Quimper zu fahren, waren mit ihrer Planung jedoch auf halbem Weg steckengeblieben. Anscheinend konnte sich heute keiner so richtig aufraffen, auch Camille fühlte sich faul.

„Hat Mia sich schon gemeldet?", fragte Samir schließlich.

„Ich bin noch gar nicht online gegangen." Camille hatte noch keine Lust gehabt, sich mit der Außenwelt zu verbinden. „Vielleicht kann einer von euch nachsehen?"

Greta stand auf. „Ich mache das." Sie trug einen Teil des benutzten Geschirrs in die Küche und kam mit ihrem Handy zurück, setzte sich wieder und schaltete es ein. „Sollen wir per Videocall anrufen?"

Camille runzelte nachdenklich die Stirn, dann nickte sie. „Ja, lasst uns telefonieren. Ich bin noch nicht dazu gekommen, ihr eine Mail zu schicken. Sie will ja noch wissen, was wir gestern erarbeitet haben." Sie sah von Greta zu Samir und Falko. „Wir können offen darüber reden, oder?"

Als alle zustimmend nickten, setzte sich Camille neben Greta auf die Bank, Falko und Samir stellten sich dahinter.

„Na endlich!", waren Mias Worte, als sie sich meldete. „Wir haben schon gewartet." Sie schien Camille direkt anzuschauen. „Warum hast du mir denn nicht gemailt?"

„Ich bin nicht dazu gekommen." Camille druckste herum. „Wir erstatten dir so Bericht. Du kannst es ja Niklas erzählen. Passt es bei dir gerade?"

Mia wog den Kopf, sie wirkte unzufrieden. „Ja. Passt. Hier ist heute tote Hose. Die Chefin hat keine Lust mehr und das merken die Kunden. Es wird Zeit, dass ich mir was überlege. Aber legt los. Eure größten Ängste, bitte."

Abwechselnd erzählten Greta, Falko und Samir, was sie gestern über sich selbst herausgefunden hatten.

Camille grinste und zog die Schultern hoch, als sie an der Reihe war. „Und bei mir ist da nichts. Gähnende Leere. Keine Angst, vor nichts." Sie hielt einen Moment inne. Würde Mia ihr das abkaufen? Es war erstaunlich genug, dass Falko, Samir und Greta ihr halbherziges „Vielleicht finde ich es noch heraus" akzeptiert hatten. Aber Mia kannte sie am besten von allen. Camille zwinkerte ihrer Cousine zu. „Sorry!"

Mia kicherte. „Warum wundert mich das nicht? Du bist eben meine todesmutige Lieblingscousine. Daran wird sich auch nichts ändern."

Innerlich atmete Camille auf, obwohl sie sich wunderte, dass Mia sich so rasch zufriedengab. Doch Mia warf im selben Moment einen Blick über ihren Rücken.

„Oh, Kundschaft, ich muss Schluss machen. Heute wollen wir von euch hören, was euer wichtigstes Lebensziel ist. Ciao!" Damit schaltete sie das Telefon aus, ohne noch eine Antwort abzuwarten.

„Pff", machte Greta, und auch Camille verzog den Mund. Wurde das nicht langsam langweilig? Größte Angst, wichtigstes Ziel?

„Westentaschenpsychologie", murmelte Falko. Dann lachte er auf. „Aber egal. Die beiden wollen es wissen, also tun wir ihnen den Gefallen, oder?" Er legte seine Hand auf Camilles Schulter. Sie genoss seine warme Berührung und drehte den Kopf, um ihn anzulächeln. Greta warf Camille einen Seitenblick zu, den sie nicht deuten konnte. Als wollte die Freundin ihr eine Frage stellen.

„Wenn ich einen Vorschlag machen darf." Samir ging zur anderen Tischseite, wo er begann, das restliche Geschirr zusammenzustellen.

Fragend blickte Camille ihn an. Zu ihrem Bedauern zog Falko seine Hand weg und half Samir beim Abräumen.

„Der Tag ist schon halb um, und keiner von uns hat Lust auf eine größere Tour. Aber wir brauchen frische Lebensmittel, und Banou muss raus. Ich biete an, dass ich zu dem Supermarché am Rand von Penmarch gehe und uns ein bisschen frisches Brot, Obst und Gemüse kaufe."

„Ich will auch raus, ein bisschen joggen. Mir fehlt die Bewegung", erklärte Falko. „Soll ich dich begleiten?"

„Das wird nicht das sein, was du willst. Banou und ich sind nicht so schnell wie du." Samir feixte. „Aber mach dir keine Gedanken, ich kriege das allein hin. Ich nehme deinen Rucksack."

Nachdenklich betrachtete Camille Greta, die ja bereits gesagt hatte, dass sie heute lieber drinnen bleiben wollte. Sie straffte die Schultern und wandte sich Samir zu. „Einkaufen ist eine super Idee. Ich komme mit. Dann brauchst du den Hund nicht vor dem Geschäft anzubinden." Vielleicht würde sich zwischen ihnen auch ein Gespräch über die Vergangenheit ergeben. Wenn Mias und Niklas' Aufgaben ihr auch nicht die große Selbsterkenntnis über sich selbst gebracht hatten, so hatten sie doch einen Gedankengang in ihr ausgelöst: Trug sie nicht schon seit dem damaligen Vorfall mit Samir ihre Enttäuschung wie einen bleischweren Umhang mit sich herum? Musste sie ihm das nicht sagen, damit sie beide endlich mit dem abschließen konnten, was unausgesprochen zwischen ihnen stand? Und war die Einsamkeit nicht letzten Endes das, wovor sie insgeheim die größte Angst hatte?

Diesen zweiten Gedanken schob sie weg, weil sie nicht bereit war, sich ihm zu stellen. Aber die gemeinsamen Erlebnisse von gestern, die Berührungen und der Kuss von Falko heute Nacht hatten in ihr etwas angestoßen. Sie wusste noch nicht genau, was es war, aber eine innere Unruhe trieb sie dazu, das Gespräch mit Samir zu suchen. Und sei es auch nur, damit sie ihm unter vier Augen auf irgendeine Weise sagen konnte, wie es um sie und Falko stand. Es würde Klarheit zwischen ihr und Samir schaffen und ihre freundschaftliche Beziehung stärken, wenn er darauf vorbereitet war, dass sie sich in Falko verliebt hatte.

Waren das wirklich ihre Beweggründe?, fragte sie sich im nächsten Moment verwirrt.

Erst dann fiel ihr auf, dass sie noch immer Samir ansah, dessen Augen den Farbton eines ruhig daliegenden Ozeans hatten. Mit einem leichten Ziehen in der Brust erinnerte sie sich daran, wie sehr sie diesen Jungen damals geliebt hatte. Sein Blick schien die Brücke zu ihrer gemeinsamen Zeit zu schlagen. Plötzlich wurde ihr klar, dass sie Samir vertrauen konnte, was auch immer es war, das sie belastete. Sie würde ihm alles sagen können.

„Schön", sagte Samir jetzt schlicht. „Dann lass uns aufbrechen."

Die Wolken waren an mehreren Stellen aufgerissen, doch starker Wind fuhr in Camilles schwere Locken. Sie mochte das Prickeln, das er auf ihrer Kopfhaut auslöste. Auch die zarten Berührungen der flatternden Blusenärmel an ihren Oberarmen und des weichen Baumwollrocks an ihren Beinen genoss sie. Samir und sie gingen zunächst an einer hohen Hecke vorbei und sahen einen der verwitterten, großen Megalithen, die wie Wächter über das Land verteilt waren. Sie ließ die satten Farben auf sich einwirken: Das saftige Grün des widerstandsfähigen Grases, das hier wuchs, das Dunkelgrün von Bäumen und Sträuchern, knallige Klatschmohntupfer, die lose wie Konfetti über die Felder verstreut waren und an manchen Stellen dichte Teppiche zu bilden schienen, an anderen nur vereinzelt aufleuchteten. Camille liebte den Mohn!

Der Himmel bot ein kräftiges, fast unwirkliches Blau, während die Wolken in Schwaden von hell leuchtendem Grau bis hin zu wie Rauch wirkendem, zusammengeballtem Schwarz über ihre Köpfe hinweg eilten. Banou hatte zunächst an der Leine gezogen, als müsse sie etwas Wichtiges erforschen, sich dann aber endlich beruhigt, nachdem sie begriff, dass Samir sie nicht ableinen würde, und lief jetzt ruhig am Straßenrand vor ihnen her. Es wirkte, als wüsste sie genau, wohin sie wollten. Samir hatte die ganze Zeit geschwiegen. Er schien wie Camille die Umgebung in sich aufzusaugen.

Unvermittelt blieb er stehen und drehte sich zu ihr um. Seine Augen waren hinter seiner Sonnenbrille verborgen, als er sie anlächelte. „Möchtest du sie nehmen?" Er hielt ihr die Leine hin. „Banou muss allerdings immer die Erste sein." Er lachte. „Sie beschützt uns, glaube ich."

Camille stimmte in sein Lachen ein. „Gerne." Sie griff nach der Leine und ging neben Samir weiter. Da sie an einer Nebenstraße entlanggingen, fuhren nur vereinzelt Autos an ihnen vorbei, also konnten sie auch nebeneinander bleiben. Camille fühlte sich wohl in Samirs ruhiger Gegenwart. Fast zwangsläufig erwachten in ihrem Kopf wieder Erinnerungen an früher. Sie deutete auf einen Apfelbaum in einem der Vorgärten, als sie die Straße erreichten, die in den Ort führte. Hier gab es auch ein Trottoir für die Fußgänger.

„Sieh mal, erinnert dieser Baum dich an etwas?"

„Ja. Er sieht aus wie unser Kletterbaum im Garten meiner Eltern. Ich muss auch schon die ganze Zeit an damals denken. Es war eine schöne Zeit mit dir." Er sah sie an, doch die Sonnenbrille verhinderte, dass sie sehen konnte, was in seinem Blick lag. „Und mit Julien", fügte er hinzu und zog einen Mundwinkel in seinem typischen Lächeln hoch.

Plötzlich spürte sie, wie ihr Puls sich beschleunigte. „Du hast mir unfassbar wehgetan, damals." Sie hielt erschrocken inne. Hatte sie das gerade laut gesagt? So hatte sie das Gespräch ganz sicher nicht eröffnen wollen.

Samir griff nach ihrem Ellbogen und brachte sie damit dazu, stehen zu bleiben. Er zog sie in den Schatten des großen Apfelbaums, zum weiß gestrichenen Gartenzaun des Häuschens. Banou blickte zurück, und als sie sah, dass ihr Herrchen und Camille zum Zaun des Hauses getreten waren, kam sie heran und blieb abwartend stehen.

Samir schob die Sonnenbrille auf seine Stirn und sah sie an. Auch Camille setzte ihre Sonnenbrille ab. Unverwandt blickte sie ihm in die Augen und war sich mit einem Mal klar darüber, dass sie dieses Gespräch zwei Tage zuvor noch nicht mit ihm hätte führen können.

„Womit habe ich dir wehgetan?" Seine Stimme klang bestürzt. Sie sah ihn unverwandt an und atmete tief ein und aus. Er erwiderte ihren Blick. Diesmal schaute sie nicht weg. Sie grübelte nach, ob er es tatsächlich nicht gewusst hatte. Dann wäre es gar keine Bosheit gewesen, die ihn damals so hatte handeln lassen, und auch keine Gleichgültigkeit. Konnte es wirklich sein, dass er schlicht nicht geahnt hatte, was er ihr bedeutete?

Sie verschränkte die Arme vor der Brust. „Ich war in dich verliebt", sagte sie schlicht. Er kniff die Lippen zusammen und hob langsam den Kopf, ließ den Blick in den Wipfel des Apfelbaums wandern, bevor er sie wieder anstarrte, auf seine übliche, intensive Art. Camille wappnete sich innerlich. Nun hatte sie sich ihm offenbart. Wie würde Samir damit umgehen?

„Das wusste ich nicht." In seiner Stimme lag keine Selbstgefälligkeit, keine Gehässigkeit. Was hatte sie erwartet? Hatte sie ihm tatsächlich solch kleinliche Regungen zugetraut? Ja, musste sie sich eingestehen. Der zutiefst verletzte, noch immer kindlich trotzende Teil von ihr hatte mit einer solchen Regung gerechnet – oder sie zumindest für möglich gehalten.

Sie sah auf ihre Sandalen hinunter. Sollte sie ihm alles sagen? Dinge eingestehen, die sie nicht einmal vor sich selbst zugegeben hatte?

„Du bist noch nicht fertig, habe ich recht?", fragte er vorsichtig. „Bitte, Camille, sag mir, was dich noch bedrückt. Du warst in unserer Kindheit meine beste Freundin." Er unterbrach sich und verzog den Mund. Seine Miene strahlte etwas Schuldbewusstes aus.

Sie winkte ab, doch die Geste kam ihr selbst hilflos vor. Wieso rief Samir solche widersprüchlichen und verwirrenden Regungen in ihr hervor? „Ich bin mir nicht sicher, ob das jetzt noch wichtig ist."

„Doch, Camille. Wenn wir unsere Freundschaft bewahren wollen, bitte ich dich, alles zu sagen. Vielleicht kann ich dich – und mich – dann besser verstehen." Samir legte seine Hand um ihren Unterarm. Es war solch eine vertraute Berührung.

„Also gut." Camille verschränkte in einem plötzlichen Frösteln die Arme vor der Brust. Nicht einmal ihren besten Freundinnen oder ihrer Cousine gegenüber hatte sie sich je so weit geöffnet. „Ich war noch sehr jung, wie du weißt. Mir ist in unserem letzten gemeinsamen Sommer klar geworden, dass ich mich in dich verliebt hatte." Sie schüttelte den Kopf. „Nein, dass ich dich schon seit Jahren liebte. Wie lang genau, weiß ich nicht. Ich habe eine Mail an dich geschrieben, in der ich dir alles gesagt habe." Ihr Herz wummerte.

„Die habe ich nie bekommen."

„Ich weiß. Ich habe sie nicht abgeschickt. Ich wollte zuerst eine Nachricht von dir abwarten."

„Die dann niemals kam", sagte er geknickt.

„Richtig." Camille spürte erneut den fahlen Abklatsch der damaligen Enttäuschung. „Aber gut, diesen Teil der Geschichte kennst du ja. Das Problem war", sie zog die Schultern hoch, „dass ich mit der Enttäuschung nicht klargekommen bin. Es ist ganz simpel und normal: Ich kam nicht darüber hinweg. Du warst in meinem Kopf, die ganze Zeit, und ich habe wahnsinnig lange gebraucht, dich da herauszubekommen. Noch länger habe ich gebraucht, mich endlich damit abzufinden, dass ich an dir, du aber nicht an mir interessiert warst. Das Einzige, was ich richtig gemacht habe, war, dass ich mich nicht bei dir gemeldet habe. So blieb mir wenigstens diese eine Erniedrigung erspart." Nun fühlte sie doch wieder den bitteren Geschmack im Mund.

„Das habe ich nie gewollt, Camille. Meine Güte, was war ich für ein Ignorant!"

Sie blinzelte zu ihm hoch und nickte mit einem angedeuteten Lächeln. „Ja, schon. Aber wie gesagt, es ist so simpel und so normal, es passiert jeden Tag überall auf der Welt. Johnny loves Jenny, but Jenny loves Joe." Sie zuckte die Schultern und ließ die Arme sinken. Das

Frösteln ließ nach. „Allerdings hat die damalige Erfahrung mir etwas vor Augen geführt, das ich vielleicht nicht so früh hätte lernen müssen. Sie hat all meine Illusionen zerstört." Sie sah ihn abwartend an. Er runzelte die Stirn wie im Schmerz und nickte, ohne etwas zu sagen.

„Von da an bin ich sehr einsam gewesen. Und obwohl ich es versucht habe, konnte ich das Gefühl der Verlassenheit nicht mehr ganz abstreifen, auch nicht in den Beziehungen, die ich danach hatte." Sie hob die Hände, um ihre Worte abzumildern. „Ich jammere nicht. Am Ende sind wir alle allein, davon bin ich überzeugt. Und ich kann nicht behaupten, dass ich ein unglückliches Leben führe, überhaupt nicht." Sie lachte auf. „Ich hatte viele glückliche Momente in meinem Leben und ich werde sie auch immer wieder haben. Allerdings habe ich begriffen, dass die große Liebe, die ich mir als junges Mädchen gewünscht habe, nicht existiert. Sie ist eine Illusion." Versonnen lenkte sie den Blick in die Krone des Baumes und sah durch die Blätter hindurch, dass die Sturmwolken sich weiter gelichtet hatten. Nachdenklich wandte sie sich dann wieder Samir zu. „Jetzt bin ich mir allerdings nicht mehr ganz sicher. Gerade in diesen Tagen halte ich es für möglich, dass es die große Liebe doch gibt. Zumindest im Leben einiger Menschen, wenn auch nicht für alle. Aber vielleicht sogar für mich." Ihr Herz pochte, als sie Samir anblickte, in ihrem Geiste jedoch Falkos grünbraune Augen vor sich sah.

Samir erwiderte ihren Blick, ohne etwas zu sagen.

Camille verzichtete darauf, ihm zu verraten, dass sie an Falko dachte. Es spielte in dieser Sekunde keine

Rolle. Sie hatte Samir gebeichtet, was sie seinerzeit für ihn empfunden hatte, was sein Verhalten in ihr ausgelöst hatte, und dass ihr gesamtes Leben davon beeinflusst worden war. Es fühlte sich so an, als überreiche sie ihm eine Last, die sie all die Jahre mit sich getragen hatte. Es tat gut, einzugestehen, dass sie sich so oft und so lange einsam gefühlt hatte. Vielleicht würde sich das jetzt, durch Falko, ändern.

Noch immer schwieg Samir, dann straffte er die Schultern. „Ich war damals aufgewühlt. Ich hatte es eilig, von meiner Familie wegzukommen. Heute verstehe ich nicht mehr, warum, aber", er hielt inne und schien mit sich zu kämpfen. Zum ersten Mal hatte Camille das Gefühl, etwas von ihm zu sehen, das sie nicht kannte. „Ich habe meine Familie eine Zeit lang gehasst." Er zog die Schultern hoch, seine Stirn umwölkte sich. „Ich habe meine Hautfarbe gehasst, den Akzent meines Großvaters und das biedere Getue meiner Familie. Ich weiß, ich hatte keinen Grund und kein Recht, irgendwas zu kritisieren, was meine Großeltern und meine Eltern sich aufgebaut hatten. Sie hatten mir und meinen Geschwistern alles gegeben, was man sich nur wünschen konnte. Und ich war so ein undankbares Arschloch."

„Was? Nein! Ein Arschloch warst du nie, Samir!" Zumindest ihr, Camille, gegenüber, hatte er sich immer aufrichtig verhalten. Nun, bis auf die eine Tatsache, dass er sie sofort vergessen hatte, nachdem er mit seinem Studium angefangen hatte. Vielleicht passte das also doch zusammen und sie hatte es nur nicht gesehen. Camille schüttelte den Kopf, um einen klaren Gedanken zu fassen.

„Mit meiner Familie habe ich mich längst ausgesprochen, aber ja, ich war ein Arschloch, Camille." Er zog sie ein bisschen näher zu sich heran. „Und dir habe ich auch wehgetan. Das wollte ich nicht. Ich muss blind gewesen sein. Wie dumm von mir, gar nicht auf den Gedanken zu kommen, dass es mehr war als bloße Freundschaft, die uns verband."

Was sollte das jetzt wieder heißen? Hatte sie ihn richtig verstanden oder spielte ihr die Fremdsprache einen Streich? „War es für dich denn ...?", sie stockte. Sollte sie es wagen, ihn danach zu fragen, ob er ihre Gefühle erwidert hatte, zumindest zu irgendeinem Zeitpunkt, und damit riskieren, dass er sie ein weiteres Mal verletzte? Nein, beschloss sie, so weit ging ihre Bereitschaft zur Selbstqual dann doch nicht. Außerdem war da jetzt Falko. Unvermittelt spürte sie den Sternschnuppenkuss noch einmal auf ihren Lippen und fühlte sich stark.

Als sie ihren Satz nicht beendete, sprach Samir weiter. „Es tut mir unendlich leid, Camille. Wenn ich geahnt hätte, dass du so für mich empfindest, hätte ich bestimmt daran gedacht, dir zu schreiben." Es gab ihr einen leichten Stich, weil er ihr damit zu verstehen gab, dass sie niemals mehr als eine kleine Kindheitsfreundin für ihn gewesen war. Mehr zu sich selbst sprach er weiter. „Nun, zumindest hoffe ich das. Dass ich doch nicht der größte, unempathischste Arsch war, den man sich vorstellen kann, meine ich."

Sie sparte sich eine Antwort. Unempathisch? Ja, wenn man es so definierte, dass er ihre Liebe hätte erkennen müssen. Aber es spielte keine Rolle mehr.

„Verzeihst du mir?", fragte er jetzt. Camille nickte. Samir ließ sie los, und wie auf Kommando setzten sie ihren Weg fort. Den Supermarkt konnten sie bereits sehen. Einträchtig schlenderten sie nebeneinander her.

„Ich bin erst wieder ins Gleichgewicht gekommen, nachdem ich Claire getroffen hatte. Sie hat mir geholfen, sie ist ... war meine große Liebe." Camille sah, wie er schauderte.

„Es tut mir sehr leid, dass du sie verloren hast." Sie spürte, dass der Groll, den sie die ganzen Jahre gegenüber Samir gehegt hatte, sie endlich verließ. Er floss aus ihrem Körper heraus wie eine dunkle, nebelartige Energie. Plötzlich fühlte sie sich leichter und heller als zuvor. Sie wünschte sich in diesem Moment, dass auch Samir seine Trauer über Claires Tod irgendwann würde überwinden können. Vielleicht konnte Greta das bei ihm bewirken. Ja, es würde sich bestimmt alles fügen. Vielleicht würden zwei Liebespaare aus der Bretagne zurückkehren.

Dieser Gedanke verlieh Camille plötzlich wieder die Leichtigkeit zurück, die sie am Tag zuvor am Meer verspürt hatte. Sie beschloss, der Unterhaltung das Schwermütige zu nehmen, während sie neben Samir her schlenderte. „Wann hast du eigentlich beschlossen, dir eine Glatze wachsen zu lassen?" Sie unterdrückte ein Glucksen.

Samir stutzte, dann lachte er auf. „Das begann schon sehr früh. Tja, insofern war es vielleicht gut, dass du mich nach meinem neunzehnten Lebensjahr nicht mehr gesehen hast. Stell dir nur vor, du wärest Zeuge meiner voranschreitenden Weisheit geworden."

„Na, dafür bin ich jetzt Zeugin geworden“, sagte sie trocken. „Du rasierst dich aber, oder nicht?“

Samir hielt seinen ausgestreckten Unterarm im Gehen vor ihr Gesicht, sodass sie den zarten dunklen Flaum darauf sehen konnte. Die Haare glänzten seidenmatt im Sonnenlicht. „Nennst du das etwa rasieren?“

„Nein.“ Sie kicherte. „Ich meinte doch …“

„Ich muss doch sehr bitten“, fiel er ihr ins Wort, breit grinsend. „Über welche Körperregionen reden wir denn hier?“

„Pah“, tat Camille empört, „natürlich nur über die edelsten.“

„Also doch“, knurrte er. Ohne es zu wollen, errötete Camille. Natürlich bemerkte er, dass sie rot geworden war, und feixte. Er fuhr sich mit der flachen Hand über den Schädel. „Meinen Kopf rasiere ich jedenfalls, da hast du recht. Nicht, dass da noch viel Haar zu beseitigen wäre.“ Jetzt lachte er laut. „Was man vom Rest meines Körpers nicht gerade behaupten kann.“

Sie bogen auf den Parkplatz ein, über den sie zum Carrefour gelangten. „Warte ich oder wartest du?“, fragte Camille.

„Sag mir, was du dir wünschst, damit ich es dir mitbringen kann. Ich gehe hinein, und du kannst mit Banou dort hinten im Schatten warten, wenn du magst.“ Er blickte zum Himmel hoch. „Wahnsinn, wie schwül es jetzt ist. Ich traue dem Wetter nicht. Wir sollten uns beeilen, schätze ich.“

„Was ich mir wünsche?“ Camille dachte daran, Samir zu sagen, dass sie sich wünschte, schnell wieder bei Falko zu sein, aber dann verwarf sie den Gedanken.

„Rosé. Ich würde heute Abend gern einen Rosé trinken.“

Obwohl Samir sich im Geschäft tatsächlich beeilte, schafften sie es nicht mehr nach Hause, bevor das Gewitter kam. Der Himmel zog sich schneller zu, als Camille es jemals zuvor erlebt hatte. Dicke, schwarze Wolken ballten sich zusammen, und der Wind fuhr ihr immer heftiger in die Haare und unter den Rock. Sie mussten sich auf ihrem Weg aus dem Ort hinaus und über die freie Landschaft gegen die Böen stemmen. Banou wirkte nervös und schüttelte immer wieder heftig den Kopf, wenn der Wind in ihre Ohren pustete. Es sah lustig aus, und da es warm und schwül war, störte Camille sich auch nicht daran, dass das Wetter umschwang. Samir trug den schweren Rucksack, sie führte den Hund an der Leine. Immer öfter rissen Böen ihnen die Wörter aus dem Mund, sodass sie sich kaum noch gegenseitig verstanden.

Dann brach auf einen Schlag der Regen los, es donnerte und blitzte. Camille verstummte und fand die Situation nun nicht mehr so aufregend. Mit jedem Blitz wuchs die Angst in ihr. Sie gingen über eine weite, ungeschützte Fläche, und es war kein Haus in Sicht. Samir ergriff ihre Hand und zog sie hinter sich her, Banou blieb so dicht bei ihnen, dass sie aufpassen mussten, den Hund nicht zu treten. Der Regen peitschte Camille ins Gesicht, als stächen tausend Nadeln ihr in die Haut. Ihre Arme hatten sich längst gerötet, und auch ihre Beine kribbelten heftig. Wind und Wasser wurden immer kälter. Die dünne Baumwollbluse und der Rock klebten nass an ihrem Körper und kühlten sie weiter aus. Samir legte schützend den Arm um sie und zog sie so dicht an sich, wie es eben ging, ohne das Tempo zu reduzieren.

„Wir müssen uns einen Schutz suchen", rief er und blickte sich um. „Dort hinten, siehst du diesen kleinen Schuppen?" Er deutete auf ein Feld neben der Straße.

Camille nickte und prustete Regenwasser von ihren Lippen. Der Regen fiel in dichten grauen Schlieren schräg herunter, und ein weiterer Blitz erhellte die Szenerie.

Sie schlugen den Weg zum Schuppen ein, querfeldein über die Stoppeln des abgeernteten Feldes. Camilles kalte Füße rutschten in den nassen Sandalen hin und her. Die Stoppeln piksten in ihre Haut. Der Regen und der Wind schienen immer noch stärker zu werden.

Nach einem kurzen, doch beschwerlichen Weg erreichten sie endlich den winzigen Schuppen, der dem abgedeckten uralten Gemäuer am Gartenzaun ihrer Unterkunft glich. Das Häuschen aus grobem Granitgestein war kaum mannshoch, die grob gezimmerte Tür schien eher für Zwerge gemacht. Samir probierte den rostigen Türgriff aus, doch er ließ sich nicht bewegen. Das Dach überragte den Schuppen kaum und bot ihnen daher keinen Schutz. Samir warf sich mit aller Gewalt gegen die Tür, und tatsächlich sprang sie auf. Camille folgte Samir hinein.

Im Innern des Schuppens fanden sie altes Gartengerät, das so aussah, als wäre es seit Jahrzehnten nicht mehr im Einsatz gewesen. Eine Schaufel, eine Sense, eine Hacke – alles wirkte wie aus einer längst vergangenen Zeit. Es gab keine Sitzmöbel, keinen Tisch und schon gar keine Feuerstelle. Camilles Zähne klapperten. Mit einem solchen Wettereinbruch hatte sie nicht gerechnet.

„Dir ist kalt." Samir betrachtete sie besorgt, dann zog er den Rucksack ab und stellte ihn in eine Ecke. Auch seine Arme und Beine waren von Gänsehaut überzogen. Banou hatte sich mehrmals kräftig geschüttelt und stand nun da wie ein begossener Pudel.

„Ja", stammelte Camille. „Meine Kleider triefen." Sie musste aus diesen nassen Sachen heraus, sonst würde sie sich den Tod holen. Sie sah Samir an. „Deine auch."

Er blickte ihr in die Augen. Lang. Dann zog er die Schultern hoch. „Wir sollten sie ausziehen und wenigstens auswringen."

Camille stöhnte. Warum war sie mit Samir hier, nicht mit Falko? Sie sah sich um, ob nicht doch irgendwo eine alte Decke oder etwas Ähnliches lag, das sie sich um die Schultern legen konnte, um sich zu wärmen, doch sie fand nichts.

Samir begann damit, sich das T-Shirt über den Kopf zu ziehen. Camille konnte den Blick nicht von seiner breiten Brust abwenden, und irrsinnigerweise überkam sie wieder die Lust, herauszufinden, wie es sich anfühlen würde, ihn zu berühren. Als er das Shirt sinken ließ und sein Blick wieder unbehindert auf ihren fiel, zuckte sie verlegen zusammen. Es war allerdings auch zu faszinierend, wie seine Muskeln sich bei seinen Bewegungen unter der im Halbdunkel seidig schimmernden Haut abzeichneten. Stand sie allen Ernstes hier und starrte ihren Kumpel an?

„Was ist mit dir? Du zitterst schon am ganzen Leib."

Widerstrebend fing Camille an, ihre Bluse aufzuknöpfen, und diesmal war es Samir, der den Blick nicht abwenden konnte. Sie bemerkte, wie seine Augen sich kurz weiteten, als er ihren schlichten roséfarbenen BH sehen konnte, und es fühlte sich plötzlich aufregend an, mit ihm hier zu stehen, nass und frierend, im schummrigen Licht einer uralten Hütte, in der es nicht einmal einen Stuhl gab. Samir wandte den Blick ab und begann damit, seine Bermudas aufzuknöpfen. Was für eine verrückte Situation! Und doch, sie waren Freunde seit Kindesbeinen. Was war also dabei?

Camille begann, belangloses Zeug zu reden. Sie erzählte von der Weihnachtshochzeit im letzten Jahr, und dass sie an jenem Wintertag kaum mehr gefroren habe als jetzt. „Aber es war eine wunderschöne Feier. Und die Tombola war richtig lustig. Wir hatten uns so witzige Spiele ausgedacht, weißt du?" Nachdem sie ihre Bluse ausgezogen hatte, war der Rock kein Problem mehr. Sie rollte beide Kleidungsstücke fest zusammen und wrang sie aus. Dann hängte sie die Bluse über den Stiel der Schaufel, den Rock über den Rechen. Samir war inzwischen auch aus seiner Hose gestiegen und tat es Camille gleich.

„Daher kommen also die Ideen zu den Challenges, die Mia und Niklas uns gestellt haben", sagte er. Seine Stimme klang dunkel, vielleicht weil er so fror.

Camille drehte sich zu ihm um und bemerkte, dass sein Blick abermals über ihre Unterwäsche streifte. Sie gab sich ihrerseits große Mühe, nicht auf seine schwarzen Pantys zu schauen. Dann standen sie sich gegenüber, schweigend und unsicher. Camilles Zähne klapperten, sobald sie mit dem Reden aufhörte.

„Du weißt, dass wir uns am besten gegenseitig wärmen würden, oder?", sagte Samir und kam einen Schritt näher. Aus Camilles Haaren tropfte das Wasser auf ihre Schultern. Sie nickte und ließ es zu, dass er sie in seine Arme zog. Nach kurzem Zögern schmiegte sie sich eng an ihn und legte ebenfalls die Arme um seine Mitte.

Samir war nicht der erste Mann, den Camille umarmte, und sicher war er nicht der Mann, den sie sich gerade wünschte. Aber sie genoss das Gefühl seiner warmen Haut und der Haare, die sich samtig weich anfühlten. Sein Rücken war unbehaart, das konnte sie spüren, und sein Bauch war ebenfalls frei, bis auf einen schmalen dunklen Streifen, der sich von seinem Nabel hinunterzog. Camille legte den Kopf an seine breite Schulter und sog seinen Geruch ein, der schon auf der Zugfahrt alle Erinnerungen an die wunderschönen gemeinsamen Sommertage ihrer Kindheit in ihr geweckt hatte.

Nach einer Weile hörten ihre Zähne auf zu klappern, und dann ließ auch das Zittern endlich nach. Ihre Unterwäsche war noch immer nass, aber inzwischen fühlte sie sich warm an. Samirs feste Muskeln an Camilles Körper gaben ihr ein eigentümliches Gefühl der Geborgenheit. Beinahe vergaß sie, mit wem sie hier stand, und ihre Hände begannen, sacht über die warme Haut zu streichen. Erst Samirs heiseres Räuspern und die leichte Drehung, mit der er etwas Abstand zwischen sie brachte, ließen sie zusammenfahren.

„Entschuldige", murmelte er und trat einen halben Schritt zurück. Flammende Röte überzog Camilles Wangen. Und doch war Samirs Blick nicht peinlich berührt oder gar anzüglich. „Du bist eine schöne Frau“, sagte er schließlich.

„Du bist auch … schön“, sagte sie ungeschickt. Aber warum sollte man ein Kompliment nicht aussprechen, wenn es doch stimmte? Samir lächelte, seine Augen leuchteten hell.

In einer plötzlichen Anwandlung tapste Banou auf die beiden zu und schob sich zwischen ihre Beine. Ob sie sich wärmen wollte oder einfach die Nähe ihres Herrchens suchte, war Camille nicht ganz klar. Beide lachten auf, und der Bann der eigenartigen Situation löste sich.

Camille hatte den dringenden Wunsch, Samir an ihren Gefühlen teilhaben zu lassen. „Samir?“

„Hm?“ Er blickte ihr tief in die Augen.

„Ich möchte dir etwas sagen.“ Sie druckste herum. „Du kennst mich so gut wie sonst kaum jemand, richtig?“

Er zog die Schultern hoch. „Schon irgendwie“, stimmte er ihr zu.

„Ich – wir haben in den letzten Jahren beide sehr unterschiedliche Wege eingeschlagen, und ich finde es schade, dass wir uns als Freunde aus den Augen verloren haben.“

Zwischen Samirs Brauen zeichnete sich eine zarte, steile Falte ab. Offensichtlich wusste er nicht, worauf sie hinauswollte. Und mit einem Mal wusste auch Camille nicht mehr genau, weshalb sie ausgerechnet Samir ihre Gefühle Falko gegenüber gestehen wollte.

„Worauf willst du hinaus?“, fragte Samir sanft.

„Ach, ich weiß selbst nicht, warum ich davon angefangen habe. Ich glaube, ich will damit sagen, dass ... dass ich mich verliebt habe. Weil ich sonst platze." Ihr Herz pochte so stark, als sei sie gerade im Begriff, Falko ihre Liebe zu gestehen. Dabei war es doch Samir, der vor ihr stand. Sie runzelte die Stirn, weil Samirs Blick und Haltung sie verunsicherten. Rasch sprach sie weiter. „Ich glaube, ich habe es schon bei Mias Hochzeit bemerkt. Da war es nur zu früh, weil ich noch nicht von diesem Mistkerl Carlo losgekommen war. Außerdem war ich viel zu nervös, um zu kapieren, was in mir vorging." Sie unterbrach sich. Samir kaute auf seiner Unterlippe herum. Camille fasste nach seiner Hand. Es war fast wie früher, als sie aufregende Pläne für die langen Sommertage geschmiedet hatten.

„Ich habe mich in Falko verliebt", purzelte es dann aus ihr heraus. „Und ich glaube, er mag mich auch."

„Ja", sagte Samir leise und seltsam nüchtern. „Ganz sicher tut er das." Er entzog ihr seine Hand, um nach seiner Kleidung zu greifen. „Es hat aufgehört zu regnen", stellte er dann fest und war mit zwei Schritten an der Tür, um hinauszublicken. „Das ging schnell." Banou streckte den Kopf zwischen seinen Waden hinaus, als wolle sie überprüfen, ob er die Wahrheit sagte.

Enttäuscht darüber, dass Samir das Gespräch so abrupt beendet hatte, machte Camille einen Schritt in seine Richtung. Sie hatte doch noch mehr sagen wollen, sich vergewissern wollen, dass sie sich die Blicke und Berührungen von Falko nicht nur eingebildet hatte. Da hörte sie ein leises, gleichmäßiges Geräusch, das aus einer der Außentaschen des Rucksacks erklang. „Da brummt ein Handy", sagte sie. „Ist das deins?"

Auch Samir hatte das Geräusch gehört und öffnete bereits den Klettverschluss der Tasche, um kurz darauf sein Smartphone herauszuziehen. Er runzelte die Stirn, dann nahm er den Anruf an. „Greta? – Ja, wir sind in das Unwetter geraten. – Wir haben Schutz in einem Schuppen gefunden. – Warum …? Stimmt, daran habe ich nicht gedacht. Es ging alles so schnell. – Ja, das wäre toll. Wir gehen zur Straße und kommen euch entgegen." Er legte auf. „Greta und Falko kommen uns mit dem Auto abholen." Er tastete seine Kleidung ab und verzog das Gesicht. „Immer noch zu nass." Ein weiteres Mal musterte er Camilles schlichte Unterwäsche, dann zuckte er die Schultern. „Lass uns so nach vorne gehen. Letzten Endes ist das auch nicht anders als mit Badesachen, oder?"

Wenige Minuten später saßen sie auf der Rückbank des Autos und erzählten unter Lachen und Prusten, wie das Gewitter sie überrascht hatte, und alle Ernsthaftigkeit schien wie weggeblasen.

Kapitel 11

Es wurde früh dunkel, weil sich am Himmel noch immer die Wolken jagten. Samirs und Camilles nasse Kleidung hing auf dem Wäscheständer, den sie hereingeholt hatten, weil es immer wieder zu regnen anfing. Schließlich entschieden Greta und Falko, gemeinsam das Abendessen zuzubereiten.

Als sie später gemeinsam am Tisch saßen, sprachen sie über die Aufgabe, die Mia ihnen an diesem Tag gestellt hatte. Falko konnte sein Lebensziel mit wenigen Worten umreißen: Professur an der Universität, Ehe und Kinder.

Camille, die ihm gegenüber saß, betrachtete ihn lange, dann fragte sie: „Tatsächlich so ein klassischer Lebensentwurf?"

Falko lachte auf. „Keine Ahnung. Irgendwie schon. Ich mag Kinder, du nicht?"

„Doch, ja." Camille hielt inne. „Es wundert mich nur ein bisschen, weil du doch mit deinen eigenen Eltern und Geschwistern eher schlechte Erfahrungen gemacht hast."

„Und du hast nur gute gemacht. Wie ist es denn bei dir?" Falko zwinkerte ihr zu, sodass ihr Herz holperte.

„Ich habe noch nicht darüber nachgedacht."

„Ach komm ..." Falko schob seine Hand auffordernd über den Tisch, Camille legte ihre hinein und spürte sofort wieder den pulsierenden Strom, den jede seiner Berührungen in ihr auslöste. „Du musst doch eine Vorstellung haben. Wo siehst du dich in fünf Jahren?"

Sie sah ihm in die Augen und glaubte, dort eine unausgesprochene Frage zu sehen, die sie sehr glücklich machte. Hitze überzog ihre Wangen, als sie schließlich nickte. „Ich habe keinen Plan erstellt, aber ja, Kinder kann ich mir auch gut vorstellen."

„Wie langweilig", murmelte Greta. „Mia fragte nach unseren großen Zielen, und ihr redet nur von Haus, Kind und Hund."

Ein Klopfen an der Tür ließ sie alle gleichzeitig den Kopf herumdrehen. Falko stand auf, um zu öffnen, und Camille spürte dort, wo seine Hand gewesen war, plötzliche Kühle.

Durch die offene Tür trat Eglantine herein. Ihr Haar war vom Wind zerzaust, und das Lächeln in ihrem Gesicht wirkte gedämpft. „Bonsoir." Sie sah von einem zum anderen. „Ich möchte nachfragen, ob im Haus alles okay ist? Läuft das warme Wasser, funktioniert die Spülmaschine, habt ihr genug Holz?" Sie wandte den Blick zur Decke. „Ist das Dach dicht?"

„Der Abfluss in der Küche ist ein bisschen verstopft", sagte Greta, „aber das ist nicht weiter schlimm."

„Ah, ich werde Erwann fragen, ob er sich darum kümmern kann. Sonst alles okay?"

Camille fragte sich, warum Eglantine so einen gehetzten Eindruck machte. Sie wirkte unentspannt. Ob ihr Aufenthalt in Paris damit zu tun hatte?

Samir war aufgestanden und hatte ein Glas aus dem Schrank genommen. „Setzen Sie sich doch. Trinken Sie ein Glas Wein mit uns?"

Als Eglantine nickte, schob Falko sich neben Camille auf die Bank und deutete auf den freien Platz, auf dem Eglantine sich niederließ und dankend das von Samir gereichte Glas entgegennahm. „Santé", murmelte sie, bevor sie einen Schluck trank. Eglantine ließ den Blick immer wieder nach oben wandern. „Wissen Sie, ich muss ein paar Stellen im Dach ausbessern lassen. Hoffen wir, dass das Wetter wieder beständiger wird."

„Wie alt ist dieses Häuschen denn?", fragte Falko, dessen Bein das von Camille berührte.

Eglantine lachte auf. „Das wissen wir nicht genau. Aber die Kapelle stammt sehr wahrscheinlich aus dem dreizehnten Jahrhundert."

Samir schnaubte überrascht auf, Eglantine nickte bestätigend. „Ursprünglich war sie Saint Etienne geweiht. Im siebzehnten Jahrhundert wurde sie renoviert und der heiligen Madeleine geweiht. Früher gab es beim Brunnen eine kleine Statue des heiligen Pustoch, der dafür bekannt ist, dass er Hautkrankheiten heilt. Sie ist leider gestohlen worden, aber ich habe sie vorher selbst noch gesehen."

„Hautkrankheiten?", fragte Samir nach. „Hatte er etwas mit der Lepra zu tun oder mit der Pest?"

Camille schauderte und auch Greta schien der Gedanke unheimlich zu sein.

„En effet", Eglantine nickte. „Wahrscheinlich waren diese Häuser, die ungefähr so alt wie die Kapelle sind, früher mal Lepra- und Pestlazarette. Dafür spricht auch die Bauweise. Der älteste Teil ist das winzige Häuschen neben diesem. Sie deutete zur rechten Seite des Raums. Das war lange Zeit ein Schweinestall, aber die Einteilung in winzige gemauerte Parzellen zeigt deutlich, dass es wohl auch als Lazarett genutzt wurde." Sie ließ den Blick durch den Raum, über die dicken Fensternischen, die unebenen Wände, hinauf zur

Decke gleiten. „Dieses Gebäude, in dem wir uns befinden, war vor langer Zeit auch ein Stall, und zur Zeit der großen Pest um 1350 hat es sicherlich ebenfalls als Lazarett gedient."

Nach einem kurzen Pochen öffnete sich die Haustür erneut, und mit lautem Poltern trat Erwann herein. Seine Hündin Molly schoss an ihm vorbei, wieselte durch den Raum – sie schien sich hier bestens auszukennen –, dann scheuchte sie Banou aus ihrem Körbchen auf.

„Bonsoir, mes amis!" Erwanns Wangen waren von der Luft gerötet, seine Augen glänzten. Vielleicht hatte er etwas getrunken, dachte Camille. Samir war aufgesprungen und bemühte sich, gemeinsam mit Erwann die beiden Hündinnen zu beruhigen, und schon wenig später lagen sie einträchtig in dem eigentlich viel zu kleinen Körbchen.

Erwann betrachtete Eglantine mit einem undeutbaren Blick, bevor er sich neben sie auf die Bank setzte. Sie rückte ein Stück zur Seite, und er eröffnete sofort das Gespräch. „Ihr habt wirklich Pech mit dem Wetter. Morgen soll es wieder schön werden, aber heute ... brrr!" Er schüttelte den Kopf und griff nach dem Glas Wein, das Samir ihm eingeschenkt hatte. Er trank einen tiefen Schluck, dann setzte er es wieder ab. „Was hat euer Spiel ergeben?" Fragend sah er einen nach dem anderen an.

„Spiel?", fragte Eglantine.

„Ja, sie müssen für ihre Freunde Aufgaben lösen. Challenges, so nennt man das wohl heute."

Camille und Samir, die am besten Französisch sprachen, berichteten über die Fragen, die Mia ihnen gestellt hatte, und was sie über sich herausgefunden hatten.

„Lebensziele", sagte Eglantine, „das ist ziemlich gemein."

„Gemein?" Erwann sah sie von der Seite an, bis sie sich auf der Bank wand. In Camille entstand das Gefühl, dass diese Freundschaft eine Schattenseite hatte. Sie fand es auch eigenartig, dass die beiden am selben Abend unangekündigt bei ihnen aufgekreuzt waren, aber sie traute sich nicht, danach zu fragen.

„Ja", bekräftigte Eglantine. „Gemein. Wer schafft es schon, seinem wahren Ziel zu folgen? Du etwa?" Ihre Frage klang provokativ. Erwann sah sie an, dann spitzte er die Lippen, sagte jedoch nichts. Eglantine stieß ein Schnauben aus, trank einen kleinen Schluck Wein und begann zu reden.

Sie erzählte, wie sie in Penmarch aufgewachsen war, glücklich und unbeschwert. Sie hatte eine beste Freundin gehabt, mit der sie alles geteilt hatte, auch die intimsten Geheimnisse. Ja, dachte Camille, so teilte sie alles mit ihrer Cousine Mia – und hatte es auch mit Samir getan, eine Zeit lang.

„Aber dann schlug das Schicksal zu. Unbarmherzig wie es ist." Erwann rückte näher zu ihr und legte den Arm um ihre Schultern, in einer selbstverständlichen, freundschaftlichen Geste.

„Meine Freundin wurde schwer krank und veränderte sich. Wir haben uns aus den Augen verloren." Eglantine sah Erwann von der Seite an, als wolle sie etwas zu ihm sagen, doch dann deutete sie ein Kopfschütteln an.

„Niemand kann etwas dafür", sagte Erwann leise.

„Wie lange kennen Sie beide sich schon?", wollte Samir wissen.

„Ein ganzes Leben." Erwann nahm das Glas und trank es aus. Samir schenkte ihm nach.

„Ich bin dann jedenfalls weggegangen", fuhr Eglantine fort. „Ich habe in der Ferne mein Glück gefunden. So nennt man das wohl, nicht?" Sie verzog das Gesicht. Ihre Augen schimmerten feucht.

Camilles Magen zog sich zusammen. „Sie haben Kinder, oder?", fragte sie und bemerkte, dass ihre Stimme piepsig klang.

Ein Leuchten glitt über Eglantines hellgrüne Augen. „Ja, ich habe zwei erwachsene Töchter." Sie erzählte von ihren Kindern und ihrer Arbeit und der kleinen Wohnung in Paris, in der sie lebte. Sie mochte ihr Leben, betonte sie. „Und doch. Es ist nicht das Leben, das ich mir als junges Mädchen ausgemalt habe." Sie sah Erwann an, dann bewegte sie die Schultern, sodass er seinen Arm wieder herunternahm. „Ich habe einen Ehemann zu Grabe getragen und bin von einem zweiten Mann getrennt."

Camille hielt die Luft an. Samir atmete tief ein und aus. „Das bedeutet, dass Sie zweimal geliebt haben, n'est-ce pas?" Samir wusste genau, wie es sich anfühlte, den Menschen zu verlieren, mit dem man sich ein Leben aufbauen wollte. Plötzlich hatte Camille das Gefühl, ein unwichtiges, lapidares Leben zu führen. Und sie wusste nicht einmal, wohin es sie führen sollte oder was sie wirklich wollte! Säße nicht Falko neben ihr, dessen anregende und wohltuende Wärme sie spürte, hätte sie jetzt, in dieser Sekunde, erneut die Einsamkeit überfallen, dessen war sie sich sicher.

„Ja, ich habe geliebt. Sogar mehr als zwei Mal." Eglantine drückte den Rücken durch. Sie glättete ihre Gesichtszüge, und der Schmerz, der zuvor darin zu sehen gewesen war, war wie weggewischt. Sie sah unverbindlich aus, eine Frau, die nicht hinter ihre Fassade blicken ließ. Fast unmerklich rückte sie von Erwann ab. „Was ich Ihnen sagen will: Ein Ziel ist bestimmt nicht schlecht. Aber seien Sie sich darüber im Klaren, dass es sich jederzeit ändern kann. Sie sind nicht die einzige Person, die über Ihr Leben entscheidet. Und doch", jetzt lächelte sie und sah beinahe glücklich aus, „packen Sie das Leben mit beiden Händen. Alles andere wäre dumm." Sie ließ den Blick erneut durch den Raum wandern. „Sehen Sie, wer an diesem Fleckchen Erde leben darf, der ist niemals wirklich unglücklich." Sie ergriff ihr Glas. „Darauf wollen wir trinken. Santé!"

Erwann, der plötzlich müde wirkte, nickte zu Eglantines Worten und trank, dann stand er auf. „Ich muss zu Mailys zurück, sie wird schon warten. Ist im Haus alles in Ordnung? Deshalb bin ich eigentlich hergekommen. Sind Sie vom Unwetter überrascht worden?"

„Alles in Ordnung. Gehen Sie nur." Falko sprach mit ruhiger Stimme.

„Aber der Abfluss?", fragte Eglantine.

Falko winkte ab. „Um den kümmere ich mich morgen, kein Problem."

Erwann pfiff nach Molly, verabschiedete sich und verließ das Haus.

„Ich werde dann auch nach Hause fahren", erklärte Eglantine. „Wenn Sie etwas brauchen oder etwas nicht funktioniert, rufen Sie mich bitte an." Damit ging auch sie hinaus. Bevor sie die Tür schloss, drehte sie sich noch einmal um und blickte sie alle der Reihe nach an. „Ich meinte das ernst. Greifen Sie mit beiden Händen nach dem Leben. Vielleicht ist hier der richtige Ort dafür." Sie lächelte, dann zog sie die Tür hinter sich zu.

„Habt ihr auch das Gefühl, dass die beiden heute nicht so gut drauf waren?" Greta sah Samir neben sich an, dann zu Falko und Camille.

„Anfangs schon." Samir nickte. „Aber dann war es wieder okay, oder? Sie kennen sich schon ihr ganzes Leben lang. Wie alt sind die beiden, was meint ihr?"

„Ich halte ihn für etwas älter als sie, aber so Mitte bis Ende fünfzig." Falko trug die beiden Gläser in die Küche und setzte sich dann wieder auf die nun freie Bank. Camille bedauerte, dass sie seine Nähe nicht mehr spüren konnte.

„Dann ist es ein bisschen wie bei euch", meinte Greta zu Samir. „Ihr kennt euch ja auch schon seit eurer Kindheit."

Plötzlich fühlte Camille sich unwohl. Es stimmte, was Greta sagte, es gab da Parallelen. Aber Eglantine und Erwann schien eine engere, tiefere Vertrautheit zu verbinden, als sie sie zu Samir spürte. Sie fröstelte, ohne recht zu verstehen, warum. Es war kindisch, aber die Tatsache, dass Falko sich von ihr weggesetzt hatte, erweckte in ihr ein zusätzliches Gefühl der Einsamkeit. Warum hatte er das getan? Zugleich schien sich zwischen Greta und Samir eine größere Nähe anzubahnen, oder bildete Camille sich das nur ein? Wie würde Greta reagieren, wenn sie erfuhr, was in der Hütte passiert war, als Samir und sie sich vor dem

Gewitter gerettet hatten? Verwirrt schüttelte sie den Kopf. Greta hatte nicht nachgefragt, als sie die beiden in Unterwäsche herauskommen gesehen hatte. Also gab es keinen Grund, sich darüber Gedanken zu machen. Oder doch?

Nachdenklich stützte Camille den Kopf in die Hand und fuhr mit dem Finger die Maserung des Holztischs nach. Sie war durcheinander, aber warum eigentlich? Unauffällig beobachtete sie Falko und bewunderte ihn. Die Art, wie er beim Reden den Kopf bewegte, wie er sich seinem Gesprächspartner ganz zuwandte, sodass man immer den Eindruck hatte, er konzentriere sich ausschließlich auf sein Gegenüber. Gerade sprach er mit Greta, doch Camille bekam nicht mit, worüber, so sehr war sie in Gedanken. Sie wünschte sich, mit Falko allein zu sein, um herauszufinden, was ihr Sternschnuppenkuss zu bedeuten hatte. Sie wollte ihm endlich näherkommen.

Sie driftete mit den Gedanken ab, dachte an ihre Familie, ihren verstorbenen Vater und Roberto, den neuen Lebensgefährten ihrer Mutter, mit dem sie sich gut verstand. Ohne zu wissen, woher der Gedanke plötzlich kam, grübelte sie dann über den Tod der jungen Frau nach, an deren Beerdigungstag sie hier angekommen waren, und Eglantines Worte klangen noch in ihrem Ohr nach, dass man mit zwei Händen nach dem Leben greifen musste. Natürlich musste man das, es war auch Camilles Motto.

Noch immer sah sie das schöne Gesicht von Falko an, der in ein angeregtes Gespräch mit den beiden anderen vertieft war, und noch immer schaffte sie es nicht, sich auf das zu konzentrieren, was die drei beredeten.

Vermutlich ging es um die Tagesaufgabe, die Mia ihnen gestellt hatte, um ihre Lebensziele. Die junge Frau, die vor einigen Tagen im Sturm ihr Leben verloren hatte, war der Chance beraubt worden, sich Sorgen um ihre Ziele zu machen. Camille spürte, wie sie immer tiefer in eine Melancholie geriet, und doch konnte sie nichts dagegen tun. Sie sehnte sich nach Falkos Berührung, seiner Nähe, seinen …

Plötzlich spürte sie die Wärme einer Hand auf ihrer Schulter, doch es war nicht Falko, der hinter ihr stand, als sie aufblickte, sondern Samir. Sie hatte nicht mitbekommen, wie er aufgestanden und zu ihr gekommen war. Er lächelte. „Ist das okay für dich? Du hast ja schon letzte Nacht dein Bett freigemacht.“

„Was meinst du?“ Ihr wurde klar, dass sie wirklich gar nichts von dem Gespräch mitbekommen hatte.

„Ob du noch mal im Flurbett übernachten möchtest? Oder eben im Jungszimmer, das ginge auch.“

Ihr Herz verfiel in Galopp. Bedeutete das, dass Greta gefragt hatte, ob Samir bei ihr schlafen konnte? Und hieß es, sie, Camille, könnte im selben Zimmer schlafen wie Falko? Plötzlich schien ihr Wunsch zum Greifen nah. Ihre Wangen glühten. Sie blickte Greta an, die eine fragende Miene zog und deren Gesicht sich puterrot färbte.

„Das …“, sie sah zu Falko, er lächelte mit leicht schiefgelegtem Kopf. Oh ja, und wie sie sich wünschte, mit ihm im selben Raum zu schlafen. „Ähm, ja klar. Dann tauschen wir einfach die Betten, Samir?“

Falko hustete. „N-nein. Du und ich tauschen die Betten.“ Er runzelte die Stirn, verwirrt.

Und mit einem Schlag, den sie in ihrer Magengrube wie einen Boxhieb spürte, wurde ihr ihr fataler Irrtum klar. Falko hatte sich ganz offensichtlich verliebt. Und Greta auch. Jedoch ineinander. Wie hatte sie so blind sein können? Sie schluckte. Oh Gott, wie peinlich!

„Äh, nein, klar, das meinte ich ja", stammelte sie, dann sprang sie auf, murmelte etwas von Toilette und flüchtete zum Klo, wo sie sich einschloss. Sie saß auf dem Deckel und stützte den Kopf in beide Hände, ihre Augen brannten. Wie hatte sie sich so sehr täuschen können? Hatte Falko ihr denn nicht mehrmals gezeigt, wie sehr er sie mochte?

Mögen schon, schien eine Stimme hohl in ihrem Kopf zu klingen. Aber die Berührungen, die Blicke? Der Kuss! Der Kuss, um den Sternschnuppenwunsch zu besiegeln? Er hatte das doch als einen spielerischen Vorwand benutzt, um sie zu küssen, oder nicht? Eine Träne lief Camilles Wange hinab. War sie womöglich doch diejenige gewesen, die den ersten Schritt getan hatte? Hatte *sie* aus dem Kuss unter Freunden mehr gemacht, als er bedeutet hatte? Warum sonst hätte er sich hinterher sogar entschuldigen sollen?

In einer schroffen Geste wischte sie die Träne von ihren Wangen. Wenn sie noch lange hierblieb, würden die anderen sich fragen, was mit ihr los war. Und verdammt, vor ihnen wollte sie auf keinen Fall eingestehen, dass sie sich in Falko verliebt und geglaubt hatte, er empfinde für sie das Gleiche. Etwas derart Peinliches war ihr noch nie passiert. Selbst die Sache mit Carlo verblasste vor dem, was sie jetzt empfand. Es war nicht nur beschämend, sondern es tat auch weh.

Und Samir? Wie ging es ihm eigentlich dabei? Oder hatte sie sich etwa nur etwas vorgemacht, als sie den Eindruck gewonnen hatte, dass zwischen Greta und Samir was lief? Musste sie ja wohl. Sie schüttelte den Kopf. War sie wirklich die einzige Idiotin, die nicht kapiert hatte, was los war?

„Camille?" Es pochte an der Tür. „Ist alles in Ordnung?", fragte Greta. Ihre Stimme klang besorgt.

Camille stand auf und wischte sich noch einmal mit den Händen durchs Gesicht. Es war nur die eine Träne gewesen. Sie hatte schon seit vielen Jahren nicht mehr geheult. Dann drückte sie auf die Spülung, straffte die Schultern und schloss die Tür auf.

„Ja. Warum?" Sie ging an Greta vorbei in das kleine Bad, um sich dort die Hände zu waschen. Während sie das kalte Wasser über ihre Hände laufen ließ, machte sie sich klar, dass Greta eine ihrer besten Freundinnen war, dass sie vor einem Dreivierteljahr bereits einmal in denselben Mann verliebt gewesen waren – Ironie des Schicksals! – und dass Greta es verdiente, glücklich zu sein. Sie konnte nichts dafür, dass Camille sich auch dieses Mal wieder in denselben Mann verguckt hatte. Und es war nicht das erste Mal, dass sie nicht das bekam, was sie sich wünschte. Davon ging die Welt nicht unter.

Sie trocknete ihre Hände ab und ging wieder nach draußen. Die anderen hatten den Tisch inzwischen abgeräumt und standen beieinander, als warteten sie auf Camille. Sie setzte ein Lächeln auf.

„Ich bin wohl müder, als ich dachte." Sie ging zur Terrassentür und blickte nach draußen. „Wenigstens hat sich das Wetter gebessert." Sie öffnete die Tür und machte einen Schritt hinaus. Die Hündin lief sofort an ihren Beinen vorbei und rannte in den Garten. Samir kam hinterher und blieb neben Camille stehen. Er blickte zum Himmel hoch, der in Rot- und Lilatönen leuchtete. Die Sonne war nicht mehr zu sehen, aber es war noch nicht ganz dunkel. Nur einzelne Wolken trieben wie Schatten über den Himmel.

„Heute Nacht wird es wahrscheinlich ein paar Sternschnuppen geben", sagte Samir. Seine Stimme neben ihr klang vertraut, gelassen, wie aus einer früheren, glücklichen Zeit. Camille spürte mehr, als dass sie sah, dass er ihr das Gesicht zugewandt hatte, und drehte den Kopf zu ihm. Er schwieg, sein Blick war forschend, aber nicht auf eine unangenehme Art. Mit einem Mal verstand sie, was sie eigentlich schon bei ihrem ersten Gespräch auf dem Weg zum Supermarkt und danach in der Schutzhütte hätte begreifen müssen: Dieser Mann war ihr ein wahrer Freund, sie konnte ihm vertrauen.

Sie lächelte. „Letzte Nacht habe ich auch eine gesehen."

Er griff nach ihrer Hand. „Ist alles okay, Camille?"

Sie zog die Schultern hoch, dann nickte sie. Es waren erst zwei Tage. Zwei Tage, in denen sie sich in Falko verguckt hatte. Die Gefühle waren noch nicht tief, sie konnte sie wieder abschütteln.

„Wenn du möchtest, kannst du mein Zimmer nehmen, und ich schlafe im Flur."

Sie wollte schon ablehnen, doch dann hielt sie inne und nickte langsam. „Ja, Samir, das würde ich gerne, glaube ich." Sie wollte so weit von Gretas und Falkos

Schlafzimmer weg sein wie möglich. Und sie wollte allein sein.

Er nickte. „Dann machen wir es so."

Es wurde eine schreckliche Nacht für Camille. Sie schlief ein und träumte, sie läge in Falkos Armen, dann schrak sie wieder auf und lauschte in die Nacht. Sie konnte jedoch nichts hören außer dem Wind, der irgendwann wieder um das Haus zu wehen begann, und eine seltsam eintönige und klagende Melodie zu summen schien. Sie wälzte Gedanken über Liebe und Einsamkeit, diese schreckliche Einsamkeit, die jetzt wieder über sie hereinzubrechen drohte. Und plötzlich gestand sie sich ein, was sie schon so lange ahnte: Ihre größte Angst war ein einsames Leben, in dem es nie die eine, große Liebe gab, ein Leben, in dem sie allen vorgaukelte, zufrieden zu sein – von glücklich konnte ja keine Rede sein. Ein Leben, in dem sie sich nach vielen Jahren als alte, resignierte Frau sah. Sie wollte dagegen ankämpfen, aber in den dunklen Stunden der Nacht, in denen der Wind ihr trostlose Sätze ins Ohr flüsterte, schaffte sie es einfach nicht.

In ihrem Kopf formten sich Bilder von Falko und Greta, diesen beiden wundervollen Menschen, die sie so sehr mochte. Sie sah sie ineinander verschlungen, einander das gebend, wovon sie erst in der Nacht zuvor noch geträumt hatte. Sie zählte an den Fingern ab, wie viele Tage und Nächte sie noch aushalten musste in diesem Traumhaus, an diesem Traumort, mit diesen drei Menschen, die sie so sehr mochte und die ihr doch alle drei Schlimmes angetan hatten. Ohne es zu wollen, das war ihr klar, aber das machte es nicht einfacher. Sie würde gute Miene machen, das konnte sie gut. Mit

Einsamkeit kannte sie sich aus. Damit, den Schein zu wahren.

Sie versuchte, sich mit dem Gedanken an Samir zu trösten. Ihn hatte sie wiedergewonnen. War diese langjährige Freundschaft nicht viel höher zu schätzen als eine Liebelei? Sie lächelte wehmütig, als sie dieses altmodische Wort dachte.

Gegen Morgen fiel sie in einen unruhigen Schlaf, und als sie später von Geschirrklappern geweckt wurde, wunderte es sie kein bisschen, dass sie sich wie zerschlagen fühlte. Sie wappnete sich innerlich, dann stand sie auf.

Die drei hatten den Frühstückstisch draußen gedeckt, weil das Wetter wieder so schön war, wie man es sich nur wünschen konnte. Camille hörte ihr angeregtes Gespräch. Gretas Lachen war heller, fröhlicher als in den letzten Tagen, und Falkos Stimme klang wie die eines Menschen, der mit sich und seinem Leben glücklich war. Es versetzte ihr einen Stich, die beiden so miteinander zu erleben, und ihr wurde klar, dass sie das ab jetzt würde ertragen müssen. Niemand schien zu bemerken, dass Camille ruhiger war als sonst. Sie bemühte sich, nicht zu zeigen, wie sehr sie um Fassung rang, und es gelang ihr offenbar.

„Was steht denn heute auf dem Programm? Was ist mit Mias Spiel?" Es war Greta, die die Frage stellte.

Camille zuckte die Schultern. „Keine Ahnung. Sie wird sich schon melden, denke ich."

Greta lachte auf und schmiegte sich an Falko. „Mir ist es ganz recht, wenn sie uns mal eine Pause lässt. Es ist übrigens großartig von dir, dass du dem Zimmertausch zugestimmt hast. Damit machst du uns wirklich glücklich!" Sie strahlte, und auch Falkos Gesicht leuchtete in aufrichtiger Dankbarkeit und Zuneigung auf.

Camille schloss daraus, dass die beiden tatsächlich durch ihre Liebe zu blind für ihre Außenwelt waren, um Camilles Gefühlsaufruhr bemerkt zu haben. Obwohl es auch wehtat, beruhigte der Gedanke sie. Es würde leichter für sie sein, die Sehnsucht nach Falko loszulassen, wenn der nichts davon ahnte. Sie bemerkte, dass Samir sie beobachtete, und schenkte ihm ein Lächeln. Es war nun doch schön, ihn an der Seite zu haben. Er gab ihr Sicherheit. „Ich könnte heute ein bisschen Zeit für mich brauchen", sagte sie schließlich. „Ich werde meinem Bruder schreiben. Er weiß noch gar nicht, dass du auch hier bist, Samir. Wir müssen uns bald mal zu dritt treffen."

„Ja, das ist ein schöner Gedanke."

„Außerdem", Camille beschloss es in der Sekunde, in der sie es sagte, „will ich mich endlich an meinen Roman setzen. Ist es für euch okay, wenn ich mich heute ausklinke?"

Greta klatschte in die Hände. „Das ist ja großartig. Ich freue mich schon darauf, deine ersten Seiten zu lesen."

Kapitel 12

Erleichtert schloss Camille etwas später die Tür hinter den dreien, die den Weg zum Meer einschlugen. Samir hatte erklärt, dass er mit Banou einen langen Spaziergang am Wasser entlang machen werde. Die beiden Turteltauben Greta und Falko hatten das extragroße Strandlaken eingepackt und sich gut gelaunt mit Bises von Camille verabschiedet.

Als Camille es sich mit ihrem Laptop am Tisch unter dem Sonnenschirm gemütlich gemacht hatte, begann sie zu schreiben, und vielleicht lag es daran, dass sie gerade eine Krise durchlebte, oder daran, dass die Zeit einfach reif war – jedenfalls tauchte sie in die Geschichte ab, die sich in ihrem Hinterkopf schon so lange entwickelt hatte, und schrieb wie im Rausch, vergaß Raum und Zeit und Falko und Greta und Samir.

Es war, als wache sie aus einem Schlaf auf, als sie plötzlich die Seitenzahl zehn auf dem Bildschirm entdeckte, und erst jetzt bemerkte sie, dass ihre Schultern sich verspannt hatten. Noch nie hatte sie so viel an einem Stück geschrieben, und in ihr breitete sich ein sattes, zufriedenes Gefühl aus. Doch jetzt war es nötig, sich zu bewegen. Sie sah in den Himmel, nahm wieder die traumhafte Umgebung wahr, in der sie sich aufhielt, und mit einem Schlag wurde das Glücksgefühl, das das Schreiben in ihr ausgelöst hatte, von dem Kummer abgelöst, den sie empfand, weil sie sich in den falschen Mann verliebt hatte.

Sie blickte auf die Uhr, es war früher Nachmittag. Ihr war klar, dass sie nach ihrer Flucht ins Schreiben eine weitere Flucht anschließen musste. Weder wollte sie hier, wo alles sie an Falko und Greta erinnerte, sitzen und grübeln, noch wollte sie den dreien so bald wieder begegnen. Nein, am liebsten wäre sie sogar ganz verschwunden. Hätte irgendeine Ausrede erfunden und wäre nach Hause gefahren. Aber wie? Sie konnte behaupten, eine Einladung zu einem runden Geburtstag erhalten zu haben. Niemand konnte ihr einen Vorwurf machen, wenn sie entschied, eine solche Einladung anzunehmen – sie konnte ja spontan gekommen sein, zu einer Überraschungsparty oder so. Ja, das war eine gute Idee.

Einen Moment später stand sie in ihrem und Gretas Zimmer und suchte ihre Kleidung aus dem Regal, um den Koffer zu packen, da schämte sie sich plötzlich. Wie feige das wäre! Falko und Greta wussten doch gar nichts davon, dass Camille sich in Falko verguckt hatte. Besser, sie tat so, als wäre nichts geschehen.

Trotzdem holte sie ihre Kleidung aus dem Raum und verstaute sie kurzerhand in dem Zimmer, das ursprünglich das der Jungs gewesen war. Ein Hauch schlechten Gewissens Samir gegenüber wurde in ihr wach, weil sie ihn quasi nötigte, im Flur zu schlafen. Aber schließlich hatte er es ihr selbst angeboten, und in den Betten im Flur lag man gut, das wusste sie ja. Trotzdem, vielleicht sollte sie Samir vorschlagen, wieder in seinem eigenen Bett zu schlafen.

Camille begann, auf und ab zu gehen. Immer wieder blickte sie auf ihre Uhr und machte sich Gedanken darüber, wann die drei vom Strand zurückkehren würden. Irgendwann aß sie eine Kleinigkeit und checkte die Nachrichten in ihrem Smartphone. Mia hatte sich gemeldet, aber Camille hatte überhaupt keine Lust, sich jetzt mit den Fragen und Spielideen ihrer Cousine auseinanderzusetzen. Mit ihr sprechen wollte sie auch nicht. Nein, sie wollte noch länger ihre Ruhe haben. Kurzerhand schaltete sie ihr Smartphone in den Flugzeugmodus und steckte es in die Gesäßtasche ihrer Jeansshorts.

Sie beschloss, in einem ausgedehnten Spaziergang Penmarch zu erkunden. Hatte sie sich nicht schon am ersten Tag vorgenommen, diese winzigen Muscheln beim Leuchtturm zu sammeln? Sie suchte ihr Notizbuch aus ihrem Rucksack, riss eine Seite heraus und kritzelte eine Nachricht darauf, dass sie einen kleinen Ausflug machen werde und dass die drei nicht mit dem Abendessen auf sie warten sollten, sie würde sich irgendwo eine Kleinigkeit holen. Darunter malte sie einen Zwinkersmiley. Dann dachte sie kurz darüber nach, mit dem Auto bis zum Ort zu fahren, entschied sich jedoch dagegen. Es war sonnig und windstill, der Fußmarsch würde ihr guttun.

Ihre Hand lag bereits auf dem Türgriff, als sie kurz entschlossen nach ihrem Laptop griff und ihn im Rucksack verstaute. Vielleicht würde sie in einem Café noch mal Gelegenheit zum Schreiben finden. Es hatte ihr gutgetan, ihre Finger über die Tastatur tanzen zu lassen und zu sehen, wie das zu Text wurde, was sich in ihrem Kopf abspielte. Deshalb wollte sie auf jeden Fall die Gelegenheit nutzen, sollte sie sich bieten. Ihr wurde wieder leichter ums Herz, und sie erkannte, dass ihr das Schreiben etwas gab, das sie bisher in ihrem Leben vermisst hatte.

Camille brauchte ungefähr eine halbe Stunde, bis sie im Zentrum von Penmarch angekommen war, und wie an ihrem ersten Tag wunderte sie sich darüber, dass so wenige Menschen zu Fuß unterwegs waren. Sie wanderte zur Touristinfo und nahm sich ein paar Broschüren mit. Als sie das Gebäude wieder verließ, war es dunkler geworden. Sie verzog das Gesicht. Schlug das Wetter etwa schon wieder um? Düstere Wolken hatten sich vor die Sonne geschoben. Sollte sie zurück nach La Madeleine gehen und riskieren, dass sie ein weiteres Mal in einen Regenschauer oder ein Gewitter geriet? Sie versuchte abzuschätzen, wie lange es noch dauern würde, bis es regnete, während sie in der Nähe des Phare d'Eckmühl über die flachen Felsen kletterte, die im Meer endeten. Rasch las sie mehrere Handvoll der winzigen Muscheln aus den Felsenrinnen auf und bestaunte die Vielfalt der Farben, gewundenen Formen und die Vollkommenheit, mit der die Natur diese Perlmuttwunderwerke erschaffen hatte.

Sie kletterte wieder zurück zur Straße, als die ersten dicken Regentropfen auf sie herunterfielen. Mist! Natürlich hatte sie weder einen Schirm noch eine Jacke dabei. Mit raschen Schritten lief sie an dem Leuchtturm vorbei und auf die Straße zu, in der sie am Tag ihrer Ankunft das Strandcafé gesehen hatten. Der Regen wurde rasch dichter. Ob Samir, Greta und Falko schon vom Meer zurück waren? Vielleicht saßen sie auch gerade in dem Restaurant bei der Surfschule und ließen sich frisch gebackene Galettes schmecken. Wehmut beschlich sie bei der Erinnerung an den glücklichen Moment, als sie dort um den Tisch herum gesessen hatten. Dort hatte sie zum ersten Mal diese Anziehung zu Falko gespürt – und geglaubt, in Gretas und Samirs Blicken eine aufflackernde gegenseitige Zuneigung zu sehen. Wie sehr sie sich doch getäuscht hatte.

Der Regen hatte das T-Shirt auf ihren Schultern bereits durchnässt, während sie den Abstand zum Café verringerte. Zum Glück ließ der Rucksackstoff nicht so leicht Wasser durch, aber trotzdem wurde es Zeit, sich und den Laptop vor dem Wasser in Sicherheit zu bringen.

„Camille?", hörte sie da eine weibliche Stimme und blickte sich suchend um. Am Straßenrand hielt ein Auto, aus dem ihr eine Hand zuwinkte. „Camille, kommen Sie her, Sie sind ja klatschnass." Eglantine saß hinter dem Steuer. Rasch lief Camille zu dem Wagen, und Eglantine bat sie, einzusteigen.

„Was machen Sie denn in dem Regen hier? Und ohne Schirm?"

„Ich bin vom Wetter überrascht worden. Ich … ich wollte ein bisschen allein sein."

Eglantine sah sie schweigend an, dann schob sie die Lippen vor. „Verstehe", sagte sie. „Dann möchten Sie jetzt auch noch nicht zurück zum Häuschen?" Sie deutete auf ihre Uhr, es war kurz nach fünf. „Sie sollten aus diesem Wetter heraus. Im Radio riet der Meteorologe, sich nicht im Freien aufzuhalten."

Camille schüttelte den Kopf. „Ich wollte in dieses Café dort, um ein bisschen zu schreiben."

Eglantine startete den Wagen und wendete quer über die Straße. „Ich habe eine bessere Idee. Warum im Café sitzen, wenn ich Ihnen eine ruhige Wohnung bieten kann?"

„Wie bitte?"

„Ich muss zum Einkaufen und zur Whisky-Destillerie fahren, weil ich ein Geburtstagsgeschenk besorgen will. Das wird ein bisschen dauern. Wenn Sie möchten, können Sie in meiner Wohnung Ihre Kleidung trocknen und die Haare föhnen." Sie lachte. „Und einen Kaffee können Sie sich dort auch zubereiten."

Sie bog in eine Seitenstraße und blieb vor einem Haus stehen, das dem von Erwann Guéguen ähnelte. Die Fenster waren jedoch mit überreichlich gefüllten Blumenkästen geschmückt. „Sie schreiben also, ja?", fragte sie dann.

„Ja, ein bisschen."

„Dann fühlen Sie sich wie zu Hause. Mein Mann war Schriftsteller, ich verstehe das. Sie brauchen ungestörte Zeit für sich, richtig?" Sie begann damit, einen Türschlüssel vom Bund zu lösen, und hielt ihn Camille hin.

Verdutzt nahm Camille den Schlüssel entgegen. „Aber ..."

„Nichts aber. Machen Sie sich ein paar schöne Stunden. Mein Haus mag es nicht, allein zu sein. Deshalb vermiete ich es manchmal in den Zeiten, in denen ich nicht hier bin. Tun Sie sich etwas Gutes, mein Kind. Glauben Sie mir, ich kann mir vorstellen, wie Sie sich gerade fühlen. Wissen Ihre Freunde, dass Sie in Penmarch unterwegs sind?"

„Ja, ich habe ihnen eine Nachricht hinterlassen."

„Nun, dann hinaus mit Ihnen. Ich muss los, sonst wird es Nacht, ehe ich zurück bin. À plus tard!"

Noch immer perplex schloss Camille einen Moment später die Tür zu dem fremden Häuschen auf und ging hinein. Wie in Erwanns Haus fand sie gleich auf der linken Seite eine Küche, die hell und freundlich eingerichtet war. Sie sah eine italienische Caffettiera und beschloss, sich gleich einen Espresso zu bereiten. Doch zunächst musste sie sehen, dass sie wieder trocken wurde. Im Bad fand sie in einem Regal frische Handtücher und nahm sich eines vom Stapel, um ihre Haare und die Haut trocken zu rubbeln. Ihr T-Shirt hängte sie über die Heizung und wickelte ihren Oberkörper in ein Badetuch ein, damit sie nicht fror. Dann machte sie sich auf die Suche nach einem geeigneten Platz, um ihren Laptop herauszuholen und den Text zu überarbeiten, den sie heute Morgen geschrieben hatte. Kurz darauf war sie bereits wieder in ihre Geschichte eingetaucht, ohne an den Kaffee auch nur noch einen Gedanken verschwendet zu haben.

Erst nachdem sie den kompletten Text überarbeitet hatte, sah sie vom Bildschirm auf und bewunderte die Gemälde, die an der Wand hingen, und die schlichte, aber farblich exzellent herausgearbeitete Blumen abbildeten. Eglantines Wohnung war in ähnlich einfachem und rustikalem Stil eingerichtet wie das Ferienhäuschen, sodass Camille sich fast wie zu Hause fühlte. Sie ließ die Blicke wandern – über den Flachbildfernseher, den gemauerten Kamin, die Couchgarnitur – und entdeckte auch hier viele Muscheln, die als Dekoration dienten. Dann sah sie die Fotos, die auf allen Schränken verteilt waren, und stand auf, um sie näher zu betrachten.

Sie zeigten ein erfülltes Leben: Eglantine als junge Frau in einem weißen Hosenanzug mit einem breitkrempigen Hut und einem riesigen Blumenstrauß im Arm, neben ihr stand ein schlanker Mann in schwarzem Anzug, der sie von der Seite ansah. Es war nicht zu verkennen, wie sehr er die Frau anhimmelte. Es war ein Hochzeitsfoto. Das musste der Schriftsteller sein, von dem Eglantine gesprochen hatte: ein Mann mit feinen Gesichtszügen und schlanker Gestalt, er passte gut zur zierlichen und doch so energiegeladen wirkenden Eglantine. Sie waren bestimmt glücklich miteinander gewesen, dachte Camille. Doch dann erinnerte sie sich an Eglantines Worte, die eher den Schluss zugelassen hatten, dass ihr Leben zwar nicht unglücklich, aber eben doch anders als gewünscht verlaufen war.

Sie ging weiter und sah sich die Fotos mit den beiden Mädchen an. Sie waren hübsch, eine von ihnen weizenblond, die andere dunkelhaarig wie der Vater. Aus ihren Gesichtern sprach Neugier, die Eltern mussten sehr stolz auf die beiden gewesen sein. Auf einem anderen Schrank standen Fotos, auf denen Eglantine mehr so aussah wie heute, die Haare kurz geschnitten, die Kleidung farbenfroh und weiblich, aber ohne Schnickschnack. Sie wirkte gereifter, ihr Gesicht hatte einen etwas härteren Zug. Es gab mehrere Fotos zu dritt, die Mutter mit den Töchtern. Auch die Mädchen blickten auf diesen Fotos etwas ernster drein. Das musste nach dem Tod des ersten Mannes gewesen sein.

Dann sah Camille den zweiten Mann. Er war viel größer als Eglantine, blond, mit einem breiten Lächeln, den Arm hatte er besitzergreifend auf Eglantines Schultern abgelegt. Sie jedoch lächelte selbstbewusst wie eh und je. Dieser Mann erweckte in Camille den Eindruck, dass er sehr wohl wusste, wie reich das Leben ihn mit einer Frau wie Eglantine beschenkt hatte. Und dann sah Camille ein Foto, das ihr Herz der Französin zufliegen ließ: Sie lachte darauf aus vollem Herzen, die Augen waren zu Schlitzen verengt, doch das Grasgrün ihrer Iris leuchtete hervor, die Zähne strahlten weiß, das Lachen zeichnete ein Grübchen in ihre Wange. Es war ein lebensbejahendes Bild, ein Glücksmoment, den jemand in diesem Foto eingefangen hatte.

Dann blieb Camilles Blick an einem Kästchen hängen. Es schien aus Strandholz gefertigt, von heller verwitterter Farbe, krumm und schief. Doch das Kästchen hatte einen besonderen Charme. Von der Größe eines altmodischen Karteikastens stand es auf einem niedrigen Schränkchen voller Bücher. Es zog Camille geradezu unwiderstehlich an. Sie wollte das Holz unter den Fingern spüren. Es fühlte sich samtig an und doch ein bisschen rau. Es war vom Meerwasser glatt geschliffen, die Oberfläche vom Salz porös. Fast wie unter Zwang öffnete Camille den Deckel und starrte auf ein Bündel Briefe. Sie wollte das Kästchen sofort wieder schließen, da fiel ihr etwas Eigenartiges auf: Der oberste Brief war noch verschlossen, der Umschlag unversehrt.

Ihre Finger berührten bereits das Papier, sie zog sie wieder zurück, doch dann konnte sie gar nichts dagegen tun, dass ihre Hand erneut hinunterreichte. In den Fingerkuppen spürte sie einen Sog, der sie den Brief herausziehen ließ, um nach dem Empfänger, dem

Absender und dem Datum zu sehen. Er war an Eglantine Robineau adressiert, an eine Adresse in Paris. Der Poststempel zeigte einen Novembertag des letzten Jahres an. Die zierliche und geschwungene Schrift schien auf eine Frau hinzuweisen. Sie wirkte ein kleines bisschen verwackelt, so als stammte sie von einer sehr alten Frau.

Camilles Hände zitterten, als sie den Brief umdrehte, und sie wusste nicht genau weshalb, aber ihr stockte der Atem, als sie den Namen der Absenderin sah: Mailys Guéguen in Penmarch. Den Namen hatte sie doch schon gehört, und es dauerte nicht einmal eine Sekunde, bis ihr klar wurde, dass es die Frau von Erwann Guéguen sein musste, die diesen Brief an Eglantine geschrieben hatte. Camille ahnte, dass sie hier auf eine Geschichte gestoßen war, die vieles erklären würde, was sich hinter Eglantines Worten vom Vortag, hinter ihrem Verhalten gegenüber ihrem alten Freund Erwann und auch hinter dessen Haltung und Blicken verbarg, die sich jedes Mal sofort änderten, sobald Eglantine in seiner Nähe war.

Sie zog den zweiten Brief heraus, drehte ihn um und stellte fest, dass die Adresse in derselben Handschrift geschrieben war. Camille sah sich das Absendedatum an und danach die Daten aller Briefe – es waren fünfzehn, Jahr für Jahr am gleichen Datum abgeschickt, und alle waren ungeöffnet. Die Adresse änderte sich zwei Mal, aber es war immer eine Anschrift in Paris. Die Schrift änderte sich von Jahr zu Jahr, ungewöhnlich stark sogar, sodass Camille zunächst Zweifel hatte, ob es wirklich dieselbe Person war, die die Briefe geschrieben hatte. Aber ja, charakteristische Schwünge im großen E von Eglantine, aber auch im M von Mailys bewiesen, dass es ein- und dieselbe Person gewesen sein musste. Mailys. Aber wieso hatte Eglantine diese Briefe nie geöffnet? Wieso bewahrte sie sie in diesem Kästchen auf, das im Grunde jedem zugänglich war? Sollte es eine Art Versteck sein, auf das niemand kam, weil es so offensichtlich war? Camille fragte sich, ob sie selbst es aushalten würde, ungelesene Briefe aufzubewahren? Wieso hatte Eglantine sie nicht weggeworfen, wenn sie sie doch nicht las? Sie, Camille, wäre vor Neugier gestorben.

In diesem Moment zerriss ein heftiger Donnerschlag die gleichmäßige Geräuschkulisse, die der noch immer prasselnde Regen verursachte. Erschrocken warf Camille einen Blick auf ihre Uhr, aber es war noch früh, gerade mal Abendessenszeit. Ihre Freunde würden sicher zurechtkommen, sie brauchte sich nicht um sie zu sorgen. Sie *wollte* jetzt auch gar nicht an sie denken, sondern zurückgleiten in diese angenehme, parallele Welt. Ihre allererste Geschichte, die zu einem Roman zu werden versprach, und diese Briefe mit dem Geheimnis, das sich dahinter verbarg – ihre Stimmung fühlte sich an wie damals als Kind, wenn sie in einem Märchenbuch versank und das Leben um sich herum für eine Weile nicht mehr wahrnahm. Sie lenkte ihre Gedanken von den Freunden wieder auf ihren Text. Eglantine würde sicher in der nächsten Stunde nach Hause kommen, und es sprach nichts dagegen, diese Zeit noch zum Schreiben zu nutzen. Camille legte die Briefe sorgfältig zurück in das Kästchen und nahm sich vor, Eglantine danach zu fragen. Vielleicht würde sie noch ein bisschen mehr über diese faszinierende Frau erfahren.

Eine halbe Stunde später war Camille wieder völlig aus ihrer Umgebung abgetaucht. Zeit, Durst, Hunger – nichts war mehr wichtig. Erst, als jemand an die Tür klopfte, wurde ihr bewusst, dass es draußen wieder still geworden war, und sie sah, dass die Abendsonne durchs Fenster schien. Sie sprang auf und öffnete die Tür, vor der Eglantine stand, bepackt mit zwei riesigen Einkaufstaschen aus dem Supermarkt und einer Geschenkkiste unter dem Arm, in der sich sicherlich der Whisky befand. Sie lächelte.

„Ah, Sie haben die Zeit vergessen, n'est-ce pas? Wie mein Mann damals." Sie hielt Camille die eine Tasche hin und trat dann hinter ihr in den Flur. „Dann haben Sie sicher auch noch nichts gegessen. Ich mache uns eine Kleinigkeit, d'accord? Und dann würde ich mich freuen, wenn Sie mir von Ihrem Projekt erzählen." Sie pustete sich eine Ponyfranse aus der Stirn. „Das war vielleicht ein Gewitter! Aber jetzt ist es wieder schön und bis zum Wochenende soll es auch so bleiben."

Camille ging Eglantine zur Hand. Gemeinsam bereiteten sie ein schlichtes Nudelgericht mit Olivenöl, frischen Cocktailtomaten und geriebenem Käse zu. Während sie aßen, erzählte Camille, wie sie sich den Plot für ihren Roman dachte, und Eglantine stellte ihr Fragen, mit deren Beantwortung sie ein paar Lücken füllen konnte.

„Man merkt, dass Sie mit einem Autor verheiratet waren", sagte Camille. „Ich bin ja noch blutige Anfängerin, aber ich habe vor, mich in Kursen zu kreativem Schreiben weiterzubilden." Sie brach ein

Stück vom frischen Baguette ab, das Eglantine mitgebracht hatte.

„Ja, ich habe mit meinem Mann immer über seine Projekte gesprochen. Er ist wirklich erfolgreich gewesen, allerdings hätte das Geld, das er mit dem Schreiben verdiente, für die Familie nicht gereicht. Aber das war nicht schlimm, da ich ja meinen Maklerberuf hatte, den ich sehr liebe."

„Wann ist Ihr Mann denn gestorben?"

Eglantines Blick verdunkelte sich. „Vor fünfzehn Jahren. Es war eine schlimme Zeit."

Camille zuckte bei ihren Worten zusammen. „Vor fünfzehn Jahren?", fragte sie tonlos. „Hat das etwas mit den ungelesenen Briefen zu tun?" Ihr Herz schlug heftig in ihrer Brust.

Eglantine zog eine Braue hoch, reagierte jedoch nicht verärgert. Sie seufzte leicht. „Die Briefe, ja, die Briefe …"

„Entschuldigung, aber ich fand das Kästchen so schön und habe hineingeschaut, da habe ich sie gesehen. Das war indiskret", Camille räusperte sich. „Es tut mir leid."

„Sie brauchen sich nicht zu entschuldigen. Ich weiß, dass das Kästchen dazu einlädt, es zu öffnen. In dieses Haus kommen nur Menschen, denen ich vertraue. Und da die Briefe noch zugeklebt sind, kann ja niemand lesen, was darin steht."

„Aber Sie wissen doch auch nicht, was darin steht! Mailys Guéguen, das ist Erwanns Frau, oder? Und sie schreibt Ihnen seit fünfzehn Jahren?"

Eglantine stand auf und holte eine Flasche Rotwein aus dem Schrank, dazu zwei Gläser. „Lassen Sie uns hinüber ins Wohnzimmer gehen", sagte sie. Dort füllte sie die Gläser für sie beide, und sie setzten sich auf die

Couch, neben der der besagte Schrank mit dem Kästchen stand. Sie stießen an und tranken einen Schluck, dann stand Eglantine auf und holte das Holzkästchen vom Schrank. Sie setzte sich und stellte es vor sich auf den niedrigen Couchtisch. Dann sah sie Camille an.

„Es ist eine eigenartige Zeit. Der Unfall der jungen Maelle hat mir wieder vor Augen geführt, wie schnell und unerwartet alles vorbei sein kann. Es war übrigens so ein Unwetter wie vorhin, in dem sie verunglückt ist. Wenn ein so junger Mensch so sinnlos aus dem Leben gerissen wird, wird uns gezeigt, dass wir jeden einzelnen Tag mit Leben füllen müssen, nicht?"

Camille schluckte und nickte. „Aber ... was hat es mit diesen Briefen auf sich, wenn ich fragen darf?"

Eglantine beugte sich vor, öffnete das Kästchen und legte den Stapel daneben. Dann zog sie den untersten Brief hervor und streichelte ihn fast liebevoll. „Mailys hat sie mir geschickt. Jedes Jahr zu meinem Geburtstag. Seit dem Jahr, in dem mein erster Mann, Yven, gestorben ist." Sie drehte den Brief in den Händen und atmete tief ein und aus, bevor sie weitersprach. „Mailys und ich waren früher das, was man Busenfreundinnen nennt. Wir haben alles zusammen gemacht, wie Schwestern. Wir besuchten den Kindergarten, die Schule, das Gymnasium, alles gemeinsam. Und dann", sie schluckte.

„Und dann?", fragte Camille sacht.

Eglantine sah sie an, die Augen schimmerten weich von ungeweinten Tränen. „Dann verliebten wir uns in denselben Mann. Na, damals war er fast noch ein Junge."

„Erwann?", fragte Camille, während sich gleichzeitig etwas in ihrem Bauch schmerzlich zusammenzog, weil sie so genau wusste, wie Eglantine sich damals gefühlt haben musste.

„Ja, Erwann. Er ist die Liebe meines Lebens. Bis heute."

„Aber er hat sich für Mailys entschieden."

„Ja, das hat er. Aber so einfach ist die Geschichte nicht. Mailys und ich wussten, dass wir beide denselben Jungen liebten. Wir kannten ihn schon seit frühester Kindheit. Er ist fünf Jahre älter als wir und natürlich hat er uns überhaupt erst wahrgenommen, als wir keine Kinder mehr waren. Zumindest mich hat er erst mit den Augen eines Mannes angesehen, als ich siebzehn war. Dass er Mailys schon früher bemerkt hatte, wurde mir erst klar, als ich an einem Tanzabend einen Kuss von ihm bekam, für den er sich dann sofort entschuldigte."

Camille sog scharf die Luft ein. „Ich weiß, wie sich das anfühlt."

Eglantine sah sie nachdenklich an, dann nickte sie langsam. „Ja, das habe ich mir bereits gedacht. Sie haben die Anzeichen nicht gesehen, richtig? So ging es mir damals auch. Ich war einfach blind und sah nicht, dass Mailys und Erwann längst Freunde waren. Und mehr als Freunde. Für Mailys war Erwann der Mann ihres Lebens. Sie war meine beste Freundin, er hatte sich für sie entschieden – da hatte ich kein Recht mehr, das Gleiche für ihn zu empfinden. Selbst wenn er …", sie unterbrach sich und biss sich auf die Unterlippe. Ihr Blick wanderte ins Leere. Dann straffte sie die Schultern, streichelte nochmals über den Umschlag in ihrem Schoß und wandte sich Camille zu. „Aber dann kam das Schicksal mit seinem Würfelbecher, schüttelte ihn kräftig und kippte ihn quer über den Tisch aus. Sozusagen. Es kam alles anders. Erwann sagte mir ein paar Wochen nach dem Tanzabend, dass er nicht mehr sicher sei, ob er Mailys oder mich liebte." Eglantine schüttelte den Kopf. „Hätte er es doch für sich behalten. Aber nein, er sagte es sogar zu ihr, zu Mailys. Und dann erst rollte der letzte Würfel und darauf stand: MS. Wissen Sie, was das bedeutet?"

Camille hatte von dieser fiesen Krankheit, Multiple Sklerose, schon gehört, für die es keine Heilung gab und die einen Menschen nach und nach immer mehr aus dem alltäglichen Leben herauslöste, langsam, in quälenden Schritten, bis der Tod kam. Es gab Mittel, um das Fortschreiten der Krankheit zu verlangsamen und einigermaßen gut damit zu leben. Die meisten Erkrankten lebten viele Jahre fast unbeeinträchtigt. Camille kannte von ihrer Arbeit in der Apotheke jedoch auch ein paar Patienten, die in einem weit fortgeschrittenen Stadium ihrer Krankheit sehr leiden mussten.

„Mailys?", fragte Camille mit brüchiger Stimme.

„Ja. Mailys war krank. Es wurde festgestellt, als wir gerade in das Leben starten wollten. Die ersten Schübe kamen in kurzen Abständen und waren sehr stark. Ich entschied mich nicht sofort, wegzugehen. Aber ich konnte es nicht ertragen. Weder meine Freundin, die von da an ihr Leben ändern musste, noch die beiden – Erwann und sie –, die sich tapfer und kämpferisch ein gemeinsames Leben aufbauten. Ich liebte diese beiden Menschen, und doch konnte ich ihre Gegenwart nicht mehr ertragen. Ich haderte mit dem Schicksal und hasste mich selbst dafür. Ich konnte nicht mehr in Erwanns Nähe sein, ohne frustriert und unglücklich meinen Verlust zu beklagen. Verstehen Sie, Camille, ich war die Schwache und diejenige, die sich am schäbigsten verhielt. Ich hätte großmütig sein und Mailys alles gönnen und alles schenken müssen, wozu ich imstande war. Das wusste ich, und ich hätte ihr niemals etwas Schlimmes gewünscht, nein, ich habe es ihr gegönnt, diesen wunderbaren Mann an ihrer Seite zu haben. Und doch kam ich nicht dagegen an, mich in Erwanns Arme zu sehnen. Können Sie sich das vorstellen? Ich fühlte mich immer schlechter, mein Selbsthass wuchs und bald war ich nur noch die überall für ihre scharfe Zunge gefürchtete Eglantine. Mailys ahnte, was ich für Erwann empfand, und mit dem Recht der Erkrankten begann sie, ihre Wut auf mich zu kanalisieren. Sie provozierte mich, und ich war zu verletzt, um gelassen zu reagieren. Bald stritten wir uns. Natürlich kam Erwann in unseren Zankereien nie zur Sprache, aber sie warf mir vor, gefühllos zu sein. Immer wieder hielt sie mir vor Augen, wie glücklich ich doch sein konnte, schön und gesund, wie ich war. Die Welt läge mir zu Füßen, sagte sie." Eglantine trank einen Schluck Wein. „Und Erwann stand zwischen uns, unglücklich und unfähig, eine von uns beiden zu besänftigen. Deshalb bin ich gegangen."

„Das war sicher die richtige Entscheidung, oder nicht?"

Eglantine legte den Brief wieder in das Kästchen. „Ja, es war die einzig richtige Entscheidung. Wie Sie gesehen haben, ist mein Leben erfüllt. Yven hat mich sehr geliebt, und ich tat alles, um seine Liebe genauso zu erwidern. Dann schenkte er mir diese wunderbaren Töchter, und da war ich eine Weile wirklich glücklich. Sein Tod war ein Schlag für uns, und doch haben wir uns wieder erholt. Im Sommer nach Yvens Tod bin ich zum ersten Mal wieder zurückgekommen, in die alte Heimat, in mein Elternhaus – es ist dieses hier. Das war einundzwanzig Jahre nach meinem Fortgang."

„Ihre Eltern leben nicht mehr?"

„Nein, sie waren sehr alt und sind kurz nacheinander verstorben. Sie haben sowohl die Kinder als auch meinen zweiten Lebensgefährten, Stan, noch kennengelernt und sie waren glücklich darüber, dass aus ihrer kleinen melancholischen Eglantine doch noch eine toughe Frau geworden war. Ich hätte ihnen alle Ehre gemacht, sagten sie eines Tages zu mir, und dass sie stolz auf mich seien."

„Stan?", hakte Camille ein. „Ist das der große blonde Mann auf den Fotos mit Ihnen?"

„Ja. Drei Jahre nach Yvens Tod habe ich Stan getroffen. Er ist Amerikaner. Er war hin und weg von der Pariserin mit den bretonischen Wurzeln und er verliebte sich in den Gedanken, in Paris, der Weltstadt der Liebe, ein neues Leben aufzubauen. Wir hatten eine lebendige und turbulente Zeit. Er kam dann auch einige Jahre mit hierher. Die Beziehung zu meinen Eltern war voller Liebe und Verständnis. Als Teenager war ich nicht ganz einfach, müssen Sie wissen, aber dann bin ich ja weggegangen, noch bevor ich zu der Frau wurde, die ich heute bin." Sie zuckte die Schultern. „Ich hatte immer geglaubt, meine Eltern wüssten nichts von meiner Schwäche für Erwann, aber da hatte ich mich wohl geirrt." Sie trank einen Schluck Wein.

„Stan hat es jedenfalls dann doch nicht mehr in Frankreich ausgehalten, er ist zurückgekehrt. Wir schreiben uns regelmäßig. Es geht ihm gut, und mir", sie sah Camille in die Augen und schnalzte leise mit der Zunge, „mir auch. Ich habe ihn sehr gemocht und das tue ich noch immer, aber er – nun, er war nie meine große Liebe."

„Die ist noch immer Erwann?"

Eglantine betrachtete Camille eine ganze Weile, dann lächelte sie, sodass das Grübchen in ihrer Wange zu sehen war, das Camille außer auf dem Foto noch nie an ihr wahrgenommen hatte. „Sie haben etwas Besonderes an sich, Camille, sonst würde ich Ihnen nicht antworten. Aber ich glaube, ich kann Ihnen vertrauen. Ja, Erwann ist noch immer meine große Liebe."

„Und Mailys? Wie kommt es, dass sie Ihnen schreibt? Haben Sie sie in all den Jahren denn nie gesehen?"

„Doch, bei einer Hochzeit vor fünfzehn Jahren. Die Tochter meiner Patentante hat damals geheiratet. Das war für mich der willkommene Anlass, es nach all der Zeit zu wagen und wieder einen Sommer in meiner Heimat zu verbringen."

„Sie sagten, das war in dem Jahr, in dem Yven gestorben ist."

„Ja, Yven starb im März und ich war im August hier, zur gleichen Zeit wie jetzt. Ich habe mich sofort wieder in meine Heimat verliebt, und da meine Eltern mich mit offenen Armen empfingen, habe ich es von da an beibehalten, im Sommer nach Hause zu kommen. Ich habe mir die kleinen Häuschen gekauft, sie renoviert und zu Ferienwohnungen umfunktioniert. Erwann hat mir dabei übrigens sehr geholfen. Ich habe es mit den Jahren geschafft, mit ihm eine echte Freundschaft aufzubauen."

„Weiß er, wie Sie in Wahrheit zu ihm stehen?"

Eglantine nahm einen Schluck Wein, ihr Blick wirkte für einen Moment verhangen, und ein leises Lächeln deutete sich in ihren Mundwinkeln an. Dann stellte sie das Glas wieder ab und blickte Camille offen in die Augen. „Er ahnt es wohl. Aber wir sprechen nicht darüber."

„Und seit dieser Hochzeitsfeier vor fünfzehn Jahren haben Sie Mailys nicht mehr wiedergesehen?" Noch während sie die Frage stellte, ahnte sie die Antwort.

„Nein. Sie schreibt mir seitdem jedes Jahr einen Brief zum Geburtstag. Vielleicht ist es aber auch nur eine Glückwunschkarte, wer weiß?"

„Warum öffnen Sie sie nicht und überzeugen sich selbst?"

„Dazu muss ich die Geschichte erst noch zu Ende erzählen. Mailys war auch auf dieser Hochzeit. Sie saß in einem Rollstuhl und Erwann kümmerte sich aufopfernd um seine Frau. Ich selbst nahm das alles nur wie durch einen Nebel wahr. Ich trug noch schwarze Kleidung. Yven hätte mir das zwar niemals abverlangt, aber ich hatte so vieles zu betrauern. Nicht nur seinen Tod, sondern auch meine eigene Unfähigkeit, ihn im Leben so zu lieben, wie er es verdient hätte. Es war das Mindeste, ein Jahr lang Trauerkleidung zu tragen, und damals entsprach es auch ganz meinem Empfinden. Meine beiden Mädchen waren auch mit auf der Feier. Irgendwann hat Erwann mich zum Tanzen aufgefordert." Sie deutete ein halbes

Kopfschütteln an. „Nicht dass das ungewöhnlich gewesen wäre. Er hat mit allen anwesenden Frauen getanzt. Er tanzt für sein Leben gern, und Mailys weiß das. Ich vermute, dass sie es ihm deshalb auch niemals untersagt hat. Sicher bin ich mir allerdings nicht, denn sie ist mir so fremd geworden, ich kenne sie nicht mehr. An diesem Tag jedenfalls muss in ihr alles wieder hochgekocht sein. Sie sah mich in den Armen ihres Mannes, außerdem sah sie meine Töchter, die die Herzen aller Menschen im Sturm eroberten. Erwann ist mir nicht zu nahe gekommen, das müssen Sie mir glauben. Und ich war zu sehr in Trauer, um mehr als seine Freundschaft zu spüren. Das war vielleicht ein Glück in jenem Moment, ich weiß es nicht."

„Aber was ist der Grund, warum Sie Mailys' Post nicht lesen?"

Eglantine nahm den oberen Umschlag wieder an sich. „Dazu muss ich ein bisschen ausholen. Am Tag der Hochzeit gab es einen Streit, der meine innere Abwehr gegen diese Briefe, die ich seitdem erhalte, ausgelöst hat. Ich ging während der Feier zu Mailys, weil ich mit ihr sprechen wollte, um herauszufinden, ob ich meine eigenen negativen Gefühle aus unserer Jugend endlich überwunden hatte. Vielleich war es einfach noch zu früh, ich weiß es nicht. Weißt du", sie stutzte. „Darf ich dich duzen, Camille?"

„Ja, bitte."

„Ich hatte in meiner Zeit in Paris alles verdrängt, was mich an meine Jugend erinnerte. Ich war in all den Jahren unversöhnlich, was Mailys anging, und hatte alles in eine Schublade geräumt und abgeschlossen. Ich wollte auch nicht an mich selbst erinnert werden. An die frustrierte, bösartige junge Frau, zu der ich geworden war. In Paris war es leicht, das zu vergessen, vor allem, nachdem ich mit Yven meine eigene Familie gegründet hatte. Meine Vergangenheit, Maylis und Erwann – das alles war weit weg. Kannst du mich verstehen?"

„Ja, ich glaube schon."

„Aber dann war ich ja wieder da und ich liebte all das hier." Sie machte eine ausholende Bewegung mit den Armen und schloss ihr Haus ein, die Umgebung, die Bretagne. „Mir war allerdings, als ich bei dieser Hochzeitsfeier zu Mailys ging, um mit ihr zu sprechen, nicht bewusst, dass ich diese Schublade noch nicht geöffnet hatte. Dass ich sie sogar vergessen hatte in meinem Kummer um Yven. In diesem Zustand ging ich also zu Mailys. Sie war immer noch so schön wie damals, aber ich konnte ihr ansehen, was sie alles hatte entbehren müssen. Sie hatte sich Kinder gewünscht, aber niemals welche bekommen. Sie hatte gemeinsam mit Erwann die Welt bereisen wollen, aber auch dazu ist es nie gekommen – und es waren weder Erwann noch die Krankheit, die sie daran gehindert hätten."

Sie schüttelte langsam den Kopf. „Ich ging also zu ihr. ‚Da bist du also', sagte sie zur Begrüßung, und ich konnte keine Wärme in ihrer Stimme hören, kein Zeichen der Wiedersehensfreude. ‚Da bin ich', sagte ich, und dann wusste ich nicht weiter. Ich starrte sie an und in mir brach ein neuer Abgrund auf. Ich sah all diese Jahre, in denen wir nicht mehr miteinander gesprochen hatten. Wir, die doch einmal beste Freundinnen gewesen waren. Ich stand vor ihr, sie tat mir leid, aber ich konnte keinen Schritt mehr auf sie zugehen. Sie war mir fremd geworden. Und dann fing sie an zu reden. ‚Du hast alles, was ich mir je gewünscht habe, weißt du das eigentlich?‘, sagte sie. Sie zählte auf, worum sie mich beneidete, meine schönen Kinder, meinen Beruf, mein Haus in Paris, und sie behauptete sogar, die Männer würden mir zu Füßen liegen. Sie fragte mich, wie ich es hätte wagen können, mit Erwann zu tanzen.“

Eglantine rieb sich über die Augen, sie wirkte mit einem Mal todmüde, und Camille hatte beinahe das Gefühl, Eglantines Kummer am eigenen Leib zu erleben. „Und dann?“, fragte sie leise.

„Ich habe die Hochzeit verlassen. Die Nacht danach habe ich durchgeheult, doch dann traf ich eine Entscheidung. Ich hatte gerade erst wieder meine Heimat gespürt und das wollte ich mir nicht mehr nehmen lassen. Auch nicht von Mailys. So kam das damals, dass ich zwar meine Heimat wieder mit beiden Armen umfing, zu meiner Freundin Mailys innerlich jedoch wieder auf den gleichen Abstand ging, den ich all die Jahre zuvor eingehalten hatte.“

„Und die Briefe?“

„Den ersten schickte sie im November desselben Jahres. Ich habe sehr lange mit mir gekämpft. Ich wollte ihn öffnen, das musst du mir glauben. Aber dann konnte ich es nicht. Meine Angst, dass sie mir nochmals sagen würde, ich solle gehen, war zu groß. Ich war glücklich damit, in meiner Heimat ein zweites Leben aufzubauen. Als ich dann drei Jahre später Stan kennenlernte, fiel es mir leichter, das Vergangene zu vergessen. Mailys habe ich seitdem nicht mehr gesehen, aber ich weiß, dass es ihr nicht gut geht.

Mittlerweile habe ich mich innerlich mit ihr ausgesöhnt. Es ist gut so, wie es ist."

„Ist es das?", fragte Camille. Und sie ahnte, dass sie damit eine Saat auslegte, die in Eglantine aufgehen und anfangen würde zu wachsen. Nicht sofort, nicht heute, aber vielleicht in den nächsten Tagen oder Wochen oder Monaten. Oder Jahren.

„Ja", sagte Eglantine bestimmt, „das ist es. Mein Leben ist gut." Camille bezweifelte, dass Eglantine sich diese Beschwörungsformel selbst abkaufte.

Da klingelte das Telefon, Eglantine warf die Briefe in das Kästchen, klappte es zu und stellte es zurück an seinen Platz, bevor sie das Telefon von demselben Schränkchen nahm und den Anruf annahm.

„Oui? Erwann, c'est toi? Mais …", sie riss die Augen auf und sah Camille an, dann schlug sie sich die Hand vor den Mund. „Oh nein! Sie ist hier, Camille ist bei mir!"

Kapitel 13

Camille sprang auf und griff in die Gesäßtasche ihrer Jeansshorts. Ihr Smartphone hatte sie vollkommen vergessen. Sie hörte nur noch mit halbem Ohr Eglantines Worten zu.

„Ja, es geht ihr gut, sie war gar nicht draußen in dem Unwetter. Die Polizei? Du meine Güte!" Eglantine sah mit weit aufgerissenen Augen zu Camille, die ihr Smartphone wieder online schaltete. Sofort summte und vibrierte es in ihrer Hand vor lauter Nachrichten, die sie bislang nicht empfangen hatte, weil sie nicht erreichbar gewesen war.

Ihr Herz schlug wie verrückt, weil ihr sofort klar wurde, dass sie ihre Freunde beunruhigt hatte. Wie gedankenlos von ihr! Alle drei hatten mehrfach versucht, sie zu erreichen, und es waren fast dreißig WhatsApp-Nachrichten eingegangen. Sie seufzte, dann wählte sie Gretas Nummer. Eglantine beendete inzwischen das Gespräch mit Guéguen und nickte, als sie sah, was Camille im Begriff war, zu tun.

„Camille!" Greta brüllte ihren Namen beinahe.

„Ja, ich bin's, alles ist gut. Es tut mir leid, dass ich nicht erreichbar war, aber ich hatte das Handy auf Flugmodus geschaltet."

„Ist dir klar, was hier abgegangen ist? Hast du überhaupt mal an Maelles Tod gedacht? Sie ist bei genau so einem Unwetter umgekommen, verdammt!"

Camilles Magen zog sich zusammen. Nein, sie hatte keine Sekunde an Maelle gedacht!

„Zuerst war ja noch alles gut. Wir waren rechtzeitig vor dem Gewitter zu Hause und haben deinen Zettel gefunden. Also hat Samir versucht, dich zu erreichen, um dich zu fragen, wo wir dich mit dem Auto abholen können. Als wir dir WhatsApps geschickt haben, haben wir ja an den Haken erkannt, dass du sie gar nicht bekommen hast. Aber dann wurde das Gewitter immer schlimmer und du warst immer noch nicht zu erreichen. Ich sagte, dass du bestimmt vergessen hast, dein Handy wieder einzuschalten, aber die beiden wollten mir nicht glauben. Vor allem Samir ist völlig ausgetickt, der Arme. Er hat sich sofort die schlimmsten Horrorgeschichten ausgemalt, was alles mit dir passiert sein könnte."

„Oh, das tut mir so leid", rief Camille aus.

„Dann haben wir uns auf die Suche gemacht. Wir sind durch ganz Penmarch gelaufen, um dich zu finden, und am Meer auf den Felsen herumgeklettert. Da ist mir klar geworden, dass man dort keinen Halt mehr kriegt, wenn man erst mal ausrutscht. Mann, Camille, da habe ich es auch mit der Angst bekommen. Ich musste dauernd an Maelle denken! Also sind wir zur Polizei gegangen. Dort hat uns Erwann empfangen. Wusstest du, dass er Polizist ist? Aber egal, er ist schließlich auf die Idee gekommen, bei Eglantine anzurufen. Als hätte er einen siebten Sinn. Wir stehen jetzt alle hier in der Polizeiwache."

„Es tut mir so leid!", stammelte Camille abermals.

„Wir kommen", erklärte Greta, dann war das Gespräch beendet.

„Sie kommen mich abholen", sagte Camille und blickte Eglantine mit schuldbewusster Miene an.

Diese zog die Brauen hoch und nickte, dann brach sie in Gelächter aus. „Entschuldige, Camille, aber ich bin so erleichtert. Stell dir nur vor, was deine Freunde durchgemacht haben. Dabei warst du nicht einmal draußen, sondern hast hier schön im Trockenen gesessen, bevor das schlechte Wetter richtig losbrach. Dein T-Shirt ist inzwischen sicher längst wieder trocken."

Camille wurde bewusst, dass sie noch immer in das flauschige Badetuch eingewickelt war, und mit einem erleichterten Kichern, für das sie sich ein bisschen schämte, weil die Situation doch so ernst war, ging sie ins Badezimmer, wo sie sich das T-Shirt wieder anzog. Dann checkte sie alle Nachrichten, die sie bekommen hatte. Die meisten hatte Samir geschrieben und in ihnen klang große Sorge mit. Das Gefühl der Albernheit verließ Camille wieder. Samir hatte Angst um sie gehabt.

17:26
Camille, wo bist du? Bitte melde dich!

17:28
Bist du im Gewitter? Bring dich in Sicherheit!

17:33
Wo bist du, verdammt! Ich fange an, mir Sorgen zu machen.

17:40
Das ist nicht lustig, bitte geh ran.

17:50
Camille, ich mache mich gleich auf den Weg, um dich zu suchen.

17:52
Greta sagt, du hast das Handy abgeschaltet. Dir muss doch klar sein, dass wir uns Sorgen um dich machen.

18:01
Oh Gott, das Gewitter will nicht mehr aufhören. Ich hoffe, du bist in Sicherheit.

18:07
Jetzt schwächt es sich ab. Bitte melde dich!

18:09
Wir machen uns jetzt auf die Suche. Sobald du dein Handy einschaltest, melde dich unbedingt!

18:21
Das ist wirklich nicht lustig, Camille! Ich habe Angst um dich. Melde dich!

18:53
Wir gehen jetzt zur Polizei, wir haben dich nirgendwo finden können. Melde dich unbedingt!

18:54
Camille!

Sie war gerade bei der letzten Nachricht angekommen und hatte „Bitte entschuldige" eingetippt, als es an der Tür klingelte. Sie tippte auf „Senden" und verließ das Badezimmer.

Eglantine hatte die Haustür bereits geöffnet und Camille konnte ihre Freunde vor dem Hauseingang stehen sehen. Alle drei sahen gestresst aus, sie trugen noch die Kleidung, mit der sie zum Strand aufgebrochen waren, Falkos und Gretas Haare wirkten zerrauft, ihre Haut glänzte fettig von der Sonnenmilch. Sie drängten sich auf der Stufe vor der Tür, um einen Blick auf sie zu erhaschen.

Erwann hatte die drei begleitet, er stand im Hintergrund und nickte, als er Camille sah. In seiner Uniform sah er respekteinflößend aus. Eglantine bat alle ins Wohnzimmer.

Samir war als Erster bei Camille. Er blickte sie an, und sie erkannte in seinem Gesicht einen Schatten der Angst, die er ausgestanden hatte. Seine Haut hatte trotz der frischen Sonnenbräune eine eigenartig fahle Farbe. Er zog sie in seine Arme und hielt sie fest.

Zitterte er etwa?

Er murmelte Dinge in ihr Haar, die sie nicht verstand, einzelne Wörter, die keinen Zusammenhang ergaben. Er wirkte wie entrückt. Sie wusste nicht, wie sie mit dieser Umarmung und seiner heftigen Reaktion umgehen sollte, und sah über seine Schulter hinweg Greta und Falko an, die sich bei den Händen hielten. Sie sahen müde aus, aber auch erleichtert. Samirs Umklammerung wurde ihr unheimlich, sie befreite sich und trat einen Schritt von ihm weg. Etwas in seinem Gesicht hatte sich verändert, sie konnte nicht sagen, was es war. Ihn hatte die Suchaktion am meisten mitgenommen, so viel war klar.

„Ich bin froh, dass die Meldung Ihrer Freunde falscher Alarm war“, sagte Guéguen. „Meine Leute haben sich schon bereitgemacht, um nach Ihnen zu suchen.“ Er verzog das Gesicht. „Sie haben schon befürchtet, wieder eine junge Frau aus dem Meer ziehen zu müssen. Samir“, er deutete mit dem Kopf in die Richtung des Genannten, „hat uns alle ziemlich aufgemischt, das kann ich Ihnen sagen.“

Eglantine schnalzte mit der Zunge. „Dabei hatte sie doch eine Nachricht hinterlassen, dass sie einen Ausflug machen wolle.“ Sie reckte das Kinn vor.

„Schon, aber das hieß ja nicht, dass sie nicht in das Gewitter geraten sein konnte“, warf Samir ein. „Wir wussten doch überhaupt nicht, wo sie unterwegs war.“

Greta, die sich an Falko lehnte, wog den Kopf. „Ich habe dir aber schon gesagt, dass sie irgendwo eingekehrt sein könnte. Sie hat doch geschrieben, dass sie sich etwas zu essen holen wollte. Und es wäre ja dumm von ihr, dann nicht einfach dortzubleiben, in einem kleinen Bistro, einem Café, whatever. Außerdem hatte sie den Rucksack und den Laptop mit.“

„Ja, ich war die ganze Zeit ins Schreiben vertieft“, sagte Camille zerknirscht. „Mein Smartphone hatte ich auf Flugmodus geschaltet und es dann komplett vergessen. Tut mir echt leid.“

„Na ja“, warf Eglantine ein. „Früher gab es gar keine Smartphones, das ging auch. Ich verstehe allerdings“, fuhr sie fort, als sie sah, dass Samir tief Luft holte, um zu antworten, „dass Sie sich Sorgen gemacht haben. Aber nun ist ja alles gut.“

„Sehe ich auch so“, meinte Falko und zwinkerte Camille zu. Samir stieß ein entrüstetes Schnauben aus.

„Kannst du mir noch einmal verzeihen, Samir? Es ist lieb von dir, dass du dir Sorgen um mich gemacht hast. Und es tut mir sehr leid, dass sogar die Polizei in Aufruhr versetzt worden ist“, fügte sie an Erwann gewandt hinzu.

Der winkte ab. „Ist okay. Ich habe ja zum Glück den richtigen Riecher gehabt. Aber Ihrem Freund hier sollten Sie einen Whisky ausgeben. Wenn alle Menschen sich so um ihre Liebsten sorgen würden, würden wahrscheinlich viel weniger Unfälle geschehen.“

Camille schluckte. Wie bitte? Um ihre Liebsten sorgen? Da lag Erwann aber falsch. Der betrachtete nachdenklich Eglantine. „Was für verrückte Zeiten“, murmelte er.

„Einen Whisky kann ich tatsächlich vertragen“, sagte Samir. „Aber jetzt wird es Zeit, heimzufahren. Banou ist ganz alleine. Sie wartet sicher schon auf uns.“

„Warten Sie“, rief Eglantine aus und trat an einen der Wohnzimmerschränke. Sie holte eine Flasche heraus, die zu etwa zwei Dritteln geleert war, und hielt sie Samir hin. „Nehmen Sie den mit. Es ist nicht mehr viel drin, aber für den Zweck wird es noch reichen.“

Samir nahm die Whiskyflasche entgegen und bedankte sich. Erwann sagte, dass er etwas mit Eglantine besprechen müsse, und blieb noch, als die anderen vier das Haus verließen.

Während sie zu La Madeleine zurückfuhren, rückte das Gespräch mit Eglantine in Camilles Kopf in den Hintergrund. Samir ließ immer wieder spitze Bemerkungen fallen, die Camille trafen. Schon im Auto warf er ihr vor, wie sie so gedankenlos hatte sein können.

„Von einer Freundin erwartet man einfach ein anderes Verhalten", knurrte er sicher schon zum dritten Mal, nachdem sie das Haus betreten hatten und er sich sofort einen Whisky eingegossen hatte.

Greta, die Samir nachdenklich ansah, schenkte auch in die anderen drei Gläser ein bisschen von dem starken Gebräu ein, und sogar Camille trank den winzigen Schluck, den ihre Freundin für sie bemessen hatte.

Samir stand zwischen dem Tisch und dem Ofen und raufte sich die nicht vorhandenen Haare. „Verdammt, Camille, du weißt nicht, was ich durchgemacht habe!"

Greta zog Camille am Ellbogen zur Sofaecke und warf Falko vielsagende Blicke zu, wobei sie mit dem Kinn auf Samir deutete.

„Mein Freund, kommst du auch wieder runter?", fragte Falko und schenkte Samir nach, bevor er ihm mit einer energischen Kopfbewegung bedeutete, sich zu ihnen zu setzen, und selbst neben Greta Platz nahm. Die Flasche stellte er auf dem Couchtisch ab.

„Nein, ich will das ein für alle Mal klarstellen: So geht es nicht!"

Camille betrachtete Samir und hatte einen kurzen Moment das Gefühl, jemanden zu sehen, den sie noch nicht kannte. „Samir", sagte sie, als er sich ihr gegenüber auf den zweiten Sessel fallen ließ. „Ich habe mich bereits entschuldigt. Es war unbedacht von mir. Andererseits, was ist denn schon passiert? Gar nichts. Du bist nicht mein Vater, ich bin kein kleines Kind. Ich war lediglich etwas länger unterwegs als geplant. Und wie Greta schon bei Eglantine ganz richtig festgestellt hat, habe ich euch vorher Bescheid gegeben.“

„Du willst mich nicht verstehen, oder?“ Samirs Augen blitzten hinter den Gläsern seiner Brille.

Ein Seitenblick verriet Camille, dass Greta und Falko der Diskussion halb amüsiert, halb irritiert folgten. Ihr wurde es langsam zu bunt. Wie oft sollte sie sich denn noch entschuldigen? „Was genau meinst du, verstehe ich nicht? Dass du dich gerade aufführst wie jemand, der über mich zu bestimmen hat? Doch, das verstehe ich ganz deutlich. Und es reicht jetzt mal. Ich erkenne dich ja gar nicht wieder. Wo ist der abenteuerlustige kleine Junge hin, mit dem Julien und ich unerlaubt durch die Wälder gestreift und erst wieder heimgekommen sind, als es schon dunkel wurde? Falls du dich erinnerst, wie dein Opa dich das eine Mal beschimpft hat, als wir von so einem Streifzug zurückgekommen sind, weißt du, wie du jetzt gerade aussiehst. Nämlich genauso jähzornig wie er.“

Vielleicht war es übertrieben, Samir mit seinem Großvater zu vergleichen. Sie hatte seinen Opa nicht sehr oft getroffen, aber in einem der Sommer, die sie in der Bourgogne verbracht hatten, war er auch da gewesen. Und tatsächlich hatten sie in jenem Jahr jeden Morgen genau ankündigen müssen, wohin die geplanten Ausflüge sie führen würden, weil der gestrenge ältere Mann mit der dunklen Haut und der geheimnisvollen Aussprache es so verlangte. Samirs Opa war ansonsten eine Seele von Mensch, aber er hatte einen Überwachungstick, wenn es um den Aufenthaltsort seiner Familienmitglieder ging.

Samir lehnte sich zurück, sichtlich bemüht, sich wieder zu beruhigen. Er wirkte, als brodele es unter seiner Oberfläche.

„Du hast aber auch ein Temperament", murmelte Greta und zwinkerte Camille zu.

Samir atmete tief ein und aus. „Vielleicht hast du recht. Aber da kommt so vieles zusammen. Die Situation hat mich getriggert."

„Getriggert?", hakte Falko nach.

„Ja. Du kennst das sicher: Bei Traumapatienten kann ein kleines Detail, zum Beispiel ein bestimmter Geruch oder ein Geräusch oder eben eine Situation, dazu führen, dass das Trauma in ihrer Erinnerung wieder heraufbeschworen wird. Es kann dann zu heftigen emotionalen oder psychischen Reaktionen führen."

„Bist du denn ein Traumapatient?"

Samir wischte mit der Hand durch die Luft. „In gewisser Weise sind wir das wohl alle. Ja, ich habe ein Trauma erlebt, auch wenn es vielleicht nicht ungewöhnlich ist und die meisten Menschen es mal miterleben müssen."

Camille sah ihm prüfend in die Augen, und dann glaubte sie zu verstehen. „Du meinst Claires Tod?"

Samir verzog den Mund. „Ja. Natürlich hat das heute überhaupt nichts mit Claire zu tun oder mit ihrer Krankheit und ihrem Sterben." Er schüttelte langsam den Kopf. „Aber dann eben doch." Er brach ab und trank noch einen Schluck.

„Ich glaube, jetzt begreife ich." Camille wunderte sich, weshalb ihr das nicht gleich eingeleuchtet hatte: Die Tatsache, dass nur einige Tage vorher an diesem Ort eine junge Frau ums Leben gekommen war und dass

Samir nicht wusste, wo Camille sich aufhielt, hatte in ihm alle Erinnerungen an die Zeit wachgerufen, in der er Claire verloren hatte. In ihm musste unerwartet die Angst vor dem Tod eines Menschen aufgebrochen sein, der ihm nahestand, was ihn hatte irrational werden lassen. Die Heftigkeit seiner Reaktion irritierte Camille noch immer, aber langsam verstand sie Samir.

„Also, Samir, ich entschuldige mich ein letztes Mal. Aber du musst begreifen, dass wirklich, wirklich nichts Schlimmes passiert ist und dass ich nie die Absicht hatte, dich zu beunruhigen. Einverstanden?“

Samir machte eine Achterbewegung mit dem Kopf, die Camille als Zustimmung interpretierte.

Falko klatschte in die Hände und setzte sich auf. „Jetzt aber mal was anderes, Leute. Wir haben noch nicht die Tagesaufgabe von Mia und Niklas abgefragt!“ Er sprang auf, holte sein Smartphone vom Esstisch und tippte eine Nummer an. Dann setzte er sich wieder neben Greta, die ihre Hand auf seinen Oberschenkel legte. Niklas war sofort am Apparat. Falko schaltete das Handy auf laut, damit die anderen mithören konnten.

„Na endlich! Ihr habt uns heute ja lange warten lassen. Ich wollte dich gerade anrufen. Sag mal, alles gut bei euch?“

„Wir hatten einen sehr bewegten Tag. Aber jetzt sind wir ja da.“

„Was heißt denn bewegter Tag?“, erklang Mias Stimme.

„Es war einfach Mistwetter“, kam Camille den anderen zuvor. Irgendetwas in ihr wollte nicht die ganze Geschichte erzählen. „Und wir sind nass geworden.“ Sie sah von Samir zu Falko, die beide nickten, wobei Samir sich an einem – nicht ganz glückenden – Grinsen versuchte. Er rang anscheinend noch immer um Fassung. „Aber jetzt sind wir ja da“, fuhr Camille fort. „Schieß los, was erwartet ihr heute von uns?“

„Moment mal“, Mias Stimme klang entrüstet, und doch lag ein Lachen darin. „Wir haben eure Lebensziele noch nicht bekommen.“

„Ach, Mia“, Greta verdrehte spielerisch die Augen. „Die bekommst du noch, okay? Per Mail. Es ist schon spät, also rück raus mit der Sprache.“

„Na gut, ihr wollt es nicht anders. Um diese späte Stunde darf es auch mal etwas lockerer werden, finden wir. Zumal ihr alle, wie wir sehr wohl wissen, derzeit Singles seid – und das schon eine ganze Weile.“

Camille verzog das Gesicht und sah verwirrt zu ihren Freunden, deren Mienen die gleiche Überraschung spiegelten. Samir nahm den letzten Schluck aus seinem Whiskyglas, dann setzte er ein Lächeln auf. War es echt? Fasziniert bemerkte Camille, dass sie seine Gedanken nicht im Mindesten erraten konnte.

„Na, dann mal raus mit der Sprache.“ Das war Falko.

„Ihr kennt doch das schöne Spiel Blindekuh.“

Camille hörte Samir die Luft ausprusten, er verzog den Mund. Sie musste unwillkürlich lächeln.

„Blindekuh ist okay“, sagte Falko.

„Moment, mein Freund, das ist noch nicht alles.“ Niklas klang aufgekratzt. „Ihr spielt natürlich nicht Blindekuh. Ihr spielt Blindekuss.“

„Sag mal, habt ihr was getrunken?“ Greta brach in Lachen aus. „Blindekuss!“ Sie beschrieb mit dem Zeigefinger neben ihrer Schläfe eine Spirale.

Mia kicherte. „Nein, haben wir nicht. Aber wenn *ihr* euch Mut antrinken müsst, haben wir nichts dagegen einzuwenden. In Maßen natürlich. Also, die Spielregeln sind ganz einfach: Die Jungs rasieren sich glatt, und alle waschen sich gründlich die Gesichter mit einer neutralen Seife, Haare werden zurückgebunden. Klar soweit?“

„Klar“, murrte Greta.

„Dann wird jeweils einem oder einer von euch ein Band um die Augen gebunden, sodass der- oder diejenige nichts sehen kann, eben wie bei Blindekuh. Er oder sie muss dann jemanden am Kuss erkennen, ohne zu ertasten, wer es ist. Eigentlich ganz einfach. Wie intensiv der Kuss ausfällt, bleibt euch überlassen. Niklas und ich wollen morgen bloß wissen, wer wen erkannt hat.“

„Das ist –“, Falko unterbrach sich.

„Ein Spiel, Kumpel“, beendete Niklas Falkos Satz. „Es ist nur ein Spiel. Nun ziert euch nicht so. Wir haben doch alle schon mal Flaschendrehen gespielt, oder nicht?“

Samir machte mit der Hand eine einlenkende Geste, auch Greta nickte. In Camilles Brust begann ihr Herz schneller zu schlagen. Was, wenn sie Falko erwischte und ihn küsste? Sie wand sich. Wollte sie das? Nein, sie wollte Falkos Lippen nicht noch einmal spüren. Doch ehe sie einen Einwand erheben konnte, hatten die anderen ihre Zustimmung gegeben.

„Prima! Dann also Blindekuss! Ich bin gespannt, was ihr berichten werdet.“ Damit verabschiedeten Mia und Niklas sich, und es hing mehrere Minuten Schweigen über den vier Freunden. Bis Falko in die Hände klatschte und aufstand.

„Lasst uns in der Mitte freiräumen." Ohne Umschweife hob er den Couchtisch mit den leeren Gläsern hoch, als sei er aus Pappe, und stellte ihn an die Zimmerwand. „Was soll's, wir sind doch alle Freunde. Los, Samir, lass uns das Gestrüpp wegrasieren."

Greta lachte ausgelassen. „Stimmt schon, das ist wie früher in der Schule. Komm, wir binden uns die Haare hoch." Damit zog sie Camille nach oben ins Zimmer, wo sie beide sich die Haare aus dem Gesicht steckten. Unten wuschen sich alle unter Lachen die Gesichter, und dann benutzten sie auch noch eine hautberuhigende Creme, die Samir ihnen mit den Worten entgegenhielt, dass sie damit dann auch alle gleich riechen würden. In seinen Augen konnte Camille ein übermütiges Funkeln erkennen, das sie nach seiner vorherigen miesen Stimmung überraschte, es ihr jedoch einfacher machte, dem Spiel ebenfalls die Leichtigkeit abzugewinnen, die es besaß.

Es dauerte eine Weile, zu entscheiden, wer als Erstes die Blindekuh sein sollte, schließlich erklärte Greta sich dazu bereit. Nachdem Camille ihr die Augen verbunden hatte und sie bereits losschicken wollte, hob Samir die Hand. „Warte", sagte er. „So funktioniert es nicht. Wenn sie nach jemandem tastet, wird sie doch gleich erkennen, wer es ist, auch wenn wir alle langärmelige Shirts tragen."

„Du hast recht", stimmte Camille ihm zu, dann betrachtete sie Greta, die mitten im Raum stand. „Dreh dich einfach um die eigene Achse, und derjenige, in dessen Richtung du stehen bleibst, küsst dich dann, okay?"

Greta drehte sich mit verbundenen Augen im Kreis und blieb in Falkos Richtung gewandt stehen. Dieser lächelte breit und ging auf Greta zu, dann beugte er sich vor, sodass sich nur ihre Münder berührten.

Auf eigenartige Weise gebannt, beobachtete Camille, wie die Lippen der beiden aufeinanderlagen und sich dann, als wäre es ein Naturgesetz, sacht bewegten. Ihre Münder schmiegten sich aneinander, und obwohl die Zungen offenbar nicht ins Spiel kamen, war Camille klar, dass sie sich sehr intensiv küssten. Ein Lippenpaar ergänzte das zweite wie Puzzleteile, die ineinanderglitten. In Camilles Magen breitete sich ein hohles Gefühl aus. Dieser Kuss sagte mehr als tausend Worte.

Als Greta sich endlich wieder zurückzog, sagte sie leise: „Falko", zog sich das Tuch von den Augen und lächelte. „Wusste ich."

„Okay, dann mache ich wohl weiter?" Falko nahm das Tuch, band es sich um die Augen und drehte sich. Als er stoppte, stand er so, dass sein Gesicht genau auf die Lücke zwischen Camille und Samir zeigte.

Greta warf Camille einen fragenden Blick zu, doch sie schüttelte den Kopf und drehte sich zu Samir, der die Augen verdrehte, dann aber mit einem Nicken seine Zustimmung gab. Dieser Kuss dauerte nur wenige Momente, aber überraschenderweise behauptete Falko im Brustton der Überzeugung, er habe Camille erwischt. Camille lachte laut auf, ungläubig. Doch als Falko das Tuch vom Kopf gezogen hatte und Samir vor sich stehen sah, war seine Überraschung nicht gespielt.

„Das gibt es doch nicht", rief er aus. „Deine Lippen sind so zart wie die von", er zögerte nur den Bruchteil einer Sekunde, „einer Frau. Ich war mir sicher, du bist Camille."

Sein Zögern machte Camille klar, dass er Greta von ihrem Kuss vorletzte Nacht nichts erzählt hatte. Warum nicht? Würde Greta, sollte sie jemals etwas von dem Kuss erfahren, nicht nachfragen, warum sie ihn ihr verheimlicht hatten? Camille war zwiegespalten, ob sie der Freundin davon erzählen sollte oder nicht. Wenn der Kuss für Falko nicht mehr als eine Annäherung unter Freunden gewesen war, gab es doch auch keinen Grund, ihn geheim zu halten.

„Das ist ja krass", rief Greta aus. „Du musst unglaublich weiche Lippen haben."

Samir rieb sich über die Glatze. Seine Gesichtshaut hatte einen leicht rötlichen Schimmer angenommen. „Das hätte ich nun ehrlich gesagt auch nicht erwartet. Aber okay, ich nehme es als Kompliment." Er grinste mit seinen vollen Lippen, und für eine Sekunde dachte Camille, dass die Form seines Mundes tatsächlich der ihres Mundes ein bisschen ähnelte. Und ja, diese Lippen sahen weich aus. Allerdings waren Falkos Lippen auch weich. Und, wenn sie so darüber nachdachte, auch die der anderen Männer, die sie in ihrem Leben geküsst hatte.

Samir band sich als Nächster das Tuch um, drehte sich mehrmals um die eigene Achse, und als er anhielt, stand Greta genau vor ihm. Er erkannte sie sofort an einem einzigen kleinen Küsschen auf die Lippen.

„So, Camille, jetzt bist du dran." Greta trat zu ihr und hielt ihr den Schal hin. „Wir haben ja alle schon."

Camille drehte sich vor ihr um und ließ sich das Tuch um die Augen binden. Sofort änderte sich für sie die Atmosphäre im Raum. Sie fühlte sich tatsächlich an früher erinnert, an Kindergeburtstage im Freien, bei denen sie Blindekuh gespielt hatten, und auch ein Abklatsch der damaligen Unbeschwertheit füllte sie aus.

Sie nahm die Gerüche wahr, die sie umgaben. Das uralte Gemäuer, einen Rest von Holzrauch, denn sie hatten den Ofen am Abend wieder angefeuert, etwas Feuchte vom Regen, der wohl doch durch das Dach gesickert war. Nur die Nähe der Freunde konnte sie zwar erspüren, jedoch nicht riechen. Interessant. Sie war sich sicher, dass sie trotzdem sofort wüsste, wen sie vor sich hatte, sobald derjenige vor ihr stand.

Nachdem sie sich gedreht und dann angehalten hatte, war sie sich allerdings nicht mehr sicher. Jemand näherte sich ihr, sie konnte einen Hauch der Creme riechen, die sie alle benutzt hatten, aber sonst nichts, obwohl derjenige ihr nahe genug kommen musste, um sie küssen zu können. Das bedeutete bei Greta und Falko, dass sie sich herabbeugen müssten, während Samir nur eine geringe Höhe zu überbrücken hätte, um ihren Mund zu erreichen. Doch die Größe ihres Gegenübers blieb ihr genauso verborgen wie alles andere.

Erstaunlich, dachte sie, so hatte sie sich das nicht vorgestellt. Im Raum lag völlige Stille, und Spannung erfasste sie. „Küss mich", murmelte sie schließlich, eine Aufforderung, die in ihrem Bauch ein Kribbeln hervorrief, und dann spürte sie die Lippen auf ihren.

Weich und doch fest legten sie sich auf ihren Mund, und in ihr schien etwas zu explodieren, so intensiv waren die Wärme und Sanftheit der Berührung. Ihre Lippen bewegten sich unwillkürlich, um den Mund zu ertasten, und sie war sich sicher: Es war Falko. Wie beim Kuss vorletzte Nacht spürte sie plötzlich die Zungenspitze an ihrer, ohne dass sie hätte sagen können, wessen Zunge sich zuerst vorgetastet hatte. Sie wusste nur, dass sie nichts, aber auch gar nichts hätte dagegen tun können. Ihr Verstand setzte aus, als die fremde Zunge die ihre liebkoste. Es war wie ein Wiedererkennen.

Erst ein leises Geräusch, das neben ihr erklang und das sie als Gretas Stimme identifizierte, katapultierte Camille wieder in die Realität, und auch ihr Gegenüber zog die Zunge wie ertappt zurück.

„Falko", sagte Camille mit heiserer Stimme. Noch ehe sie das Tuch heruntergezogen hatte, brach Greta in Lachen aus, und Camille wurde im nächsten Moment auch klar, warum: Es war Samir, der vor ihr stand.

Er hatte den Kopf leicht nach unten geneigt, und seine unbebrillten Augen wirkten wie zwei Bergseen, tief und unergründlich. Sein Mund war leicht geöffnet. „Erstaunlich", sagte er. Nur, warum wirkte er unglücklich dabei?

„*Du* warst es? Wirklich? Ihr verkohlt mich nicht?"

Doch Falko stand ein ganzes Stück weit entfernt. Er *konnte* es nicht gewesen sein! Bestürzt schüttelte Camille den Kopf und blickte von Gretas lachendem Gesicht zu Falko, der sie herzlich anlächelte. Sie runzelte die Stirn und blickte abermals zu Samir, der seine Brille wieder aufsetzte und damit unvermittelt Abstand zwischen ihnen beiden schuf.

Erleichtert atmete Camille aus. Sie hatte sich einfach geirrt, was war schon dabei? Mit einem leisen, verlegenen Lachen boxte sie ihm gegen den Oberarm. „Was soll's", versuchte sie zu scherzen, „bleibt ja in der Familie." Was genau sie damit sagen wollte, wusste sie allerdings selbst nicht.

Es beruhigte sie, dass Samir sich wenig später ganz selbstverständlich ein weiteres Mal im Flur schlafen legte, und sie war froh, dass sie ihm nicht angeboten hatte, bei ihr im Zimmer zu übernachten. Sie war viel zu verwirrt.

Bevor sie einschlief, gelang es ihr aber, die Erinnerung an den Kuss in ihrem Kopf ganz nach hinten zu drängen. Stattdessen drehten ihre Gedanken sich nun wieder um Eglantine und die ungeöffneten Briefe. Sie fragte sich, ob sie die Französin dazu bringen könnte, Mailys' Briefe doch zu lesen?

Kapitel 14

An diesem Freitag lautete die Challenge Kitesurfing. Falko klatschte in die Hände, als er das hörte, während Camille weniger begeistert reagierte. Samir erklärte, dass er höchstens ein bisschen aufs Wasser hinaus wollte, wenn die anderen fertig waren, da er den Hund nicht allein am Strand lassen konnte. Sie brachen früh zum Meer auf, um sich die Ausrüstungen zu sichern.

„Ich gehe mit Banou auf die andere Seite und laufe dort mit ihr. Da ist weniger Betrieb." Samir deutete auf den Strand jenseits des Wellenbrechers aus Gestein, den er dazu mit der Hündin würde überklettern müssen. Eigenartigerweise fühlte Camille sich alleingelassen, als ihr Freund sich am Strand immer weiter von ihrer Gruppe entfernte.

Wie sie bereits vermutet hatte, wusste Greta längst, was sie zu tun hatte. Es war für sie keinesfalls das erste Mal, dass sie Kontakt zu einem solchen Board hatte, und sie verfügte augenscheinlich auch über Erfahrung mit dem Kitesegel. Mit hängenden Schultern beobachtete Camille vom Strand aus die grazilen Bewegungen, mit denen Greta sich in Richtung Meer entfernte. Na, das konnte ja heiter werden! Da stand Camille nun in dem halblangen Neopren-Anzug vor Falko, ihr Board und die übrige Ausrüstung lagen neben ihr auf dem Boden.

Falko hatte Camilles Segel aus dem Rucksack gepackt und entfaltet, dann begann er, mit einer Luftpumpe die Streben des Segels zu füllen, wodurch es seine

Stabilität erhielt. Camille beobachtete ihn mit einem flauen Gefühl im Magen. Greta hatte auf dem Wasser ihren Spaß, während ausgerechnet Falko ihr jetzt beibringen sollte, wie man das machte? Das Oberteil seines Anzugs hing über seine Hüften hinunter, sie sah das Spiel seiner Muskeln unter der leicht gebräunten Haut. Ob irgendjemand ahnte, wie irritierend diese Situation für sie war? Ihr Verstand hatte längst akzeptiert, dass Falko für sie tabu war, aber das änderte nichts daran, dass sie sich nach wie vor von ihm angezogen fühlte und sich nach seinen Berührungen sehnte. Sie schüttelte den Kopf.

Falko hatte das Segel mit mehreren Händen voll Sand beschwert, damit es nicht davonflog, und die Leinen nebeneinander auf dem Strand ausgelegt. Sie endeten in der Controlbar, die dann in einer Metallöse am Gurt eingehakt werden musste. Jetzt trat er zu Camille.

„Darf ich?", fragte er und hielt eine Art trapezförmigen Nierengurt in der Hand. Sie nickte ergeben und wappnete sich. Falko band ihr das Trapez von hinten um. Camille schloss die Augen, als er ihr so nahe kam, dass sie seine Arme um ihren Oberkörper spüren und seine Haare riechen konnte, und sie wunderte sich, dass sie Samir gestern Abend mit ihm verwechselt hatte.

„So, nun erst mal ein paar Trockenübungen, damit du das Verhalten des Segels einzuschätzen lernst." Er hakte die Bar vor ihrem Bauch ein, dann ging er zum Kitesegel und hob es hoch. Sofort fuhr der Wind hinein, und Falko ließ es los, sodass es sich wie ein Lenkdrache in die Luft erheben konnte. Camille spürte den Zug und lief in einer Art Hopserlauf hinterher, jedes Mal wenn das Segel zu sehr an ihr ruckte. Sie erinnerte sich an die Anweisungen, die Falko ihr vorher gegeben hatte, wie sie das Segel mithilfe der Bar lenken konnte, um nicht mit jemandem zusammenzustoßen.

Das Gefühl der Leichtigkeit, das der Kite ihr bescherte, gefiel ihr. Doch nach einer Weile brannten ihre Oberarme von der Anstrengung. Falko sah es ihr wohl an, denn er half ihr, zum Stehen zu kommen.

Camille bemühte sich, seinen nackten Oberkörper nicht anzustarren. Außer Atem sog sie erleichtert die Luft ein, als der Kite mit Sand beschwert wieder am Boden lag. „Das war schön, aber ich brauche eine Pause." Sie blinzelte zu Falko hoch. „Das könnte man auch schon gelten lassen, oder? Für die Tageschallenge, meine ich." Im Moment wusste sie nicht, woher sie die Energie nehmen sollte, auch noch einen Versuch im Wasser zu starten.

„Ruh dich erst mal aus. Später bekommst du bestimmt Lust, es zu versuchen." Falko begann damit, den Neoprenanzug über die Schultern zu ziehen, und sah sie fragend an. „Ist es dir recht, wenn ich eine Weile kite?"

„Ja, natürlich! Ich lege mich ein bisschen aufs Strandtuch." Camille sah Falko dabei zu, wie er die Kitebar an seinem Trapez einhängte. Dann griff er nach dem Board, das neben ihm auf dem Boden lag, brachte mit einer einzigen gezielten Bewegung den Kite in die Luft und lief lässig, das Segel einhändig mit der Bar lenkend, zum Wasser. Wie er es genau machte, konnte Camille nicht sehen, aber er schaffte es, ohne das Board überhaupt anzusehen, beide Füße in die Schlaufen zu schieben und dann, durch eine geschickte

Lenkbewegung an der Kitebar, aus dem Wasser auf das Board gezogen zu werden. Er kitete sofort vom Strand auf das Meer hinaus. Dort war auch Greta noch immer in Aktion. Ein paar Minuten bewunderte Camille noch die Kunststücke der beiden, dann ging sie zum Laken, zog das Trapez und den Neoprenanzug aus, rückte ihren Bikini zurecht und legte sich auf den Rücken.

Camille ließ ihre Gedanken wandern und dachte darüber nach, wie sie es anstellen konnte, noch einmal mit Eglantine über die Briefe zu sprechen. Ihre Neugier brachte sie fast um. Das ehrliche und gelassene Verhalten der älteren Französin beeindruckte sie nachhaltig, und sie wünschte sich, eine ebensolche Würde entwickeln zu können, wie Eglantine sie ausstrahlte. Diese war vom Leben um ihre große Liebe betrogen worden. Zwar hatte sie Erwann immer vor Augen, wenn sie in der Heimat war, aber er war ein absolutes Tabu geblieben.

Ein weiteres Mal wurde Camille die Parallelität der Ereignisse bewusst. Sie selbst würde sich von Falko fernhalten müssen, denn es gab kein schlimmeres Vergehen, als der Freundin den Mann wegzunehmen. Also musste auch Camille auf ihre große Liebe verzichten. An diesem Punkt angelangt, fragte eine leise Stimme in ihrem Kopf, seit wann Falko denn überhaupt ihre große Liebe sei, wo sie doch noch bis vor Kurzem immerzu an Samir hatte denken müssen, wenn es um die ganz intensiven Gefühle ging. Camille meinte fast, Ironie in ihrer inneren Stimme zu hören. Bevor sie sich vollends in ihren Gedanken verhedderte, ging ein Schauer kaltes Wasser auf sie nieder.

Quiekend setzte sie sich auf und blickte in das lachende Gesicht von Greta. Sie hatte die Kiteausrüstung als zusammengerolltes Knäuel neben das Badetuch in den Sand geworfen und ihre klatschnasse Mähne über Camille ausgedrückt.

„Das Wasser ist kalt, aber herrlich!" Sie ließ sich neben Camille auf das Tuch fallen und zog den Reißverschluss des Anzugs auf, den sie jedoch nicht sofort auszog. „Aber jetzt brauche ich eine Pause. Alles an mir zittert. Aber es war so genial!"

Camille lächelte ihre schöne Freundin an. „Du bist großartig, ich habe dir eine Weile zugeschaut. Ich glaube, das lerne ich nie."

„Sag das nicht. Falko meinte, du hast das schon richtig gut gemacht."

„Er bleibt noch im Wasser?"

Greta winkte ab. „Ja, er läuft sich gerade erst warm."

Wenig später zog Greta den Neoprenanzug aus, und als das Zittern nachgelassen hatte, half Camille ihr dabei, sich einzucremen. Sie legten sich auf den Bauch und ließen sich die Sonne auf den Rücken scheinen. Camille schloss die Augen und döste ein.

Plötzlich spürte sie etwas Feuchtes an ihrer Nase, und dann wurde ihr ein nasser Lappen durchs Gesicht gezogen, der nach Salz und Speichel stank. Prustend stützte sie sich auf den Unterarmen ab, um sich vor der Bestie in Sicherheit zu bringen, die sie attackierte. „Banou!" Sie musste lachen.

„Sorry!" Samir breitete sein Badetuch neben dem von Camille aus. „Ich habe einen Moment nicht auf sie aufgepasst."

Banou warf sich im Sand auf den Rücken und rollte sich übermütig hin und her. Samir ließ sich im Schneidersitz nieder. „Kann ich sie eine Weile bei euch lassen? Ich habe auch Lust zum Kiten bekommen." Banou legte sich bei seinen Worten flach hin. Anscheinend hatte Samir sie ausgepowert.

„Aber klar!" Greta setzte sich auf. „Du kannst mein Kite und mein Board benutzen."

Samir sah auf den Haufen neben Gretas Laken und nickte. „Prima. Ein Trapez habe ich ja bekommen." Er brauchte eine Weile, um die Gurte einzustellen. Es sah aus, als gehöre das Trapez zu seinen üblichen Kleidungsstücken, wie er es lässig über den Hüften trug. Einmal mehr wurde Camille Samirs körperliche Stärke bewusst.

„Aber das Wasser ist nach einer Weile echt kalt", meinte Greta.

„Kein Problem, ich habe schon öfter im Atlantik gekitet." Samir grinste. Dann nahm er die Brille ab und hielt sie Camille hin. „Kannst du die für mich aufbewahren?"

„Immer doch." Camille lächelte. Dann legte Samir den Kite mit den Leinen aus, bevor er die Bar einhakte und, wie Falko den Drachen lässig in der Luft lenkend, zum Wasser ging. Bei ihm sah es fast so aus, als wäre das Segel nur eine Verlängerung seines Körpers.

„Ein Traumtyp." Greta sah zu Camille und zwinkerte ihr zu. „Ich verstehe, dass du in ihn verliebt warst. Oder bist?"

Camille hielt die Luft an. Doch als sie antworten wollte, hatte Greta den Kopf schon wieder zum Meer gedreht. Ein zufriedenes Lächeln lag auf ihrem Gesicht.

„Du brauchst nicht zu antworten", meinte Camille sie sagen zu hören. Dann ging ein Ruck durch Gretas Körper, mit einem Mal wirkte sie angespannt. Sie zog die Beine an, als wolle sie im nächsten Moment aufstehen. „Was macht er denn da?"

Camille fühlte sich an den kleinen Unfall erinnert, den Falko vor ein paar Tagen gehabt hatte, und wandte den Blick in die Richtung, in die Greta starrte. Ihre Freundin sprang auf und legte die Hand über die Augen. „Wer ist das?"

Erst jetzt entdeckte Camille Falko. Er stand am Strand, sein Kite lag unbeachtet auf dem Boden. Er hatte den Neoprenanzug wieder bis zur Taille geöffnet, sodass das Oberteil hinunterhing und seinen Oberkörper entblößte. Gerade war er dabei, einer jungen Frau beim Anlegen des Kite-Trapezes zu helfen, wobei er ihr genauso nahe kam wie Camille zuvor. Der Anblick gab Camille einen Stich, und sofort war ihr klar, wie Greta erst empfinden musste. Die stemmte ihre Füße in den Sand und beobachtete die Szene aufmerksam. Ihr Blick ließ nichts Gutes erahnen.

„Er gibt ihr wohl ein paar Tipps", meinte Camille lahm. Falko hatte der jungen Frau geholfen, die Bar einzuhaken, jetzt stand er hinter ihr und bewegte ihre Arme.

„Da passt ja nicht mal mehr ein Blatt Papier dazwischen", zischte Greta. Sie warf Camille einen Blick zu. „Habe ich etwa wieder einen Carlo erwischt?"

„Nein", wollte Camille beschwichtigen, doch im nächsten Moment machte die junge Frau eine ungeschickte Bewegung und landete im Sand. Falko fiel über sie, und das Lachen der beiden war bis zu ihnen zu hören.

„Ich fasse es ja nicht!" Greta ließ sich auf den Hintern fallen und umfasste ihre Beine mit beiden Armen. Sie sah Camille mit loderndem Blick an. „Hab ich mir mal wieder den falschen Kerl ausgesucht?"

Camille sah abermals zu Falko, der sich aus dem Sand erhoben hatte und der Frau auf die Füße half. Beim Aufstehen strauchelte sie erneut und landete an seiner breiten Brust. Sie blickte zu ihm auf und strahlte ihn an. Ja, sie war eindeutig auf einen Flirt aus. Und Falko? Entweder war er so unbedarft, es gar nicht zu bemerken – er hatte ja auch nicht bemerkt, dass Camille sich in ihn verliebt hatte –, oder er genoss ihre Bewunderung.

Greta war offenbar der Überzeugung, dass Letzteres zutraf, was Camille ihr nicht einmal verübeln konnte. Doch sie bemühte sich, die Szene mit objektivem Blick zu betrachten, und da fiel ihr auf, dass Falko versuchte auf Distanz zu gehen. Anscheinend war ihm nun auch klar geworden, dass die Frau alles tat, um ihn anzubaggern. Er machte einen halben Schritt zurück und gab gestenreiche Erklärungen ab. Dann griff er nach der Bar und sorgte dafür, dass der Kite sich in die Luft erhob. Die junge Frau hatte keine andere Wahl, als zuzugreifen und sich um das Segel zu kümmern. Falko rief ihr ein paar Erklärungen hinterher, als sie mit tapsigen Schritten zu laufen begann.

„Echt nicht zu fassen, oder?"

„Greta, du bist eifersüchtig."

„Natürlich bin ich eifersüchtig! Das war doch auch eindeutig, oder nicht?" Sie schüttelte empört den Kopf.

Dann sprang sie auf, griff nach ihrer Tasche und rannte auf Falko zu. Sie redete gestikulierend auf ihn ein, Camille konnte ihre Wut geradezu Funken sprühen sehen. „Und wag es nicht, mir hinterherzukommen", hörte sie die letzten, laut gebrüllten Worte ihrer Freundin, dann stapfte Greta durch die Dünen in Richtung der Surfschule davon. Falko sammelte seine Kite-Utensilien ein, rollte die Leinen mit der Bar auf und kam zum Strandlaken.

„Was war das denn?" Er warf die Sachen in den Sand und zog den Neoprenanzug aus, bevor er sich auf den Platz setzte, auf dem eben noch Greta gesessen hatte.

„Kannst du dir das nicht denken?" Camille angelte nach ihrem T-Shirt in ihrer Badetasche und zog es über. Banou wurde dadurch aufgeschreckt, legte sich zu Camille aufs Laken und drückte ihren Körper Schutz suchend gegen ihren Oberschenkel.

„Was soll ich mir denken?" Falko wuschelte sich mit beiden Händen durch die Haare, um die Verklebungen vom Salz zu lösen.

„Na ja, du weißt doch noch, was an Weihnachten los war, oder etwa nicht?"

„Die Hochzeit?"

„Quatsch! Die Sache mit Carlo?" Camille betonte es wie eine Frage, um ihm klarzumachen, dass es auf der Hand lag, warum Greta sich wie eine Furie aufgeführt hatte.

Falko hielt in der Bewegung inne, dann verzog er das Gesicht. „Ach so! Du meinst, sie hat geglaubt, ich flirte mit der Frau?" Er hielt ihr die Flasche mit der Sonnen-milch hin. „Kannst du mir den Rücken eincremen?"

Camille nahm die Flasche entgegen, dann räusperte sie sich. Falko hatte keinen blassen Schimmer, wie er auf Frauen wirkte. Leider auch auf sie selbst. „Nachher", sagte sie und hoffte innerlich darauf, dass *nachher* Greta wieder da sein würde, um das zu erledigen. Sie sah Falko unverwandt an, bis er in seiner typischen Geste den Kopf leicht schief legte.

„Was denn?", fragte er.

„Du weißt doch, wie verletzt Greta war, als sie damals feststellte, dass Carlo eine andere Frau angebaggert hatte. Mich", fügte sie bitter hinzu.

Falko nickte und ließ die Schultern sinken. Er saß mit angewinkelten Beinen da, die Arme auf den Knien liegend, und fixierte schuldbewusst das Muster der Decke. Camille wandte das Gesicht von ihm ab, weil sie seinen Anblick nur schwer ertragen konnte.

„Verstehe", murmelte Falko. „Aber da war jetzt wirklich nichts dabei. Ich wollte der Frau nur ein paar Tipps geben. Als ich gemerkt habe, dass sie aufdringlich wurde, bin ich ja weggegangen."

Camille griff eine Handvoll Sand und warf sie ein Stück weit von sich. Banou sprang auf und sprintete hinterher, dann begann sie sofort, an der Stelle ein Loch zu buddeln. Camille lachte leise. „Du weißt nicht, wie du auf Frauen wirkst, oder?", fragte sie dann.

„Hm", machte Falko vage.

„Jedenfalls solltest du mit Greta reden und klarstellen, dass sie sich getäuscht hat. Sie ist normalerweise kein eifersüchtiger Typ, aber das mit Carlo hat eben Spuren in ihr hinterlassen."

„Du hast recht. Ich werde ihr alles erklären. Meinst du, ich kann ihr trotzdem nachgehen?"

Camille blickte in den Himmel und versuchte sich in Greta hineinzuversetzen. Dann sah sie wieder Falko an und nickte langsam. „Ja, versuch es. Greta kann zwar richtig wütend werden, wenn ihr etwas nicht passt, aber sie kommt auch relativ schnell wieder runter. Ich denke, sie wird sich freuen, wenn du auftauchst. Versuch es im Bistro bei der Surfschule."

„Ja, das mache ich. Danke, Camille!" Mit diesen Worten sprang er auf und lief in die Richtung, in der Greta zuvor verschwunden war. Camille lauschte in sich hinein, und erleichtert stellte sie fest, dass Falkos Eifer, Greta zu beruhigen, ihr keinen Stich gab, sondern sie sich für ihre Freundin freute. Vielleicht, weil die Erinnerung an Carlos falsches Spiel im Dezember ihr wieder vor Augen geführt hatte, was Greta hatte durchmachen müssen. Niemandem war geholfen, wenn Greta von jetzt an glaubte, dass es nur untreue Männer gab. Denn das war nicht der Fall, das wusste Camille. Sie lehnte sich zurück und stützte sich auf den Ellbogen ab. Sie konnte sich für Greta freuen und Falko immer mehr als guten Freund sehen. Mehr nicht.

Mit den Blicken suchte sie nach Samir und entdeckte ihn auf dem Strand, obwohl das Gewimmel auf dem Wasser und an Land immer größer geworden war. Ganz offensichtlich war Kiteboarding zu einem echten Trend geworden. Camille war allerdings auch klar, dass sie es unter diesen Umständen nicht wagen wollte, als blutige Anfängerin mit einem Kite aufs Meer hinaus zu surfen. Nicht einmal die Trockenübungen würde sie in diesem Gewimmel noch gefahrlos wiederholen können – gefahrlos für ihre Mitmenschen. Ein Lächeln legte sich bei diesen Gedanken auf ihr Gesicht, und vielleicht auch bei dem Anblick, den sie gerade genoss.

Samir kam heran, mit seinen typischen Bewegungen, die nichts Filigranes hatten und trotzdem eine selbstverständliche, in sich ruhende Eleganz verströmten. Ihm war sein Auftreten völlig egal, was dazu führte, dass ihm nicht bewusst war, wie anziehend er wirkte.

Als er heran war, tänzelte Banou mit aufgeregtem Hüftwackeln um ihn herum, während er die Kiteutensilien ablegte und den Kite mit dem Trapez und der Bar am Boden sicherte. Seine Badeshorts lagen eng an und das Meerwasser perlte an seinen kräftigen Oberschenkeln herunter. Camille erwischte sich dabei, dass sie die Rundung seines festen Pos wahrnahm, und schüttelte den Kopf über sich selbst.

Samir bückte sich neben ihr zu seiner Tasche, um ein Handtuch herauszuholen, und ein paar Wassertropfen sprangen auf Camilles Haut. Sie quiekte. Samir sah zu ihr. „Alles gut?"

„Brr, das war kalt! War es schön da draußen?"

„Oh ja!" Er rieb sich mit dem Tuch über den Kopf, dann trocknete er seinen Oberkörper ab. Camille entdeckte die Gänsehaut, die seinen gesamten Körper überzog. Die Farbe seiner Haut wirkte wie flüssige Bronze. Er rieb mit dem Handtuch über die Beine seiner Shorts, dann legte er es sich um die Schultern und ließ sich auf seinem Strandtuch nieder. Camille spürte die Kälte des Atlantiks, die seine Haut verströmte. Banou legte sich neben ihn und drückte sich an sein Bein, wie sie es zuvor bei Camille getan hatte. Die Hündin hechelte.

„Es war traumhaft! Aber jetzt ist es sehr voll da draußen. Wie war denn dein erster Versuch?“

Sie reichte Samir seine Brille, die er sofort aufsetzte. „Ich habe nur Trockenübungen gemacht. Das war … interessant.“ Sie sah versonnen aufs Meer hinaus. „Ich kann mir jetzt jedenfalls vorstellen, dass das richtig Spaß macht. Aber ich schätze, es wird für alle Beteiligten besser sein, wenn ich es für heute dabei belasse.“ Sie sah wieder zu Samir, der sie unverwandt im Blick hatte, und lachte auf. „Sonst gibt es womöglich noch Tote, und das wollen wir doch vermeiden. Stell dir die Schlagzeile in der Zeitung vor: Ungelenke Deutsche mäht reihenweise Touristen mit Kite um.“

Samir legte den Kopf in den Nacken und lachte. Seine Stimme klang tief und dunkel aus seinem Bauch heraus. Seine Gegenwart löste in Camille Wohlbefinden aus. Ein weiteres Mal wurde ihr bewusst, dass sie sich glücklich schätzen konnte, ihren Kindheitsfreund wieder gewonnen zu haben. Das Leben war eigentlich ganz schön. Auch ohne die große Liebe.

„Und was ist mit Falko und Greta? Wo sind die beiden denn hin verschwunden? Ich sah Wolken über dem Paradies.“

Erstaunt zog Camille die Brauen hoch. „Hast du es also doch mitbekommen?“

„Kurz bevor ich ausgelaufen bin“, er grinste bei seiner Wortwahl, „habe ich noch einen Blick auf unsere beiden Blondinen erhascht, und Gretas Stimme war weithin hörbar. Sie schien richtig wütend zu sein.“

„Ja, war sie auch. Sie dachte, Falko flirtet mit einer anderen.“

„Mit einer anderen – außer dir?" Er drehte sich zur Seite und stützte sich auf einem Ellbogen ab, sah Camille mit seinem eigentümlich forschenden Blick abwartend an.

„Du hast es ... bemerkt?" Ihr Herz schlug heftig in ihrer Brust. Aber wirklich überrascht war sie nicht. Schließlich kannte Samir ihr Mienenspiel schon ewig. Da war es nicht verwunderlich, dass er sie durchschaut hatte.

„Dass du immer noch etwas für Falko empfindest? Ja." Er blickte auf seine Hände und spielte mit den Fingern, dann sah er wieder zu ihr hoch. Die in der Sonne spiegelnden Brillengläser verhinderten, dass sie den Ausdruck in seinen Augen erkennen konnte, und seine Miene verriet nichts. „Aber Greta hat es nicht gemerkt." Er legte seine Hand für einen Moment auf ihren Oberschenkel. Seine Berührung war kühl auf ihrer sonnenerhitzten Haut, und fast bedauerte Camille es, dass er sie gleich wieder fortzog. „Und ich glaube, es ist gut, dass sie es nicht bemerkt hat, oder?"

Camille nickte, dann erzählte sie Samir, wie sie Carlo im Dezember begegnet war und er mit ihr geflirtet hatte und WhatsApps schrieb, ohne erkennen zu lassen, dass er in festen Händen war. Und wie sich dann ausgerechnet an Mias und Niklas' Hochzeit herausgestellt hatte, dass er mit Greta zusammen war. „Aber das Schlimmste war, dass er an dem Abend immer noch nicht damit aufhörte. Er glaubte allen Ernstes, ich würde eine meiner besten Freundinnen auf so üble Weise hintergehen. Kannst du dir das vorstellen?"

„Nein", sagte er schlicht, doch in dem einen Wort schien noch viel mehr zu stecken. Aber Samir ging nicht weiter auf das Thema ein, sondern schlug vor, dass sie die Sachen von allen zusammenpackten und die Luft aus den Kites ließen, um sie zurückzugeben. „Dann suchen wir die beiden Turteltäubchen und machen uns Gedanken übers Abendessen, was meinst du?"

Camille lachte befreit auf. „Abendessen ist eine super Idee!" Sie hatte gar nicht bemerkt, wie spät es geworden war. Für ihre Haut wäre es besser, aus der Sonne herauszukommen, und, kam es ihr in den Sinn, wenn sie noch rechtzeitig fertig wurden, konnte sie vielleicht ihren Gedanken noch umsetzen und Eglantine besuchen.

Kapitel 15

„Hört mal, ich muss noch mal nach Penmarch zu Eglantine. Ich habe gestern meinen Datenstick bei ihr vergessen. Ist es okay, wenn ich den Wagen nehme?" Camille betrachtete Falko, Greta und Samir, die im Garten den schönen Sommertag ausklingen ließen, nachdem sie in der Bar am Meer noch einmal bretonische Galettes gegessen hatten.

„Natürlich. Nimm liebe Grüße mit", sagte Greta, und mit fliegenden Schritten war Camille aus dem Haus.

Eglantine grinste, als sie Camille die Tür öffnete. „Warum wundert es mich nicht, dass du heute Abend hierherkommst?"

Camille erwiderte das Grinsen. „Vielleicht, weil du mich ganz gut einschätzen kannst. Du ahnst sicher, aus welchem Grund ich hier bin."

Eglantine bat sie herein und ging ihr ins Wohnzimmer voraus. Sofort entdeckte Camille das Strandholz-Kästchen auf dem Couchtisch. Der Deckel stand offen, die Briefe lagen darin. Eglantine versorgte Camille und sich selbst mit eisgekühltem Früchtetee, dann nahm sie auf der Couch Platz.

„Unser Gespräch von gestern ist mir den ganzen Tag nicht aus dem Kopf gegangen", begann Eglantine. „Das und alles, was in den letzten paar Tagen geschehen ist. Und", sie sah Camille prüfend an, „vielleicht spielt auch die Tatsache eine Rolle, dass ich bei dir eine ähnliche Geschichte erahne. Nicht was die Krankheit von Mailys angeht, aber was die", sie räusperte sich, „na ja, die Liebe angeht."

Camille verzog das Gesicht. „Wir sind nicht hier, um über mich zu sprechen."

„Sind wir nicht?" Eglantine lächelte und sah Camille abwartend an.

„Nein, bei mir ist alles gut."

„Ist es das?" Beide brachen in Lachen aus.

Eglantine wischte mit der Hand durch die Luft. „Okay, ich gebe zu, dass meine Geschichte schon länger auf Lösung wartet als deine. Wobei man auch sagen könnte, dass es nach so vielen Jahren nicht mehr darauf ankommt. Während du noch ein junges Ding bist und nicht auf Zeit spielen solltest, n'est-ce pas, ma chère?"

„Peut-être. Aber vielleicht ist das nur ein neuerlicher Versuch, dich der Wahrheit noch eine Weile zu entziehen?"

Eglantine lachte erneut auf, dann hob sie das Bündel Briefe aus dem Kästchen und legte den untersten zuoberst. Mit zitternden Fingern strich sie über das feste Papier des Umschlags. „Du meinst also wirklich, ich sollte sie jetzt öffnen?"

„Wenn du möchtest, tue ich es für dich." Camille hielt ihre offene Hand hin, damit Eglantine den Brief hineinlegen konnte. Die Ältere zögerte, dann nahm sie den Umschlag hoch und betrachtete ihn. Camille konnte ihr ansehen, dass sie nervös war.

„Unglaublich, welche Macht diese kleinen fiesen Papierbündel über mich haben. Ich konnte sie nicht öffnen, aber wegwerfen konnte ich sie auch nie. Ich dachte, wenn ich sie hier in Penmarch lasse, vergesse ich sie wenigstens, solange ich in meinem anderen Leben, in Paris, bin." Eglantine verzog das Gesicht zu einer gespielt witzigen Grimasse. „Da habe ich mir selbst was vorgemacht." Sie legte den Brief in Camilles Hand.

Mit einem Mal wog er schwer, und Camille schien es fast so, als gingen Eglantines Vorbehalte der vergangenen Jahre einfach auf sie über. Nervosität ergriff sie, und eine eigenartige Macht hinderte sie daran, den Brief sofort aufzureißen, obwohl sie vor Neugier schier starb. „Soll ich ihn öffnen?", fragte sie mit leiser Stimme das Offensichtliche.

„Ja." Eglantine warf die Hände in die Luft. „Wenn wir ihn jetzt nicht lesen, werde ich es wohl nie tun." Sie reichte Camille einen Brieföffner, der neben dem Kästchen auf dem Tisch gelegen hatte. „Tu es."

Camille schob die Spitze des Brieföffners unter die Umschlaglasche und zerschnitt damit vorsichtig das Papier. Ihr Herz klopfte bis in den Hals hinauf, als sie den Öffner zur Seite legte und dann – endlich – mehrere Bögen Papier herauszog. „Keine Karte", sagte sie und entfaltete die Blätter. Es war unliniertes, naturweißes Briefpapier ohne Verzierungen, lediglich etwas fester als die Seiten eines Schulblocks oder Heftes. Die geschwungene Schrift war die gleiche wie auf den Umschlägen. Die Schreiberin hatte keinen Platz verschwendet, die Zeilen aber auch nicht allzu eng gesetzt. Camille schluckte und hielt den Brief Eglantine entgegen. Diese schüttelte mit einem leisen Lächeln den Kopf. Also zog Camille die Hand zurück und richtete die Augen auf die Bögen. Ihr Blick huschte zum Datum des Briefes: *09. November 2003*. Sie begann, laut zu lesen.

„*Eglantine, ma chère amie.*" Camille warf der Französin einen Blick zu. Wie empfand diese es wohl, so von ihrer Kindheitsfreundin angesprochen zu werden? Eglantine hatte die Hände vor den Mund gehoben. Ihre Augen blickten wach. Camille atmete tief durch, dann las sie weiter.

Wie beginne ich diesen Brief, den ich dir schon vor vielen Jahren hätte schreiben müssen? Wie kann man einer Freundin die Hand reichen, die man so sehr verletzt hat, wie ich es getan habe?

Camille hielt inne und schluckte. Eglantine hatte die Hände heruntergenommen und hielt die Augen geschlossen. Ihre Wangen waren gerötet.

Meine liebe Eglantine, ich verstehe nicht, wie das alles geschehen konnte. Waren wir nicht wie Zwillingsschwestern? Wusste die eine nicht immer genau, was die andere dachte? Es war, als wären wir zwei Hälften ein- und derselben Person.

Ein leises Schnauben ließ Camille innehalten.

„Bis sie mit Erwann zusammenkam. Das war das Erste, was ich *nicht* wusste." Eglantine hatte die Augen wieder geöffnet und sprach leise, ohne Camille anzusehen. Sie straffte die Schultern. „Weiter", sagte sie.

*Ich weiß, das hörte auf, als ich mit Erwann zusammenkam.
Du kannst mir glauben, dass ich ein schlechtes Gewissen
hatte, weil ich dir nicht erzählte, wie er und ich unseren
ersten Kuss tauschten. Aber wie hätte ich das tun können,
wo ich doch wusste, dass du ihn ebenso sehr mochtest wie
ich?*

*Glaub mir, ich weiß, dass auch du ihn mehr als nur
mochtest. Es war Liebe. Kannst du dir vorstellen, wie sich
das für mich damals angefühlt hat? Du warst mir bis
dahin der wichtigste Mensch im Leben und nichts hätte ich
zwischen uns kommen lassen. Aber dann hast du
ausgerechnet denselben Mann geliebt wie ich. Es war mir
längst klar, bevor du es geahnt hast. Deshalb habe ich
damals nicht gezögert und Erwann meine Liebe
eingestanden, an einem Tag, an dem du nicht in Penmarch
warst. Ich wusste nur eines: Ich musste die Erste sein. Wenn
Erwann mich nicht liebte, würde ich es auch nicht
erzwingen können, sagte ich mir. Also hatte ich nichts zu
verlieren, aber alles zu gewinnen.*

*Trotzdem hat es mich sehr mitgenommen, dass ich
gleichzeitig dich, meine beste Freundin, damit ins Abseits
schob. Ich hasste mich selbst dafür, und doch konnte ich
Erwann nicht aufgeben. Du liebst ihn ja auch, vielleicht
kannst du mich ein bisschen verstehen.*

Eglantine sog scharf die Luft ein. Camille ließ den
Brief sinken. Ihr war längst aufgefallen, dass Mailys
ähnliche Worte benutzt hatte, um ihren Zustand zu
beschreiben, wie Eglantine, als diese ihr erzählt hatte,
wie sie sich gefühlt hatte, nachdem Mailys' Krankheit
bekannt geworden war. Beide sprachen von Selbsthass.

Eglantine sah Camille in die Augen und nickte. Camille verstand die Aufforderung, fortzufahren.

Aber das alles wurde dann nebensächlich. Ich wurde krank und für mich hat sich alles geändert. Alle Wünsche, die ich je gehabt hatte, alle Träume zerfaserten. Ich habe sie gehasst, diese Krankheit, Multiple Sklerose, die mir in kleinen Schritten, aber doch unerbittlich klarmachte, dass ich mein Leben nicht selbst in der Hand habe. Es heißt immer, man bestimme sein Schicksal selbst. Wie lächerlich! Mein Schicksal ist von einem Tag auf den anderen auf den Kopf gestellt worden. Damals habe ich es jedenfalls so empfunden.
Heute weiß ich, dass es nicht ganz stimmt. Mir ist nur allzu klar, dass ich manches versäumt habe in jenen Jahren, in denen ich mit allem und jedem gehadert habe.

Camille warf Eglantine einen Blick aus den Augenwinkeln zu. Die Gefühle der beiden Freundinnen hatten sich damals geglichen, obwohl sie auf entgegengesetzten Seiten gestanden hatten.

Ich habe nie genau erfahren, was bei jenem Schulball zwischen Erwann und dir gelaufen ist. Nur, dass er nach dem Tanz mit dir eine Weile verändert war, konnte er einfach nicht überspielen. Ich habe nicht gewagt, ihn geradeheraus zu fragen, ob er dich liebte. Meine Angst, dass er Ja sagen würde, war viel zu groß.
Eglantine, ich weiß nicht, ob ich richtig gehandelt habe. Aber ich konnte nicht anders, ich war egoistisch, weil ich ihn liebte. Er hat mir in all den Jahren immer wieder gesagt, dass er mich auch liebt. Und ich glaube ihm. Er gab

mir nie das Gefühl, sich für mich aufzuopfern, und er wirkt auch nicht unglücklich. Wenigstens das.

Und dann bist du gekommen, diesen Sommer, gesund und schön in deinem schwarzen Kleid. Ich hatte vor, dich um Vergebung zu bitten. Ich war gemein und habe so vieles, was meine Krankheit und meine Angst mit mir machten, auf dich abgewälzt. Heute weiß ich, dass es falsch war.

Bei der Hochzeitsfeier würde ich dich sehen, das wusste ich. Aber als du vor mir gestanden bist, hat etwas in mir dichtgemacht. Und dein Tanz mit Erwann! Mir kam es so vor, als müsste alle Welt erkennen, dass er die falsche Frau gewählt hat. Diejenige, für die er sein Leben hergegeben hatte, die im Rollstuhl Sitzende. Ich litt fürchterlich, als ich euch beim Tanzen beobachtete. Er hatte nur Augen für dich.

Abermals hielt Camille inne. Mailys' Wahrnehmung stimmte genau mit dem überein, was Eglantine von jenem Tag berichtet hatte. Erstaunlich. Aber wahrscheinlich hing es damit zusammen, dass die beiden diese enge freundschaftliche Ebene gehabt hatten. Camille trank einen Schluck Tee, bevor sie den Brief wieder hochhob, um weiterzulesen.

Ich war blind vor Wut und Eifersucht. Ich konnte nicht anders, als dir einen Vorwurf an den Kopf zu werfen. Wieder war ich dir gegenüber ungerecht, nach 21 Jahren. Dabei hast du inzwischen dein eigenes Leben fern von Penmarch aufgebaut. Deine Töchter sind bezaubernd, und mir ist klargeworden, dass ich ihre Patentante hätte sein können, wenn ich nicht diesen Keil zwischen uns getrieben hätte. Am meisten belastet mich allerdings, dass du

vielleicht glaubst, dir selbst Vorwürfe machen zu müssen. Dabei war nur ich es, die uns getrennt hat.
Ich hoffe so sehr, dass es nicht zu spät ist, dich um Vergebung zu bitten. Bitte antworte mir.
In inniger Freundschaft, deine Mailys.

Camilles Finger zitterten, als sie den Brief endgültig sinken ließ. Sie atmete tief ein und aus, erst dann sah sie zu Eglantine. Die Ältere saß unbewegt neben ihr, den Kopf in den Nacken gelegt, die Augen geschlossen. Sie biss sich auf die Unterlippe. Camille schwieg, weil sie nicht wusste, was sie sagen sollte. Dann drang eine Träne zwischen Eglantines zitternden Wimpern hervor und rollte ihre Wange hinab. Sie öffnete die Augen, ihr Blick schimmerte in hellem Grün.

„Wie dumm ich doch war!" Ihre Stimme klang brüchig. Sie schlang die Arme um ihren Oberkörper. „Oh mein Gott, all diese verschwendete Zeit!"

Camille faltete die Blätter zusammen und schob sie in den Umschlag zurück. „Sie hat dir wieder geschrieben, jedes Jahr. Soll ich dir die anderen Briefe auch noch vorlesen?"

Eglantine legte ihr eine Hand auf den Unterarm. Sie fühlte sich kühl und glatt an. „Nein. Ich muss diesen Brief zuerst verdauen. Gib mir ein bisschen Zeit." Sie schüttelte den Kopf, stand auf und nahm eine Flasche mit Cognac aus dem Schrank, dazu zwei passende Gläser, und schenkte ihnen beiden eine kleine Menge ein. Wortlos hielt sie Camille das Glas hin, dann leerte sie ihres in einem Zug und füllte nach. Camille nippte nur.

„Was wirst du jetzt tun?", fragte Camille sacht.

Eglantine sah sie an und blickte doch durch sie hindurch. Hinter ihrer Stirn konnte Camille es arbeiten sehen. Was für eine schöne und starke Frau, schoss es ihr durch den Kopf. Dann dachte sie an Mailys und deren trauriges Schicksal. Wie ihr Zustand jetzt wohl sein mochte? Im nächsten Atemzug schlich Erwann sich in ihre Gedanken, und auch für ihn konnte sie nichts als Bewunderung empfinden. Der wettergegerbte Bretone strahlte erdverbundene Stärke und Lebensfreude aus. Auch ihm waren durch die Krankheit seiner Frau Kinder verwehrt geblieben. Und er hatte seine Liebe zu Eglantine sein Leben lang unterdrücken müssen. Camille seufzte. Unglückliche Lieben überall ...

Sie spürte die kühle Berührung von Eglantines Hand an ihrem Arm und sah in das lächelnde Gesicht, das Spuren der tiefen Emotionen zeigte, denen die ältere Frau in den letzten Tagen und Stunden ausgesetzt war. „Ist das Leben nicht wunderbar?", fragte sie.

Fassungslos ließ Camille den Mund offen stehen. Wie konnte Eglantine in einem solchen Moment ihr Leben als wunderbar bezeichnen?

Die Bretonin lachte beim Anblick von Camilles Miene. „Ach, du Liebe. Wenn du wüsstest, wie gut ich dich verstehen kann. Aber weißt du, dieser Schmerz ist", sie ließ den Blick durch den Raum schweifen, „er ist großartig. Was wäre unser Leben, wenn wir niemals solche Regungen hätten? Wenn alles leicht und fröhlich wäre?" Ihre Augen schimmerten. „Ich bemerke genau in dieser Sekunde, wie nahe mir Mailys all die Jahre war, trotz allem. Obwohl ich mich ihr gegenüber verschlossen hatte. Und jetzt habe ich die Chance, diese

Jahre zu überbrücken." Eglantines Blick huschte zu den Briefen auf dem Tisch, und plötzliche Unsicherheit sprach aus ihrem Gesichtsausdruck. „Das heißt", sie zögerte, „wenn die anderen Briefe so ähnlich sind."

„Das sind sie bestimmt. Warum hätte Mailys dir sonst jedes Jahr zum Geburtstag schreiben sollen?" Trotzdem konnte Camille ihre Unsicherheit verstehen. Ob Mailys jemals mit Erwann darüber gesprochen hatte, was sie ihrer Freundin gegenüber empfand, und dass sie ihr jedes Jahr schrieb, ohne eine Antwort zu erhalten?

„Ich muss sie lesen." Eglantines Hände zitterten in plötzlich zurückkehrender Nervosität, als sie das Bündel hochhob. „Kannst du noch bleiben? Ich möchte nicht alleine sein."

Wärme durchströmte Camille. „Ja. Ich bleibe."

Eglantine suchte den zweiten Brief heraus und reichte ihn Camille wortlos.

So las Camille nach und nach alle Briefe von Mailys vor, und mit jedem einzelnen enthüllten sich vor den beiden die letzten fünfzehn Jahre und wie Eglantines Freundin sie erlebt hatte. In ihren Worten, aber auch durch ihre Handschrift zeigte sich ihre Krankheit in aller Klarheit. Die Briefe wurden mit jedem Jahr kürzer, wahrscheinlich weil Mailys immer schlechter schreiben konnte. Jedes Jahr wiederholte Mailys ihre Entschuldigung, und mit jedem Brief sagte sie klarer, dass sie es verstehen würde, wenn Erwann sich zu Eglantine hingezogen fühlte. In dem Brief, der Eglantine vor acht Jahren erreicht hatte, deutete sie zum ersten Mal an, dass sie glaubte, nicht mehr lange zu leben. In den drei darauffolgenden Jahren verschlechterte ihre Schrift sich sichtlich, dann blieb sie jedoch lange Zeit konstant, auch wenn ihre Zeilen nun jedes Jahr kürzer wurden.

Jedes Mal, wenn Camille einen der Briefe beendet hatte, reichte sie ihn Eglantine, und diese betrachtete schweigend die Zeilen, bevor sie den Brief sorgfältig faltete und wieder in den Umschlag schob. Jedes Mal sah Eglantine sie fragend an, Camille nickte und sie nahmen sich den nächsten Brief vor.

Nach anderthalb Stunden waren sie beim letzten angelangt. Feierlich öffnete Camille den Umschlag und zog das einzelne Blatt heraus. Darauf standen nur wenige Zeilen, die Schrift war fast unleserlich. Wie viel Mühe musste es Mailys gekostet haben, sie zu schreiben! Camille atmete tief durch und wartete ein letztes Mal Eglantines zustimmendes Nicken ab, dann las sie auch den Brief vor, der im November letzten Jahres geschickt worden war.

Ma chère, ich weiß, du wirst mir verzeihen. Liebe Erwann, wenn ich es nicht mehr kann.
Deine Freundin Mailys.

Kapitel 16

Unvermittelt drang ein helles Bellen herein und riss Camille aus ihren Gedanken, die um das Schicksal der beiden Freundinnen kreisten. Auch Eglantine wirkte, als werde sie aus einem Traum gerissen. Sie deutete ein Kopfschütteln an und wischte sich über die Augen.

„Hélas! Das war ein Höllenritt, n'est-ce pas?" Ihr Lachen sprach jedoch vom Gegenteil. Täuschte Camille sich oder wirkten Eglantines Bewegungen – und auch das Leuchten in ihrem Gesicht – so, als wären mehrere Jahre wie eine schwere Last von ihr abgefallen? Die Ältere lachte ausgelassen, und das strahlenförmige Faltenmuster um ihre Augen sowie das Grübchen in ihrer Wange waren dieselben wie auf dem Foto, das Eglantine in jüngeren Jahren zeigte. Impulsiv umarmte sie Camille, dann warf sie die Briefe in ihr Kästchen zurück, klappte es schwungvoll zu und stellte es auf das Sideboard. Sie klatschte in die Hände. „Es ist spät geworden, ma chère." Sie spähte aus dem Fenster.

Camille erkannte, dass es bereits dunkel war, und stand auf. Noch fühlte sie sich etwas benommen durch das, was sie in den letzten Stunden erfahren hatte. Dieses Schicksal dreier Menschen hatte sie berührt, und ihre Bewunderung für Eglantine war noch gewachsen. Sie wünschte sich, die gleiche Art von Stärke zu entwickeln. Oder vielmehr: Sie entschloss sich, mit ihrer eigenen Zuneigung zu Falko, dem Mann ihrer lieben Freundin, genauso souverän umzugehen, wie Eglantine und Erwann es all die Jahre getan hatten.

Schließlich, das zeigten beide auf eindrucksvolle Weise, konnte ein Mensch auch glücklich werden, wenn er nicht die einzig wahre Liebe ausleben konnte. Und überhaupt: Wer sagte denn, dass die einzig wahre Liebe existierte?

Auch in Camille stieg ein Lachen auf, und am liebsten hätte sie die Bretonin in die Arme geschlossen. Zu ihrer Überraschung winkte Eglantine Camille zu sich, zog sie energisch in eine Tanzhaltung und führte sie ein paar Schritte durch den Raum.

Wieder klang das Hundebellen von draußen herein, und Camille wunderte sich, weil es sich so anhörte, als stünde der Hund direkt vor der Tür. Sie blieb mitten in der Bewegung stehen und sagte: „Écoute, da bellt die ganze Zeit ein Hund. Wollen wir mal nachsehen?"

Eglantine ließ Camille los und war mit wenigen Schritten im Flur. „Aber klar", sagte sie und öffnete die Haustür. Camille, die ihr gefolgt war, sah im Gegenlicht der Straßenlampe, wie ein kahlköpfiger, muskelbepackter Mann den Arm sinken ließ. Er hatte offenbar gerade auf den Klingelknopf drücken wollen. Neben ihm zerrte ein kleines schwarzes Monster an der Leine, wackelte mit dem Hinterteil und bellte Eglantine und Camille aufgeregt an. Es waren Samir und Banou! Ein Lächeln breitete sich auf Camilles Wangen aus.

„Salut!" Samir ließ die Leine los, als Eglantine in die Knie ging, um die Begrüßung des Hundes entgegenzunehmen. Banou schnupperte jedoch nur eine Sekunde an der entgegengestreckten Hand der Französin, bevor sie sich auf Camille stürzte, die ebenfalls in die Hocke gegangen war, vor ihr hochsprang, um ihre Ohren zu küssen, und sich dann vor ihr auf den Boden warf, damit Camille ihr den Bauch kraulen konnte.

„Salut, tu as fait une promenade avec le chien?" Camille blickte zu Samir auf.

„Oui", erklärte er. „Dabei haben wir das Auto entdeckt und seitdem lässt Banou sich hier nicht mehr fortbewegen. Sie hat wohl deine Witterung aufgenommen." Er zeigte seine hellen Zähne in einem breiten Lächeln. Die Hündin hatte sich indessen wieder beruhigt und tapste nun zurück zu ihrem Herrchen. Er bückte sich und hob die Leine wieder auf. „Ich schätze, sie mag nicht mehr laufen. Es war ein ganz schön langer Tag für sie."

„Möchten Sie hereinkommen?", bot Eglantine an.

„Das wird nicht nötig sein", sagte Camille, der plötzlich ihre eigene Müdigkeit bewusst wurde. „Ich nehme Samir einfach im Auto mit. Dann sind wir in ein paar Minuten in La Madeleine." Sie lief zum Wohnzimmer und rief über die Schulter: „Ich hole nur meine Tasche."

Als sie sich wenig später umdrehte, stand Eglantine vor ihr und bedeutete ihr, kurz zu warten. Sie beugte sich vor und flüsterte: „Diese Geschichte bleibt unter uns, ja?"

Camille nickte. Eglantine warf einen Blick über die Schulter, dann verzog sie nachdenklich den Mund. „Das heißt, *ihm* könntest du es eventuell sagen." Dann deutete sie mit dem Kinn auf Samir, der im Türeingang stand und auf die Hündin einredete. „Wenn es nötig sein sollte, meine ich."

Mit diesen rätselhaften Worten schob sie Camille in den Flur und begleitete sie zur Haustür. „Alors, nun bleibt euch nur noch ein Tag im Finistère. Habt ihr überhaupt schon Quimper gesehen?“

„Das würde ich morgen gern machen“, sagte Samir.

„Ja, warum nicht?“, stimmte Camille zu, verabschiedete sich mit Bises von Eglantine und öffnete den Wagen.

Auf dem Rückweg erzählte Samir, dass er kurz nachdem Camille gegangen war, zu einem ausgedehnten Spaziergang aufgebrochen sei, um Falko und Greta ein paar ungestörte Stunden zu schenken.

„Eine gute Idee“, murmelte Camille. Sie spürte den Blick, den Samir ihr vom Beifahrersitz aus zuwarf, die Hündin auf dem Schoß. „Weißt du, du kannst heute Abend ruhig im selben Zimmer schlafen wie ich“, erklärte sie. „Das Bett ist größer als das im Flur, oder?“

„Schon“, antwortete Samir, seine angenehm dunkle Stimme klang entspannt. „Ja, das würde ich gerne. Es wäre ja auch nicht das erste Mal.“

Camille erkannte in einem kurzen Seitenblick das Lächeln auf seinem Gesicht. „Stimmt“, sagte sie lapidar. Als Kinder hatten sie ein paar Mal im selben Zelt übernachtet. „Damals war bloß Julien auch noch mit von der Partie.“

„Ja. Aber du brauchst dir keine Sorgen zu machen, petite Camille, ich werde die Situation in keiner Weise ausnutzen.“ Er lachte, und sie stimmte in sein Lachen ein. Noch vor einiger Zeit hätte eine solche Ankündigung ihr einen kleinen Stich versetzt, aber heute nicht.

„Du warst sehr lang bei Eglantine Robineau“, sagte Samir dann zögernd. „Sie ist eine interessante Person.“

„En effet.“

Sie hatten la Madeleine bereits erreicht, Camille parkte den Wagen und zog den Schlüssel ab. Beide stiegen aus und gingen über den Pfad auf das Häuschen zu. Die Lichter drinnen waren gelöscht. Über ihnen spannte sich samtig der Nachthimmel, und der fast noch volle Mond erleuchtete die Szenerie. Camille blickte zur Kapelle, die wie ein Schattenriss vor dem Sternenzelt aufragte. Ihre Form hatte etwas Zauberisches. Wenn ein Kobold oder eine Fee aufgetaucht wäre, hätte es sie in diesem Moment kein bisschen gewundert. Sie lachte leise.

„Was ist?", fragte Samir, als sie ihm den Vortritt vor der Tür ließ. Im Dunkeln konnte sie seine Haut und die Überreste der Sonnenmilch riechen. So vertraute Düfte!

Nachdem er den Schlüssel gedreht hatte, ging sie davon aus, dass er sofort reingehen würde, und machte einen Schritt vor. Doch Samir hatte sich umgewandt, sodass sie gegen ihn lief. Er schlang den Arm um ihre Taille, um sie aufzufangen. „Vorsicht", murmelte er so dicht an ihrem Gesicht, dass sie seinen Atem auf der Wange spürte. „Nun? Weshalb lachst du?"

„Weil ich plötzlich dachte, gleich kommen ein keltischer Kobold oder eine Fee um die Ecke."

„Es ist ein verzauberter Flecken Erde, nicht?" Mit diesen Worten öffnete er die Tür, Banou wuselte sofort hinein und suchte ihr Körbchen auf. Camille folgte Samir, der Leine und Halsband zur Seite legte.

„Ja, das ist es tatsächlich. Ist es okay, wenn ich als Erste ins Bad gehe? Ich bin zum Umfallen müde."

„Ja, natürlich. Ich bringe dann mein Bettzeug schon mal ins Zimmer."

Als Camille sich im Badezimmer fertig machte, ließ sie die Tage noch einmal Revue passieren und dachte darüber nach, wie viele unterschiedliche Emotionen sie in diesem kurzen Urlaub schon erlebt hatte. Es fühlte sich an, als sei ihr Leben in dieser Zeit auf den Kopf gedreht, geschüttelt und wieder zurückgestellt worden. Und doch wusste sie noch, wo oben und unten war. Und wenn man all das Liebesgedöns wegdachte, blieb da schlichte Zuneigung ihren Freunden gegenüber. Eine Zuneigung, die noch viele Höhen und Tiefen auszuhalten vermochte. Vielleicht. Hoffentlich.

Camille zwinkerte sich im Spiegel zu und lächelte. Wenn sie so entspannt war, ihre Haut ein bisschen Farbe von der Sonne bekommen hatte und ihre Augen von dem prallen Leben, das sie leben durfte, hell schimmernd zwischen Grau und Grün schwankten, fand sie sich nicht nur annehmbar, sondern sogar schön. Sie war wieder mit sich im Reinen. Und das, wurde ihr bewusst, war schon lange nicht mehr der Fall gewesen.

„Du bist wunderschön", erklang Samirs Stimme, der hinter ihr hereingetreten war. Wahrscheinlich hatte er leise angeklopft, aber sie war so in Gedanken gewesen, dass sie nichts gehört hatte. Hatte sie etwa laut gedacht?

Er lächelte. „Gelegentlich habe ich das Gefühl, dass ich deine Gedanken hören kann." Sie drehte sich um und sah ihn misstrauisch an.

„Oder es liegt daran, dass du manchmal im Schlaf sprichst." Er feixte.

„Oh Gott, habe ich etwa über mich selbst gesprochen?" Und womöglich hatte sie auch noch andere Dinge in der Nacht gesagt, in der sie im Flur übernachtet hatte? Vielleicht war es doch keine gute Idee, Samir in ihrem Zimmer schlafen zu lassen.

Er griff nach seiner Zahnbürste und der Zahnpasta, um etwas davon darauf zu drücken. „Nun, kleine Camille, das hast du immer schon gemacht. Aber nur bei Vollmond. Dass du mit deinem Aussehen ganz gut klarkommst, hast du schon einmal in einer Nacht in der Bourgogne verkündet, als Julien, du und ich in einem Zelt im Garten übernachteten. Ich dachte damals, dass du hellwach bist, und sagte dir, dass du hübsch seist. Erst als du mir darauf keine Antwort gegeben hast, war mir klar, dass du tief und fest schläfst." Er stand vor ihr, nur in seine Schlafshorts gekleidet, und grinste sie an, die Zahnbürste bereits zum Gesicht gehoben. „Aber heute bist du mehr als hübsch." Damit führte er die Bürste zum Mund, drehte sich zum Spiegel und begann seine Zähne zu putzen.

Unerklärlicherweise spürte Camille ihren Herzschlag bis in ihre Schläfen. „Da war ich ja noch ein kleines Kind", sagte sie und flüchtete aus dem Bad, damit sie noch genug Zeit hatte, aus ihrer Kleidung zu schlüpfen und ihr Nachthemd überzustreifen, bevor Samir nach oben kam.

Sie lag bereits im Bett und war schon fast eingeschlafen, als er leise das Zimmer betrat und sich ebenfalls hinlegte. Die Worte, die sie zu hören glaubte, musste sie sich einbilden.

„Du warst kein Kind mehr, sondern fast eine Frau. Und ich wusste damals schon, dass das Wörtchen hübsch nicht reichte, um dich zu beschreiben."

Camille war mit einem Schlag wieder hellwach. „Was sagst du da?" Sie drehte sich um, doch es war zu dunkel, um das Bett an der gegenüberliegenden Wand und Samir darin zu erkennen. Sie konnte ihn nur erahnen.

„Camille, ich sagte dir doch schon, dass du eine Schönheit bist. Ich hatte eigentlich nie den Eindruck, dass es für dich wichtig ist. Du hast immer schon ein gesundes Selbstbewusstsein ausgestrahlt. Aber heute wirkst du wieder anders, so als ob du etwas – wie soll ich es ausdrücken?"

„Was meinst du denn?" Hatte er ihr angesehen, dass das Gespräch mit Eglantine ihr das Gefühl gab, innerlich gewachsen zu sein?

„Du wirkst gefestigt. Heute Nachmittag am Meer war das noch nicht so. Ich bewundere deine Haltung."

„Welche Haltung denn?" Wovon sprach Samir? An Schlaf war nun nicht mehr zu denken. Sie stützte den Kopf auf den Ellbogen, und Samir schaltete sein Nachtlämpchen ein. Es hatte etwas Vertrautes, ihn so zu sehen. Seine Brille hatte er im Bett natürlich abgesetzt und er blinzelte mit kurzsichtigen blauen Augen zu ihr herüber. Im warmen Licht der Lampe sah seine Haut dunkel aus und die Haare auf seiner Brust, die sie sehen konnte, weil die Decke bis zu seiner Hüfte heruntergerutscht war, schimmerten schwarz. Darunter bewegten sich seine Muskeln bei jeder Regung. Der Anblick hätte sie abgelenkt, wenn ihr der Inhalt seiner Worte in diesem Moment nicht viel wichtiger gewesen wäre. Außerdem war er ihr inzwischen so vertraut, so vertraut ...

„Die Art, wie du damit umgehst, was zwischen dir, Falko und Greta läuft. Es zeugt von Größe, dass du dich komplett zurücknimmst. Das habe ich heute Nachmittag ja bereits angedeutet. Aber im Gegensatz zu vor ein paar Stunden strahlst du jetzt eine Sicherheit aus … ja, eine Sicherheit, die ich mir auch manchmal gewünscht hätte."

„Du?" Sie hörte, wie ungläubig ihre Frage auf ihn wirken musste, und hatte das Gefühl, etwas hinzufügen zu müssen. „Ich meine, du bist wie, wie ein Bär, wie ein Felsen. Ich kenne niemanden, der so viel Ruhe ausstrahlt wie du. Meistens", fügte sie leise hinzu, weil plötzlich die Szene in der Hütte, ihrem Unterschlupf vor dem Gewitter, vor ihrem inneren Auge aufblitzte. Seine Umarmung und die Nähe, die sie dort gespürt hatte, passten nicht zu der freundschaftlichen Beziehung, die sie in ihrem vorherigen Gespräch wieder hatten aufleben lassen. In der Sekunde hatte er eher wie ein Vulkan vor dem Ausbruch gewirkt. Irritiert runzelte sie die Stirn. Was für wirre Gedanken!

Samir sprach indessen weiter, sodass sie diesen Gedankengang rasch wieder loslassen konnte. Er hatte sich auf den Rücken gedreht und sah zur Decke. Camille konnte in aller Ruhe sein Profil betrachten. Die hohe Stirn, die etwas zu lange Nase über den vollen Lippen, sein kantiges Kinn und den kräftigen Hals, der in die behaarte Brust überging.

„Das habe ich mir hart erarbeitet. Du kennst ja die Geschichte von Claire." Seine Stimme verriet ein weiteres Mal den Schmerz, den ihr Tod ihm bereitet haben musste. „Ich bin froh, dass ich es geschafft habe, einigermaßen damit zurechtzukommen. Gerade erst lerne ich, das Gefühl von Fröhlichkeit wieder zu genießen, anstatt es nur vorzutäuschen." Abermals drehte er sich zur Seite, um Camille ansehen zu können. „Aber was ist es, das *dich* heute so verändert hat?"

War das der Moment, den Eglantine gemeint hatte, als sie sagte, *ihm* gegenüber könne sie über das reden, was sie erfahren hatte? „Da ist tatsächlich etwas", begann sie. „Du hast vielleicht auch schon bemerkt, dass es zwischen Eglantine und Erwann", sie unterbrach sich, fand nicht die richtigen Worte.

„Dass die beiden Gefühle füreinander haben? Ja, das habe ich gesehen."

„Gut. Es ist nämlich so, dass sie sich schon seit ihrer frühesten Jugend kennen." Sie erzählte Samir alles, was sie heute durch Mailys' Briefe herausgefunden hatte. Samir sah sie an und hörte aufmerksam zu, er unterbrach nur an wenigen Stellen, um die Jahreszahlen in die richtige Reihenfolge zu bringen und den Ablauf der Geschichte zu begreifen.

„Sie hat mir erlaubt, es dir zu erzählen, aber niemandem sonst", endete sie schließlich.

„Vielleicht weil sie ein Gespür dafür hat, wer ein ähnliches Schicksal erlebt hat?"

„Wie meinst du das?"

Er stützte seinen Kopf wieder auf. „Nun, du hast gerade etwas ganz Ähnliches durchgemacht."

„Ja, und ihre Geschichte ist es, die mich heute so verändert hat. Sie gibt mir Kraft. Ich kann das auch schaffen."

„Genau. Und ich, nun, ich habe auch so etwas erlebt."

„Was meinst du?", fragte Camille irritiert.

„Na ja, ich hatte mich letztes Jahr auch verliebt. Zumindest glaubte ich das ...“ Er schwieg. War er unsicher, ob er mit Camille darüber sprechen sollte?

„Du kannst mit mir reden“, sagte sie sanft. „Es bleibt unter uns.“

„Da war diese junge Frau, der ich mehr oder weniger zufällig begegnet bin.“

Camille hatte einen Verdacht, von wem er sprach, wollte ihn jedoch nicht unterbrechen. Wenn er den Namen nicht nennen wollte, war das okay. Es spielte im Moment keine Rolle. Sie nickte also nur zu seinen Worten.

„Ich war noch ganz in meiner Trauer eingesponnen. Ich lebte zwar, aber wie unter einer Glocke, falls du weißt, was ich meine.“

„Ja“, sagte sie schlicht.

„Nun, die Begegnung mit dieser Frau hat das geändert. Zuerst einmal merkte ich, dass das Leben da draußen immer noch das gleiche war, und es tat mir gut, endlich wieder einen Schritt hineinzutun. Ich bekam wieder eine Ahnung davon, wie es sich anfühlte, fröhlich zu sein. Ich fing wieder an zu tanzen, was eine meiner größten Leidenschaften ist, seit ich mit Claire mehrere Tanzkurse besucht hatte.“

Irgendwo in ihrem Hinterkopf entstand die Vorstellung, wie es wohl wäre, mit Samir zu tanzen.

„Außerdem begann ich wieder, gemeinsam mit meinen Freunden zu scherzen. Kurz, ich nahm endlich wieder am Leben teil. Das bedeutet nicht, dass ich den Weg zurück sofort schaffte, aber durch diese junge Frau fühlte ich mich zum ersten Mal wieder lebendig. Und ich dachte zuerst, dass es einfach eine gute

Freundschaft werden könnte. Aber dann habe ich irgendwann gemerkt, dass ich doch mehr Gefühle für sie hatte. Das Problem war bloß – sie liebte einen anderen Mann."

Camille seufzte. „Johnny loves Jenny but Jenny loves Joe", murmelte sie.

Samir verzog das Gesicht, als sie diese Worte benutzte, die sie auch bei ihrer Aussprache vor einigen Tagen verwendet hatte, um das zu umschreiben, was sie vor so langer Zeit empfunden hatte. „Ja, so kann man es sagen. Zuerst habe ich gar nicht versucht, ihr zu zeigen, dass ich mehr als Freundschaft empfand. Aber dann konnte ich nicht anders. Hätte ich es mir nicht ein Leben lang vorgeworfen, wenn ich sie im Unklaren gelassen hätte? Außerdem war ich mir einfach nicht sicher, ob ihre Gefühle für mich nicht doch intensiver waren, verstehst du?"

Camille sog tief die Luft ein und nickte. Natürlich verstand sie. Samir war ein so außergewöhnlicher Typ, der eine Frau ziemlich verwirren konnte. Wer sollte das besser wissen als sie? „Und dann?", fragte sie sanft.

„Ich, ich habe sie geküsst."

„Du hast sie einfach geküsst? Ernsthaft?"

„Ich hatte ihr ja nichts davon gesagt, dass ich sie mehr als nur mochte." Er unterbrach sich und starrte Camille an. Vielleicht ging ihm gerade auf, dass auch Camille seinerzeit ihm gegenüber nie auch nur angedeutet hatte, dass sie mehr als kindliche Freundschaft für ihn empfand.

Kurz zog die Frage durch Camilles Kopf, ob es womöglich doch etwas geändert hätte, wenn sie ihre Mail mit dem Liebesgeständnis an ihn abgeschickt hätte. Doch den Gedanken schüttelte sie rasch wieder ab. Das war Geschichte und lange vorbei.

Samir seufzte. „Es war nicht einfach für mich. Zum ersten Mal seit sehr langer Zeit, zum dritten Mal überhaupt in meinem Leben, war ich verliebt, und es hört sich vielleicht oberflächlich an, aber es tat mir so unfassbar gut, intensive Empfindungen zu erleben, die endlich mal nicht von Trauer erzeugt wurden. Weißt du, auch die Trauer und den Schmerz habe ich als bereichernd empfunden. Alles, was intensiv ist, lässt uns doch das Leben erst spüren." Er hielt inne.

„Eglantine hat heute etwas ganz Ähnliches gesagt. Und ja, ich kenne es auch selbst." Camille schwieg. Sie wollte Samir nicht vor den Kopf stoßen, indem sie ihm gestand, dass ausgerechnet *er* die Ursache für den längsten und größten Schmerz in ihrem Leben gewesen war. Vielleicht ahnte er es aber auch längst.

„Diese neue Liebe zeigte mir, dass ich noch anderes empfinden konnte als nur Schmerz. Insofern hat sie mir aus dem Tunnel herausgeholfen, in dem ich seit über einem Jahr herumgeirrt war."

„Aber wie ist es denn zu dem Kuss gekommen? Und was hat er in dir bewirkt?"

„Ich war an dem Tag völlig übermüdet und fühlte mich wie beschwipst, mein innerer Wachhund war nicht aktiv. Sonst hätte ich mich das niemals getraut. Und doch war es wichtig und richtig. Ich sagte zu ihr, dass ich sie küssen müsse, weil ich sonst ein Leben lang über diese eine Chance nachgrübeln würde – und sie ließ es zu." Er sog die Luft ein und schien einen Moment dem Gefühl von damals nachzuhängen. „Es war einer der intensivsten Küsse in meinem Leben. Wir sind uns begegnet wie zwei Ritter beim Lanzenstechen, bei dem beide wissen, dass sie den Kampf nicht gewinnen können. Mit offenem Visier. Und wenn wir beim Bild bleiben wollen, so haben wir uns gegenseitig vom Pferd gestoßen und sind doch unverletzt geblieben. Der Kuss war alles zugleich: Begrüßung und Abschied, Freude und Schmerz, eine Begegnung zweier Seelen." Er lachte leise und dunkel auf. Camille spürte plötzliche Wärme in sich aufsteigen und eine unglaublich intensive Zuneigung zu Samir, der freimütig diese pathetischen Begriffe benutzte.

„Ich glaube, ich weiß, was du meinst." Sie verbiss es sich jedoch, ihm zu sagen, dass sein Kuss beim Blindekuss-Spiel in ihr etwas Ähnliches ausgelöst hatte.

„Das war jetzt arg hochtrabend, um nicht zu sagen kitschig. Aber irgendwie muss ich das alles ja auch vor mir selbst rechtfertigen. Na, wie auch immer, ich habe es überwunden. Meine Verliebtheit war dann doch nicht so stark wie das, was mich mit Claire verbunden hatte. Aber das macht nichts, denn was wäre das Leben schließlich ohne wahre Freundschaft? Oder Seelenverwandtschaft, wenn du so willst."

„Du hast vollkommen recht, Samir." Und in diesem Moment drückten diese Worte aus, was Camille empfand. Sie gähnte. „Morgen wollen wir nach Quimper, richtig?"

Samir lachte kurz ob ihres abrupten Themenwechsels. „Ja. Wir haben ja nur noch morgen. Am Sonntag geht es wieder nach Hause."

„Also sollten wir jetzt schlafen." Camille warf einen Blick auf ihr Smartphone, das sie zum Laden ans Kabel gehängt hatte. „Schon nach eins. Gute Nacht, Samir!"

„Gute Nacht, Camille! Es ist … schön mit dir."

Sie hatte sich bereits umgedreht, und mit einem Lächeln auf den Lippen entschwand sie ins Reich der Träume.

Kapitel 17

Greta und Falko waren von der Idee, Quimper zu besuchen, sofort begeistert gewesen, und so kam es, dass Greta am späten Samstagvormittag den Wagen in der Nähe des Busbahnhofs auf einem riesigen Parkplatz abstellte und sie sich nach dem Aussteigen zuerst einmal orientierten.

„Das ist der Odet." Samir deutete auf einen breiten Fluss, dessen Bett zwischen baumbestandenen Mauern verlief. „Und ein Stück weiter stadteinwärts fließt der Steir in den Odet." Er zeigte noch weiter in die Ferne auf zwei spitze Türme, die die Dächer der Häuser überragten. „Da hinten ist Saint Corentin. Die Kathedrale sollten wir auf jeden Fall besichtigen, und dort ist auch die Altstadt."

„Warst du schon einmal hier?", fragte Greta, als die vier am Fluss entlang Richtung Innenstadt schlenderten. „Du weißt ja genau Bescheid."

„Ja, mit meinem Onkel. Er hat mich früher an alle Surf-Spots in ganz Frankreich mitgenommen. Quimper ist die Hauptstadt der Region Cornouaille, es gibt hier echt viel zu sehen. Interessiert ihr euch für Keramik?" Er blieb stehen. „Wollt ihr ins Musée de la Faïence? Dann müssten wir in die andere Richtung."

Camille lächelte und schüttelte den Kopf. „Dafür ist mir der Tag heute zu kurz. Wir haben im Saarland auch ein großes Keramikmuseum in Mettlach. Dort ist die Firma Villeroy und Boch ansässig, falls dir das was sagt?"

Samir nickte. „Verstehe. Natürlich ist die bretonische Faïencerie noch mal ganz eigen, aber du hast recht, lasst uns zuerst mal die Stadt besichtigen."

Sie schlenderten zum Zentrum und dann zur Kathedrale, die Banou allerdings nicht betreten durfte. Samir wartete mit der Hündin auf dem Vorplatz, während Camille, Falko und Greta das Innere des Gotteshauses bewunderten und gebührend den Achsknick zwischen Chor und Hauptschiff bestaunten.

„Seht mal", Falko deutete auf eine beschriftete Tafel an einer der Wände. „Der Bau der Kathedrale begann schon im dreizehnten Jahrhundert. Sagte Eglantine nicht, dass die Kapelle La Madeleine auch aus der Zeit stammt?"

„Stimmt." Camille drehte sich um die eigene Achse und betrachtete den das Hauptschiff umlaufenden Fries und die hohen Obergadenfenster. „Aber insgesamt muss es sehr lang gedauert haben, bis diese Kathedrale fertig war, oder? Das scheint mir doch ein ganz schöner Mix von Stilrichtungen zu sein."

„Ich habe gelesen, dass die Türme der jüngste Teil der Kathedrale sind. Sie wurden erst Mitte des neunzehnten Jahrhunderts gebaut."

„Und das Reiterstandbild in der Mitte zwischen den Türmen zeigt König Gradlon", las Greta aus dem Bretagne-Führer, den sie mitgebracht hatte, vor.

„Und wer ist König Gradlon?", wagte Camille, ihr Unwissen einzugestehen.

„Er flüchtete von Ys nach Quimper. Mehr steht hier leider auch nicht."

„Ys? Schon mal gehört." Falko zog nachdenklich die Nase kraus. „Lasst uns Samir fragen. Der ist doch unser wandelnder Reiseführer."

Samir lachte laut, als Camille Falkos Worte draußen wiederholte, und lotste sie in die Rue Kéréon, von wo aus er ihnen einen weiteren großartigen Blick auf die Kathedrale versprach. Er wies sie auf die mittelalterlichen Fachwerkhäuser hin, deren Geschosse nach oben hin von Stockwerk zu Stockwerk breiter wurden. Diese überkragende Bauweise fände man auch in manchen Städten der Bourgogne, sagte er.

Bei einem Café blieben sie stehen, und Samir bat sie, sich umzudrehen, um nochmals einen Blick auf die Kathedrale zu werfen. Zwischen ihren Türmen wirkte das Reiterstandbild ein bisschen deplatziert, fand Camille. „Gehört da nicht eher ein Engel hin? Oder ein Heiliger?"

Samir begann, die Legende des Königs Gradlon zu erzählen, der aus der sündigen Stadt Ys, der ursprünglichen Hauptstadt von Cornouaille, nach Quimper geflohen war und mit Corentin, dem Heiligen und Namensgeber der Kathedrale, Quimper gegründet hatte.

„Sündige Stadt? Da hatte doch ganz sicher eine Frau ihre Finger im Spiel, oder?" Falko zwinkerte Greta und Camille zu.

„Richtig. Dahut, die Tochter des Königs Gradlon, um genau zu sein. In Ys, das im Meer lag, lebten die Menschen sicher, weil ihr guter König Gradlon", Samir zeichnete Anführungszeichen in die Luft und begleitete die Worte ‚guter König' mit einem Grinsen, „Dämme und Schleusen gebaut hatte, womit er quasi über die Urgewalten des Atlantiks herrschte. Er allein besaß den goldenen Schlüssel, um die Schleusen zu öffnen. Und dann kam es, wie es kommen musste. Die Menschen verfielen immer mehr der Verschwendungssucht und dem Hochmut. Das tun sie ja immer, wenn es ihnen zu gut geht, oder?" Samir feixte.

Sie waren inzwischen etwas weitergegangen, setzten sich vor einem Café an ein Bistrotischchen und bestellten *Expresso* und bretonische Waffeln, während Samir ihnen die Sage erläuterte.

„Also, was war nun mit dieser Dahut, der Königstochter?", fragte Camille, als der Kellner mit ihrer Bestellung davoneilte.

„Tja, die ließ sich vom Teufel höchstpersönlich verführen. Wer weiß, vielleicht hat er sich als schöner Mann getarnt. Ich brauche übrigens nicht extra zu erwähnen, dass Dahut wie eine blonde Sirene ausgesehen haben soll, oder?" Er deutete auf Greta. „Stellen wir sie uns so vor …"

„Hey", protestierte Greta. „Dann hat der Teufel aber wohl wie du ausgesehen. Muskelbepackt, bronzefarbene Haut und eine Glatze."

Camille prustete. „Ich vermisse da höchstens die Hörnchen auf deiner Stirn." Sie beugte sich vor und tippte auf zwei Stellen oberhalb von Samirs Augenbrauen. „Hier wären sie. Warte", sagte sie dann in geheimnisvollem Ton und beugte sich noch dichter zu ihm, bevor sie begann, die beiden Stellen sacht mit den Zeigefingern zu reiben. „Wenn wir noch etwas länger hierbleiben, sprießen sie, wetten? Ich sehe schon genau die Stellen, an denen dir die Hörner wachsen werden."

Samir grunzte teuflisch, sodass Camille zusammenzuckte und in ausgelassenes Lachen ausbrach. Greta, Falko und Samir stimmten ein.

„Und was wollte der Teufel von Dahut? Ihre Jungfräulichkeit?", wollte Falko wissen.

„Die sicher auch. Aber vor allem verlangte er von ihr den goldenen Schlüssel zur Schleuse. Und das liebestolle Ding gab ihn natürlich her."

„Lass mich raten", unterbrach Falko ihn. „Der Teufel hat Dahut nur ausgenutzt und die ganze Stadt überflutet."

„Richtig. König Gradlon floh auf seinem Pferd. Er zog Dahut hinter sich auf den Gaul, aber der Teufel wollte seine Angebetete nicht gehen lassen. Er verlangte von Gradlon, seine Tochter zu opfern, sonst würde er dafür sorgen, dass die Fluten alles zerstören."

„Und der Idiot hat seine Tochter ins Meer gestoßen?" Greta stemmte entrüstet die Fäuste in die Taille. Der Kellner, der gerade die Waffeln brachte, sah sie überrascht an. Vermutlich hatte er keine Ahnung, wovon seine Kundschaft sprach und was die Blondine so auf die Palme brachte. Greta lächelte ihm zu, woraufhin er mit einem charmanten Augenzwinkern zurück ins Café eilte.

Camille nickte zu Gretas Frage. „Bestimmt hat er sie dem Teufel überlassen. Sonst wäre sie ja auch auf dem Ross zu sehen, da oben zwischen den Türmen der Kathedrale."

Samir verzog den Mund zu einem gespielten Flunsch. „Tja, ich fürchte, da habt ihr ganz recht. Der edle König Gradlon hat seine Tochter dem Teufel in den Rachen geworfen und ist alleine geflüchtet. Die Unwetter beruhigten sich und es herrschte wieder Stille. Ys war allerdings Geschichte. Es heißt, man könne manchmal des Nachts noch die Sturmglocken der versunkenen Stadt läuten hören."

„Ha, wie in der Sage von Vineta, nur dass diese Stadt in der Ostsee gelegen haben soll." Falko biss in seine Waffel und verzog genüsslich das Gesicht.

„Gradlon hat als gottesfürchtiger Mann Quimper gegründet, und allen ging es wieder gut."

„Hört sich so an, als könnte die Geschichte auch ganz woanders gespielt haben. Wo genau soll dieses geheimnisvolle Ys denn gelegen haben?", wollte Greta wissen.

„Darüber sind sich die Geschichtenerzähler nicht ganz einig. Auf jeden Fall an der Küste der Halbinsel Cornouaille, auf der wir uns gerade befinden. Aber manche sagen, sie wäre bei Penmarch versunken, in der Nähe des Phare d'Eckmühl." Er verengte die Augen zu Schlitzen. „Wir könnten Erwann und Eglantine fragen, ob sie die Glocken schon mal gehört haben."

„Ja, das machen wir." Camille lachte. „Eine spannende Legende. Können wir noch mal zurück zur Kathedrale gehen?", fragte Camille. „Ich würde dort gerne nach Spitzendeckchen schauen. Da war doch ein Verkaufsstand mit einer Frau in bretonischer Tracht. Sie trug diesen eigenartigen Hut, wie heißt er noch?"

„Du meinst die Haube?", sagte Samir. „Davon gibt es ganz viele verschiedene, je nach Dorf oder Region. Man kann an ihnen den gesellschaftlichen Stand ihrer Trägerin ablesen und ob sie verheiratet ist, ob sie in Trauer ist und so weiter."

„Ja, die Frau am Stand trug diese sehr hohe, schmale Haube aus Spitze, die wie ein Turm auf dem Kopf sitzt."

„Stimmt. Die *Coiffe*, das ist eine der prächtigsten Varianten, wenn sie wohl auch nicht gerade angenehm zu tragen ist. Ich stelle es mir nicht ganz leicht vor, so ein Teil auf dem Kopf zu balancieren."

Camille lachte schallend auf. „Ich stelle mir das gerade bildlich vor, chéri. Und deine Teufelshörnchen dazu."

Samir sah sie einen Moment unbewegt an, und erst da wurde Camille bewusst, dass sie ihn ‚Liebling‘ genannt hatte. Dann grinste er. „Und jetzt hör auf, mich zu veräppeln. Meine Wurzeln liegen doch gar nicht hier."

„Stimmt. Wenn schon, wärst du eher ein Kalif." Greta amüsierte sich offensichtlich auch bestens auf Samirs Kosten.

Falko ließ den Blick zwischen den Frauen hin- und herwandern. „Na, Samir ist doch nur zu einem Viertel Araber, wenn ich das richtig verstanden habe."

Samir nickte.

„Und zur Hälfte ist er Teufel. Mindestens." Camille gluckste, als Samir sie anknurrte.

„Los, ich will die Spitze sehen." Camille winkte den Kellner herbei, und nachdem sie gezahlt hatten, lief sie den anderen voraus zur Kathedrale. Sie kaufte mehrere Deckchen, um sie Mia, ihrer Mutter und ihrer Großmutter zu schenken.

Während sie danach durch die mittelalterlich geprägten malerischen Gässchen der Altstadt wanderten, kauften sie alle Silberschmuck mit keltischen Mustern. Natürlich konnte auch keiner von ihnen der Versuchung widerstehen, Keramikschalen und typisch bretonische Frühstückstassen zu kaufen.

Es war bereits Nachmittag, als Falko den Vorschlag machte, noch was für das Abendessen zu besorgen, und Samir lotste sie zu der Markthalle Halles Saint-François. In dem riesigen Gebäude, dessen Architektur an ein kieloben liegendes Schiff erinnerte, deckten sie sich mit frischem Brot, Käse, Wein, Obst und Gemüse ein.

Nachdem sie mit vielen Einkaufstaschen bepackt zurück zum Wagen spaziert waren, steuerte Samir den Peugeot stadtauswärts.

„Morgen kommen wir wieder hierher zurück – wir zum Flughafen, ihr zum Bahnhof –, und dann ist alles vorbei." Falkos Stimme klang nachdenklich. Er saß mit Greta auf der Rückbank, sie hatte den Kopf an seine Schulter gelehnt. Banou hatte es sich vorne auf Camilles Schoß gemütlich gemacht.

„Ja, diese Woche ist nur so dahingeflogen", murmelte Camille und dachte an ihren ersten Tag zurück, als sie dieselbe Strecke genommen hatten.

„Haben wir überhaupt schon eine Tagesaufgabe von Niklas und Mia bekommen?" Greta sprach langsam, sie schien kurz vorm Einschlafen zu sein.

„Das werden wir gleich sehen." Camille zog ihr Handy aus der Tasche zwischen ihren Füßen hervor und sah, dass sie eine WhatsApp von Mia bekommen hatte. Sie klickte sie an. „Mia hat eine Sprachnachricht geschickt. Achtung, ich öffne sie."

Aus dem Smartphone erklang Mias Stimme. „So, ihr Lieben, heute gibt es natürlich auch wieder eine kleine Aufgabe für euch. Da wir die Ergebnisse der ersten paar

Tage am spannendsten gefunden haben, haben Niklas und ich uns überlegt, dass wir wieder etwas von euch verlangen, das euch die Augen öffnen könnte. Es ist zu schade, dass ich nicht dabei sein werde. Gestern und vorgestern hattet ihr ja Pflichten für uns zu erfüllen. Ich sage nur Blindekuss und Kitesurfing. Und in den Tagen davor ging es eher um – na ja, die Wahrheit. Pflicht und Wahrheit, Wahrheit und Pflicht, woran erinnert euch das, na? Genau! Heute spielt ihr Wahrheit oder Pflicht, und jeder von euch achtet darauf, dass keiner schummelt. Ach, wirklich zu schade, dass ich nicht dabei sein werde. Ich wünsche euch noch einen wundervollen letzten Tag am Ende der Welt und ich bin jetzt schon total gespannt auf eure Fotos und Berichte. Wir müssen uns unbedingt bald alle treffen. In Metz oder Saarbrücken oder Aachen. Was meint ihr? Aber zunächst einmal stellt ihr euch unserer letzten Aufgabe und spielt das Spiel. Bis dann, ihr Lieben ... und für morgen eine gute Heimreise!"

Samir lachte leise, während Camille gespielt theatralisch seufzte. „Na ja", meinte sie dann. „Das bekommen wir auch noch hin, oder?"

„Ja klar! Ich liebe dieses Spiel", klang Gretas Stimme, nun wieder hellwach, von hinten.

„Sollen wir Eglantine und Erwann auch einladen?", fragte Camille nach einer plötzlichen Eingebung. „Wir haben sowieso viel zu viel Essen eingekauft."

Samir warf ihr einen Blick von der Seite zu. „Das ist eine super Idee."

Kapitel 18

Eglantine freute sich, als Camilles Anruf sie erreichte, und versprach, dass sie pünktlich zum Abendessen da sein werde.

„Soll ich Erwann Bescheid geben? Ich bin gerade in seinem Haus und er wird bald von der Arbeit nach Hause kommen. Moment, was hast du gesagt?" Camille begriff, dass die letzte Frage nicht ihr galt, und wartete geduldig, während sie im Hintergrund die Stimme einer Frau leise sprechen hören konnte. War das Mailys? Hatte Eglantine den heutigen Tag genutzt, um sich mit ihrer Freundin auszusprechen?

„Richtig, er ist nicht auf der Arbeit, sondern zum Fischen rausgefahren. Aber er wird bald zurück sein. Mailys, ist es okay für dich, wenn ich Erwann heute Abend nach La Madeleine entführe? Es ist der letzte Tag meiner Urlaubsgäste und sie haben uns beide eingeladen." Einen Moment später sagte sie: „Du bist ein Schatz, danke! Camille, wir werden zwischen sieben und halb acht da sein. Wir wissen ja, dass ihr Deutschen immer zeitig essen müsst." Camille hörte ihr gelöstes Lachen noch, als sie auflegte.

An diesem ersten Septembertag zeigte sich La Madeleine noch einmal von seiner sonnigsten Seite. Die warme Abendluft duftete nach Freiheit und die Grillen und die Vögel sangen um die Wette. Gemeinsam richteten sie das Essen her und deckten den Gartentisch, stellten Windlichter mit Kerzen darauf und legten Wolldecken parat, für den Fall, dass es später kühl wurde.

„Camille, würdest du mir deinen Laptop leihen?", fragte Samir, nachdem sie den Tisch fertig gedeckt hatten und in der Küche den Wein dekantierten.

Sie sah ihn fragend an. „Ja", meinte sie zögernd. „Was hast du denn damit vor?"

„Ich möchte ein paar Mails beantworten, und das ist mit dem Smartphone so umständlich."

„Mein Notebook liegt auf der Couch, aber es muss geladen werden, der Akku ist fast leer."

Samir bedankte sich und ging zur Sofaecke, wo er ihren PC zuerst ans Stromnetz anschloss, dann auf dem Couchtisch öffnete und damit zu arbeiten begann. Als Camille mit dem Wein nach draußen ging, sah sie, dass er bereits eifrig tippte.

„Wollen wir das Obst als Nachspeise vorbereiten?", fragte Greta, die ihr entgegenkam. „Wir können morgen gar nicht alles mit auf die Reise nehmen, was wir noch dahaben."

Und so zauberten die beiden eine riesige Schüssel Obstsalat, während Falko im Garten noch zwei Stühle für Eglantine und Erwann mit Polstern versah und auf den Mauervorsprüngen weitere Kerzen aufstellte. Es war nahezu windstill, sodass die Kerzen vermutlich sogar ohne schützende Hülle brennen würden.

Falko kam in die Küche und stibitzte eine Handvoll Beeren von der Arbeitsplatte. „Das wird ein schöner Abend. Vielleicht sehen wir sogar ein paar Sternschnuppen." Er legte seine Arme um Gretas Taille.

Camille freute sich darüber, dass sie beim Wort Sternschnuppen zwar eine nervöse Regung spürte, sich aber sofort wieder entspannen konnte. „Dann könnten wir uns alle etwas wünschen", sagte sie.

„Zum Beispiel, dass wir nächstes Jahr wieder hierher zurückkommen", meinte Greta und lächelte Falko an.

Nachdem sie das Essen und den Garten fertig vorbereitet hatten, setzten sich alle um den Tisch und unterhielten sich, bis sie pünktlich um sieben Uhr ein Auto vorfahren hörten. Samir sprang auf und lief durch das Haus, um die Tür zu öffnen, und kurze Zeit später traten Eglantine und Erwann nach hinten in den Garten. Sie trug ein langes kiwigrün- und petrolfarbenes Leinenkleid, das schlicht geschnitten und dessen Rock mit einem großen ethnischen Muster bestickt war.

Camille betrachtete sie forschend, um zu sehen, ob sie in den Gesichtern der beiden Auswirkungen eines klärenden Gesprächs erkennen konnte. Eglantine wirkte strahlend, wie auf dem einen Foto in ihrem Haus, das Camille so mochte und auf dem ihre Augen blitzten. Heute Abend lachte Eglantine sogar noch bereitwilliger als sonst. Erwann dagegen sah aus wie immer. Camille konnte keine Hinweise darauf entdecken, dass sich an ihm etwas verändert hätte. Wusste er womöglich nicht mal, dass Eglantine sich mit Mailys ausgesprochen hatte? Aber er musste die beiden Frauen doch gemeinsam angetroffen haben, als er vom Fischen zurückgekommen war ...

Bei den Begrüßungsbises sah Eglantine Camille einen Moment länger als nötig in die Augen. Lächelnd sagte sie dann: „Erwann hat sich mit Duschen beeilt, nachdem Mailys ihm sagte, dass ich ihn abholen komme. Sonst wären wir noch nicht da." Hieß das, dass

Eglantine gar nicht im Haus auf ihn gewartet, sondern vorher noch mal zu sich nach Hause gefahren war?

Es spielte keine Rolle, sagte Camille sich dann. Wichtig war allein, dass sie sich mit Mailys ausgesprochen zu haben schien. Eglantine sagte nichts, das darauf hindeutete, nickte Camille aber in einem unbeobachteten Moment zu.

Sie ließen sich Zeit beim Essen. Der Abend hielt, was er versprochen hatte. Es war noch lange hell, die Grillen zirpten auch dann noch, als die Vögel nach und nach ihre Lieder einstellten. Erwann und Eglantine erzählten noch einiges über die Region, sodass Camille schließlich feststellte, dass sie viel zu viele Dinge noch gar nicht gesehen hatten.

„Nächstes Jahr ist das Häuschen renoviert", Eglantine zwinkerte. „Dann regnet es nicht mehr herein, die Küche wird erneuert sein – nun, zum Teil. Nur die Geräte, genauer gesagt. Wahrscheinlich werde ich im Herbst auch einen anderen Ofen einbauen lassen. Der Kugelofen ist einfach zu gefährlich, man verbrennt sich so leicht daran." Sie beugte sich vor, griff nach einer Olive und lehnte sich wieder zurück. Ein Schimmer der Kerze, die ihr am nächsten stand, ließ ihre Augen hellgrün erstrahlen. „Jedenfalls würde ich mich freuen, wenn ihr wieder herkommen möchtet." Lächelnd schob sie sich die Olive in den Mund. „Nicht alle Gäste sind so angenehm."

„Auch wenn ihr einen etwas schwierigen Start hattet", schob Erwann hinterher. Er hatte die Füße weit unter den Tisch gestreckt und die Rückenlehne seines Gartenstuhls leicht nach hinten verstellt. „Wenn der eine Sommer so viele Unwetter hatte, wird der nächste meistens wieder schön. Aber ich denke, ihr seid hier gut aufgehoben gewesen, nicht?“

„Absolut. Es ist ein Traumhaus. Also, ich bin dabei. Sollen wir sofort einen Termin heraussuchen?“, schlug Falko vor.

„Gute Idee. Nehmen wir die erste Septemberwoche? Passt das bei dir auch, Samir?“ Greta hatte ihr Smartphone herausgezogen und wischte auf dem Bildschirm herum. Vermutlich blätterte sie in ihrem Kalender.

Samir, der aufgestanden war, um die Teller zusammenzustellen, nickte. „Ja, ich bin dabei. Und du, Camille? Willst du?“

Camille erhob sich ebenfalls, um ihm zur Hand zu gehen, und grinste. „Ja, ich will.“

Samir belohnte sie mit einem leisen Grunzen für ihre Formulierung.

Sie trugen die Sachen nach drinnen und räumten sie gemeinsam weg. Dann berührte Samir Camille am Arm.

„Bevor wir wieder rausgehen, möchte ich dich noch etwas fragen.“ Er sah sie mit ernster Miene an.

„Ja?“ Irgendwie machte seine Ankündigung ihr Angst. Hinter Samirs Stirn schien es zu arbeiten. Camille beobachtete ihn unentwegt. Fast wirkte es, als kämpfe er mit sich, und als er schließlich sprach, war Camille sich nicht sicher, ob es das war, was er wirklich hatte sagen wollen.

„Ich habe noch mal nachgedacht. Bei unserem Spiel heute könnte es wieder ans Eingemachte gehen. Du hast mir einiges anvertraut, das sehr persönlich ist.“

„Aber du mir auch, Samir.“

„Das stimmt." Er sah zur Seite. „Aber bei mir ist es ... leichter, würde ich sagen. Alles ist schon eine Weile her und ich hatte Zeit, mit den Dingen klarzukommen, die mich belasten."

Camille runzelte die Stirn. „Ich weiß ehrlich nicht, worauf du hinauswillst. Mach dir doch bitte keine Sorgen um mich. Ich bin schon groß, weißt du?" Sie deutete ein Kopfschütteln an. „Das ist ein schöner Abend, also ... zerrede ihn nicht. Okay?"

Samir stutzte, dann lachte er. „Du hast recht. Ich weiß auch nicht, was ich eigentlich wollte." Damit holte er die letzte Weinflasche, um sie zu entkorken. Camille sah ihm eine Weile zu, dann ging sie wieder nach draußen. Sie hatte das Gefühl, dass Samir eigentlich auf etwas Bestimmtes hatte anspielen wollen, aber warum hatte er es dann nicht einfach gesagt?

Wenige Minuten später kam Samir heraus und setzte sich wieder zu ihnen. „Unsere letzte Aufgabe heißt: Wahrheit oder Pflicht. Wer fängt an?"

„Wir fangen an mit ...", sagte Greta und sah sie alle der Reihe nach an. „Camille, du sitzt auf zwölf Uhr. Traust du dich als Erste?"

Camille zog die Brauen hoch. „Na gut. Was muss ich tun?"

„Du musst zuerst entscheiden, ob du Wahrheit oder Pflicht wählen möchtest", erklärte Samir. „Wenn du Wahrheit wählst, musst du die Frage ehrlich beantworten, die einer von uns dir stellt. Bei Pflicht musst du eine Aufgabe erfüllen."

„Okay, dann ...", sie dachte einen Moment nach. „Ich bin mutig. Wahrheit." Sie sah sich am Tisch um. „Und wer stellt mir die Frage?"

Falko legte eine kleine leere Wasserflasche in die freigeräumte Tischmitte. „Bitte sehr, einfach drehen." Er lächelte sie breit an.

Camille beugte sich vor und drehte die Flasche. Als sie liegen blieb, wies der Hals auf Samir. Dieser wackelte mit den Brauen und grunzte wie am Nachmittag, als sie ihn mit dem Teufel verglichen hatte, dann stellte er seine Frage.

„Was ist deine geheimste dunkle Fantasie?"

Falko lachte. „Das interessiert mich auch, Camille. Lass hören."

„Hm, dunkle Fantasie?" Sie zog die Nase kraus. „So was habe ich gar nicht."

„Ach, komm, ma chère", meinte Eglantine. „Da muss es doch etwas geben. Wolltest du nie jemanden quälen oder hast ihm den Tod gewünscht?"

„Ach so, doch, ja. Ich habe mir mal ausgemalt, dass ich jemandem ganz gezielt eine Spritze mit Noroviren verabreiche."

Greta lachte schallend auf. „So was habe ich mir auch schon ausgemalt, allerdings mit einer Ladung Pestbazillen. Danach müsste man denjenigen nur wegsperren, damit er niemanden ansteckt."

„Das war ja leicht", sagte Camille. „Und jetzt darf ich eine Frage stellen, richtig? Ähm, ich drehe einfach noch mal." Sie wartete keine Antwort ab, sondern ließ die Flasche wieder tanzen. Dieses Mal wies sie auf Falko. Camille nickte ihm zu. „Du bist dran. Wahrheit oder Pflicht?"

„Hm, da du Wahrheit hattest, entscheide ich mich jetzt mal für Pflicht."

Camille betrachtete Falkos durchtrainierten Körper, dann sah sie ihm in die Augen und kicherte. „Benimm dich zwei Minuten lang wie ein Huhn."

Falko sah mit eigenartig ruckartigen Kopfbewegungen von einem zum anderen und verdrehte dabei die Augen, bis er ganz fremd aussah. Dann ließ er mit fast geschlossenen Lippen einen hellen kehligen Laut aus seinem Mund dringen, und plötzlich ließ er sich vom Stuhl auf die Wiese fallen, winkelte die Arme an und machte in der Hocke einige Schritte, bewegte die Arme wie Stummelflügel und erzeugte immer weiter diese kehligen Laute. Er watschelte um den Tisch herum, und Banou, die auf der Wiese gelegen hatte, sprang auf und galoppierte bellend auf Falko zu, tänzelte um ihn herum und stupste ihn immer wieder auffordernd mit der Schnauze an. Falko konnte sich nicht mehr halten, fiel zur Seite und lachte lauthals.

Banou sprang noch immer um ihn herum und forderte ihn zum Spielen auf, indem sie ihn mit ihrer Schnauze anstupste, die Vorderbeine in die Erde stemmte, um dann wie ein Kind, das Gespenst spielt und drohend die Arme erhebt, auf die Hinterbeine zu steigen. Die Bewegungen ihres muskulösen und gedrungenen Körpers sahen dabei so lustig aus und ihre helle Stimme, die sich um ein drohendes Knurren zu bemühen schien, wirkte so witzig, dass sie alle in Falkos Lachen mit einstimmten.

„Wenn du mal nicht mehr weißt, was du machen sollst, kannst du Tierimitator werden." Erwann wischte sich eine Träne aus dem Augenwinkel.

Falko setzte sich wieder und ließ die Flasche rotieren. „Greta –"

„Ich nehme Pflicht!", rief sie, noch bevor er sie danach gefragt hatte.

„Tausche deine Klamotten mit dem Spieler links von dir."

„Links von mir? Das bist du, Samir! Das wird ein Spaß." Sie lachte lauthals und zog das lockere Hängerkleid über den Kopf, das sie angezogen hatte, nachdem sie von ihrem Ausflug nach Hause gekommen waren. Sie stand im Bikini da und zeigte keine Anzeichen von Scheu. Camille war froh, dass diese Aufgabe nicht sie getroffen hatte. Ihr wäre es peinlich, sich vor den anderen auszuziehen.

„Als hätte ich es geahnt", sagte Greta und hielt Samir das Hängerchen hin. „Das ist weit geschnitten. Was anderes von meinen Sachen würde dir wohl kaum passen."

Samir stand ebenfalls auf und schlüpfte rasch aus den Bermudashorts mit Gummibund und dem schlichten T-Shirt, um beides Greta zu reichen. Er trug eine karierte Panty darunter. Lachend warf er sich das Kleid über, doch bevor er beide Arme durch die Schlaufen geschoben hatte, hielt er inne. „Sorry, aber es geht nicht. Meine Schultern sind zu breit für diese Träger."

Greta zog gerade seine Bermudas hoch und hielt sie vor dem Bauch fest. „Die passen mir auch nicht. Die fallen herunter. Also, was machen wir?"

„Ich denke mir eine andere Pflicht aus", erklärte Falko. „Beschreibe die Macken und Vorzüge der

Person, die …", er blickte in die Runde, „dir gegenübersitzt."

Greta und Samir wechselten ihre Kleider wieder zurück und setzten sich hin.

„Mir gegenüber, das sind Sie, Erwann." Greta lächelte. „Ich kenne Sie ja kaum. Da muss ich mir wohl was aus den Fingern saugen."

„Da bin ich gespannt." Erwann verschränkte die Arme vor der Brust. „Samir, du musst übersetzen." Grinsend sah er Greta an.

„Warten Sie, Sie waren heute zum Fischen … also: Sie stinken immer nach Fisch, außerdem sind Sie dauernd auf Achse, auch an den freien Tagen."

„Da ist was dran", sagte Erwann, nachdem Samir ihm erklärt hatte, was ‚auf Achse' bedeutete.

„Und Sie lassen Ihre Frau viel zu oft alleine."

Eglantine zog die Brauen hoch und sah gespannt zu Erwann, doch der reagierte nicht verärgert, sondern nickte lachend. „Stimmt genau. Und nun die Vorzüge?"

„Sie gehen gern zum Fischen und bringen deshalb öfter frischen Fisch mit nach Hause. Und Sie verwöhnen Ihre Frau und Ihre Freunde oft mit Meeresfrüchten."

Erwann lachte. „Ja, das stimmt auch. Und ich bereite den Fisch auch selbst zu. Mailys liebt Fisch."

„Okay", Greta ließ die Flasche tanzen. „Jetzt Samir. Wahrheit oder Pflicht?"

„Wahrheit."

Greta klatschte in die Hände, sie freute sich offenbar über Samirs Wahl. „Diese Frage stelle ich bei jedem Spiel. Also, Samir, wenn du zwei Wünsche frei hättest, die nach vierundzwanzig Stunden wieder verschwinden würden, was wäre das?"

„Ich würde mir wünschen, tot zu sein und Claire zu treffen."

Camille spürte, wie sich ihr Magen zusammenzog. Auch die anderen schwiegen einen Moment, dann nickte Erwann und atmete tief durch. „Das verstehe ich. Aber es ist erst ein Wunsch, was ist mit dem zweiten?"

„Ich wünschte, dass Claire für einen Tag zurückkäme. Um ihr all die Dinge zu sagen, die ich nicht mehr sagen konnte."

Camille lächelte Samir zu und nickte. Tränen brannten in ihren Augen. Das Herz floss ihr über vor Mitgefühl.

„Es wäre zu schön, wenn das möglich wäre", sagte Samir leise. Dann straffte er die Schultern und nahm die Flasche, um sie zu drehen. „Okay, Eglantine, jetzt Sie. Wahrheit oder Pflicht?" Sein Lächeln wirkte gefestigt.

„Wahrheit."

„Was ist das Peinlichste, das Ihnen je passiert ist?"

Eglantine legte den Kopf in den Nacken und atmete tief ein und aus. „Das Peinlichste? Das ist schon eine Ewigkeit her. Ich war auf einer Party und tanzte mit einem Jungen, in den ich schon viele Jahre verliebt war." Sie vermied es, zu Erwann zu blicken, doch Camille sah, wie dessen Gesichtszüge weich wurden. Ob sie von jenem Ball sprach, an dem sie mit Erwann getanzt hatte? Eglantine fixierte Camilles Blick, bevor sie weitersprach. „Wir haben beim Tanzen wunderbar harmoniert, und am Ende gab er mir einen Kuss. Es war ein sehr inniger Kuss und ich schwebte im siebten Himmel. Aber dann, nicht viel später, fand ich heraus, dass dieser Junge schon längst vergeben war. Und er hatte nicht vor, sie zu verlassen. Der peinlichste Moment meines Lebens war der, in dem ich das erkannte."

„Das kann ich verstehen", sagte Greta. „Ein Albtraum."

Eglantine winkte ab. „Aber wie gesagt, das war vor sehr, sehr langer Zeit." Sie warf einen kurzen Seitenblick auf Erwann, der sein Weinglas schwenkte und die Bewegungen der tiefroten Flüssigkeit betrachtete. Die Sonne war inzwischen untergegangen, und eine der Kerzen auf dem Tisch ließ den Wein wie einen Rubin leuchten. Ein Grinsen legte sich auf Eglantines Züge, als sie weitersprach. „Ich war noch ein Kind. Mir war damals nicht klar, dass man seinen eigenen Vater nicht heiraten kann. Zum Glück hat Maman mir den Kuss nie übelgenommen."

Erwann brach in ein kerniges Lachen aus, dann nahm er einen Schluck Wein. Eglantine drehte die Flasche, und als sie auf Erwann zeigte, war Camille sich nicht ganz sicher, ob die Französin ihr ganz gezielt nur einen geringen Schubs gegeben hatte, damit sie so lieben blieb.

Erwann sah zuerst auf die Flasche und dann gespannt zu seiner Freundin. „Jetzt bin ich dran. Ich wähle Pflicht."

Eglantine blickte ihm tief in die Augen und sagte lange nichts. Erwann erwiderte ihren Blick, und bald hatte Camille den Eindruck, dass zwischen den beiden eine Kommunikation ohne Worte stattfand. Sie schienen plötzlich in eine Art Schutzfeld gehüllt, das sie alles und jeden um sich herum vergessen zu lassen schien. Schließlich sagte Eglantine mit leiser, doch klarer Stimme: „Küsse die Person, die rechts neben dir sitzt." Sie reckte das Kinn.

Erwann zog die Brauen hoch, dann beugte er sich zu ihr. Er legte den Kopf leicht schief, näherte sich ihr und küsste sie. Es war kein Küsschen auf die Wange, sondern er legte seine Lippen auf ihre. Und er ließ sich Zeit. Seine Arme wanderten wie von selbst um ihren Oberkörper, er zog sie so nah zu sich heran, wie die Armlehnen der Stühle es zuließen. Der Kuss dehnte sich aus, Eglantine versank sichtlich darin, während Erwann die Führung übernahm. Camille schluckte. Ein Seitenblick zeigte ihr, dass auch Falko, Greta und Samir erkannten, was sich vor ihren Augen gerade abspielte: ein Kuss voller Liebe und Hingabe.

Eine ganze Weile später ließ Erwann Eglantine wieder los und sah in die Runde. „Dieses Spiel gefällt mir", sagte er. Zu Eglantine gewandt zog er die Schultern hoch, wie um sich zu entschuldigen. „Das war Pflicht, ich konnte mich da nicht einfach herausmogeln."

Sie lächelte schweigend.

„Es war nur ein Kuss", sagte Falko. „Und ja, es war Pflicht."

Erwann lachte kurz auf, griff nach der Flasche und hielt sie in Position. „Spielen wir weiter?"

Schon drehte die Flasche sich und blieb mit dem Hals zu Camilles Platz liegen. Camille wackelte mit dem Kopf. „Okay. Diesmal nehme ich Pflicht."

Erwann lachte. „Sie wissen ja, dass Sie mich nicht küssen müssen, das hatten wir ja gerade erst."

Camille kicherte. „Ich würde Sie sofort küssen, Erwann."

Er zwinkerte, die Lachfältchen neben seinen Augen gruben sich tief ein. „Trop gentille, ma chère. Aber ich habe eine andere Aufgabe für Sie: Sie werden für uns singen."

„Singen?", quiekte Camille.

Greta klatschte in die Hände. „Kate Nash: *I hate seagulls!* Ich will das von dir hören, Camille, unbedingt! Du hast mir schon so oft von diesem Song vorgeschwärmt." Sie setzte sich aufrecht hin. „Kann man mit deinem Laptop Karaoke einstellen? Warte, ich geh ihn holen." Sie sprang auf, sprintete zum Häuschen und kam nur wenige Momente später mit dem Notebook zurück.

Camille bedeckte ihr Gesicht mit beiden Händen. „Nein, Karaoke kann man nicht einstellen."

„Samir?", fragte Greta und reichte ihm den Computer.

„Ich kann auf jeden Fall nach einer Instrumentalversion suchen", erklärte dieser, klappte den Laptop auf und tippte auf der Tastatur herum. „Wir haben hier Netz."

„Nein, Leute, bitte! Ich singe euch ‚Hänschen klein' vor." Camille hatte Angst, vor anderen zu singen. Das Lied, das Greta genannt hatte, war ein sehr intensiver Song, den man als Liebeslied auffassen konnte. Wie oft hatte Camille ihn im Auto mitgesungen? Und immer, jedes verdammte Mal, war ihr spätestens beim zweiten Refrain Samir in den Sinn gekommen, obwohl sie ihn doch seit so vielen Jahren nicht mehr gesehen hatte.

„Bist du textsicher?", fragte Samir. „Ich habe eine Instrumentalversion gefunden."

„Nein", wollte Camille lügen, doch Greta übertönte sie.

„Und ob sie den Text kann. In- und auswendig, das weiß ich zufällig ganz genau. Das hast du mir nämlich bei einer unserer Pyjamapartys in Saarbrücken erzählt." Sie lächelte Camille herzlich an. „Na los, sing es für mich."

„Bereit?", fragte Samir.

Camille griff ihr Weinglas und kippte den Rest in einem Zug hinunter. „Aus der Nummer komme ich nicht raus, oder?"

„Nein, meine Liebe, du machst das jetzt." Eglantine nickte mit hochgezogenen Brauen in Camilles Richtung. „Ich verstehe zwar nicht, warum man Möwen hasst, aber ich bin sehr gespannt auf deine Interpretation. Eine meiner Töchter mag Kate Nash."

„Es ist ein sehr ruhiger Song. Und der ist verdammt schwer zu singen. Wenn meine Stimme versagt, seid nachsichtig."

„Aber natürlich. Es ist nur ein Spiel, Camille." Samirs Augen wirkten dunkel, als er sie über den Tisch hinweg ansah. „Ich starte es jetzt."

Die unverwechselbaren ersten Töne der Gitarre erklangen zitternd und Camille setzte ein. Sie schloss die Augen und intonierte Kate Nashs schlichten, auf unprätentiöse Art zu Herzen gehenden Text. Der erste Teil des Songs zählte auf, was die Sängerin alles nicht mochte: Möwen, sich den Finger verbrennen, hinfallen, sich das Knie aufschlagen, die Kruste zu früh ablösen, jemandem Pommes servieren, ohne dass derjenige auch nur Danke sagte, und ähnliche alltägliche Dinge. Dann wendete sich der Inhalt des Lieds und sie sang davon, dass sie einen Freund hätte, mit dem sie jede Sekunde verbringen möchte. Camille sang, dass sie gerne immer wissen wolle, was in seinem Kopf vor sich ginge, dass sie gerne in seinem Bett schlafe, dass sie ihn zu oft zu lange Zeit nicht sehen könne, und dass er dann wieder da wäre – und alles wäre gut. „Und ich finde nicht die Worte, es einzigartig klingen zu lassen, aber du machst mich stark. Ich kann nicht glauben, jemanden wie dich gefunden zu haben. Ich hoffe, wir machen immer so weiter, denn du bist toll und ich liebe dich." Camilles Stimme klang am Anfang noch dünn und unsicher, aber sie festigte sich. Es war ein leises Lied, und doch fiel jedes Wort für sich ins Gewicht.

Als die Töne verklangen, öffnete sie die Augen und spürte plötzliche Wärme in ihrer Brust. Sie hatte es geschafft. Und sie sah in den Blicken der anderen, dass sie sie mit dem Lied erreicht hatte. Eglantine und Erwann lächelten und sahen glücklich aus. Greta hatte Falkos Hand genommen, die beiden saßen mit den Oberkörpern aneinandergeschmiegt da. Und Samir betrachtete Camille auf eine Weise, die sie nicht deuten konnte. Das flackernde Kerzenlicht zauberte Reflexe in seine Augen, die trotz der Dunkelheit, die um sie herum herrschte, einmal mehr ozeanblau leuchteten. Er sah sie an, als erkenne er eine neue Seite an ihr, und er wirkte nachdenklich.

„Wunderschön", sagte er schließlich.

„Her mit der Flasche", erklärte Camille, um die eigenartige Stille zu durchbrechen, die sich ausgebreitet hatte. Rasch ließ sie sie tanzen. „Schon wieder Falko! Wahrheit oder Pflicht?"

Er reagierte nicht sogleich, sondern lächelte noch immer Greta an.

Camille rieb sich die Nase. „Du hattest vorhin Pflicht. Wie wäre es jetzt mit Wahrheit?", sagte sie dann.

„Na gut. Lass hören."

„Was war der größte Fehler, den du je begangen hast?"

„Oh je, wo fange ich an?", sagte der blonde Hüne feixend. „Ich habe meinen Schwestern Seifenblasen geschenkt, als sie noch zu klein waren, und sie haben sie versucht zu trinken. Böser Fehler, ganz böser Fehler. Das hat mir unsere Mutter damals klargemacht. Oh, und ich habe in der Oberstufe Sport nur als Grundkurs belegt. Das war so was von dumm, ich habe es zwei Jahre lang bereut. Dann habe ich mich entschieden, Sport zu studieren, aber in München."

„Und wo lag da der Fehler?", wollte Greta wissen.

„Na ja, München! Weißt du, wie lange ich gebraucht habe, bis ich die Professoren verstanden habe? Und meine eigene Muttersprache musste ich von da an verleugnen."

„Ah, ich verstehe, es geht um die Dialekte, n'est-ce pas?", warf Erwann ein. „Da musstest du dich auch anpassen, Eglantine, nicht?"

„Allerdings", kam es trocken von der Bretonin. „Die Pariser lieben zwar die Bretagne, aber wenn du deinen Akzent zu erkennen gibst, halten sie dich sofort für ungebildet. Oder weniger feingeistig."

„Hm", meinte Falko. „Ich muss zugeben, dass ich mich in den letzten Tagen auch gefragt habe, ob die Wahl meines Studienfachs letzten Endes nicht ein Fehler war. Aber ich glaube inzwischen, dass das nicht der Fall ist. Ich kann ohne den Sport nicht leben. Und was wäre klüger, als aus seiner Leidenschaft einen Blumenladen zu machen?" Er sah Greta an und griff nach ihrer Hand. „Ich meine natürlich, seinen Beruf zu machen."

„Habe schon verstanden", meinte diese und lachte hell. „Das ist die Gelegenheit, euch etwas zu verraten. Mia hat mir gestern eine Mail geschickt, in der es um den Laden geht, in dem sie arbeitet. Die Chefin will ja aufhören und hat vor, das Geschäft zu schließen."

„Warum denn schließen?", fragte Camille erschrocken. „Mia kann ihn doch übernehmen. War es nicht so ausgemacht?"

„Da gibt es noch eine Neuigkeit, die Mia mir anvertraut hat. Eigentlich ist es noch zu früh, um es herauszuposaunen, aber wegen des Ladens muss eine Entscheidung getroffen werden. Also hat Mia mir ausdrücklich die Erlaubnis gegeben, mit euch darüber zu sprechen, auch damit ich euren Rat einholen kann. Den brauche ich aber tatsächlich gar nicht, weil ich inzwischen sicher bin: Das ist die Lösung."

„Jetzt bin ich aber gespannt. Erzähl schon!"

„Mia ist schwanger."

„Nein, wirklich?", rief Camille aus.

„Niklas wird Papa?", fiel Falko mit in ihren Jubel ein.

„Ja, die beiden bekommen ein Kind. Es ist noch sehr früh, erst die achte Woche, aber jedenfalls bedeutet das, dass Mia im nächsten Frühjahr ihr Baby zur Welt bringt. Deshalb hat sie wegen der Neueröffnung des Blumenladens ein bisschen Bammel."

„Jetzt verstehe ich", meinte Camille. „Sie hat dich gefragt, ob du ...?"

„Ob wir es gemeinsam angehen wollen. Wir werden unseren gemeinsamen Blumenladen eröffnen! Der Laden läuft seit vielen Jahren gut, wir können den Kundenstamm mitnehmen und einige Erneuerungen einführen. Für mich wird damit ein heimlicher Traum wahr."

Camille stand auf und ging zu Greta, um sie zu umarmen. „Das ist einfach großartig, ich freue mich für dich!"

„Ja, es ist gerade alles so toll! Als ob Magie am Werk wäre. Aber bei euch doch auch irgendwie, oder? Ich meine, du hast mit dem Schreiben angefangen, Falko hat die Frau seines Lebens gefunden", sie sah ihn an und wackelte mit den Brauen, „mich! Ich habe vielleicht den Mann meines Lebens gefunden", sie unterbrach sich und lachte laut auf. „Aber jetzt lasst uns weiterspielen."

Falko drehte die Flasche und stellte Greta, die sich sofort für Wahrheit entschied, seine nächste Frage. „Wen aus unserer Runde hast du dir schon mal nackt vorgestellt?"

„Samir", sagte Greta ohne eine Sekunde des Zögerns. Dann blies sie die Wangen auf. „Ups, sorry! Aber ihr wolltet die Wahrheit."

Sogar im Dämmerlicht konnte Camille erkennen, dass sie feuerrot anlief, und musste grinsen. Na ja, sie selbst hatte sich sowohl Samir als auch Falko schon nackt vorgestellt, wenn auch nicht bis ins kleinste Detail.

Samir bekam etwas später zur Aufgabe, Eglantine einen romantischen Heiratsantrag zu machen, was er mit Bravour erledigte.

„Wenn ich nicht zu alt für dich wäre, würde ich sofort Ja sagen", hauchte Eglantine, um anschließend in ihr herzhaftes Lachen auszubrechen.

Eglantines Pflicht bestand darin, als gespaltene Persönlichkeit mit sich selbst zu streiten, was sie erschreckend authentisch hinbekam. Erwann musste die Frage beantworten, welches das gemeinste Gerücht war, das jemals über ihn im Umlauf gewesen sei, und nach langem Zögern gestand er schließlich, dass es das Gerücht war, er sei seiner Frau Mailys fremdgegangen.

Sie spielten das Spiel noch mehrere Runden, und je weiter die Stunde voranrückte, desto weniger wichtig war, wie genau sie es noch mit der Wahrheit nahmen. Gegen Mitternacht stand Erwann auf.

„Ich muss jetzt nach Hause. Mailys braucht mich. Es war ein schöner, witziger und auch interessanter Abend mit euch. Ich hoffe sehr, dass ihr nächstes Jahr wieder herkommt. Ich bin gespannt darauf, zu hören, wie es euch ergangen ist. Greta, dir wünsche ich für deinen Blumenladen viel Erfolg. Camille, dir wünsche ich, dass du für dein Erstlingswerk einen Verlag findest und noch viele Bücher schreiben wirst. Falko, dich stelle ich mir im Hörsaal vor, und ich wünsche dir, dass es die perfekte Ergänzung zu all deinen Sportarten sein wird. Und Samir, du solltest nicht alleine bleiben. Aber ich verstehe dich. Dir jedenfalls auch viel Erfolg für dein Unternehmen." Dann hielt er Eglantine seine Hand hin, als forderte er sie zum Tanz auf. „Kommst du mit mir?"

Sie ergriff seine Hand und stand lachend auf. „Ich bringe dich zu deiner Frau und deiner Hündin. Molly wird ebenfalls schon warten."

Erwann zog sie an sich und umarmte sie kurz. „Das ist sehr aufmerksam von dir."

Camille begleitete die beiden vor die Tür, wo Eglantines kleiner Renault stand. Eglantine öffnete die Beifahrertür und ließ Erwann einsteigen, nachdem dieser sich von Camille mit Bises verabschiedet hatte, dann schlug sie die Tür zu und drehte sich zu Camille. Sie zog sie in die Arme und drückte sie an sich. „Liebe Camille, ich habe dir so viel zu verdanken", flüsterte sie. „Heute habe ich meine Freundin zurückgewonnen. Es ist wie ein Traum. Erwann weiß nichts davon. Er kennt ja nicht die ganze Geschichte, und so soll es auch bleiben. Mailys ist unglaublich. Sie –", Eglantines Stimme kippte weg, sie räusperte sich. „Sie glaubt, sie wird nicht mehr lange leben. Und sie hat mir erlaubt, meine Liebe zu Erwann zuzulassen. Aber das werde ich nicht. Sie hat verdient, dass ihr Mann ganz der ihre bleibt."

Camille zog den Kopf ein Stück zurück, um in Eglantines Augen zu blicken. „Du bist eine großartige Frau, Eglantine!"

„Sind wir das nicht alle? Tust du nicht das Gleiche?"

„Nein, ich glaube nicht. Das mit Falko war wohl doch nur Verliebtheit. Ich denke, ich werde darüber hinwegkommen. Ich bin mir sogar sicher." Und in dieser Sekunde war sie das tatsächlich.

Erwann klopfte gegen die Scheibe und grinste nach oben.

„Es wird Zeit", sagte Eglantine und umarmte Camille noch einmal fest. „Ich hoffe, wir sehen uns im nächsten Jahr wieder. Und ich bin sehr gespannt, was du mir dann über Samir berichten wirst."

„Über Samir?"

„Ja. Oder er über dich. Oder ihr über euch." Sie küsste Camille noch einmal, lachte auf, ging um das Auto herum und stieg nach einem kurzen Winken in ihren Wagen.

Kapitel 19

Als Camille wieder ins Haus ging, hatten die anderen bereits die Kerzen und die restlichen Gläser hereingeholt, die Spülmaschine angeworfen und die Polster der Gartenmöbel in dem kleinen Verschlag verstaut, in den sie gehörten. Die Stühle waren zusammengeklappt und an die Rückwand des Hauses gestellt worden. Ein eigenartiges Gefühl breitete sich in Camille aus. „Nun ist es vorbei", sagte sie in den Raum hinein.

Greta, die gerade zum Badezimmer gehen wollte, blieb stehen. „Ja", sagte sie. „Aber nächstes Jahr kommen wir wieder her. Und wir haben noch eine Nacht." Sie beugte sich näher zu Camille und flüsterte. „Ich hoffe, ihr hört uns nicht, wenn wir ...?"

„Nein, keine Sorge, bis in das gegenüberliegende Zimmer haben wir euch nicht gehört. Ihr könnt diese Nacht genießen. Falko fliegt morgen nach München, oder?"

Gretas Miene trübte sich. „Ja. Wir werden erst mal eine Fernbeziehung führen. Aber das ist okay, wir bekommen das schon hin."

„Habt ihr nach der Sache gestern am Strand über alles offen und ehrlich gesprochen?"

„Du meinst meine Eifersucht? Ja, das haben wir. Wir werden beide darauf achten, dass sie uns nicht in den Weg kommt. Falko meinte, dass ich wegen meines Aussehens schließlich auch dauernd Männer anziehen würde wie Motten das Licht. Na ja", sie winkte ab, „ich kann damit umgehen und er wohl auch. Ich glaube, ich bin zum ersten Mal richtig verliebt. Er ist auch der jüngste Mann, den ich jemals hatte. Endlich mal jemand in meinem Alter. Und zum ersten Mal fühlt es sich rundum richtig an."

Camille zog sie in die Arme. „Das freut mich so für dich, Greta! Ich wünsche euch beiden alles Glück der Welt."

„Da ist noch etwas. Falko sagte, er hätte dich vor ein paar Tagen geküsst und er war sich nicht sicher, wie du das aufgefasst hättest." Sie verzog den Mund und sah sie mit entschuldigendem Blick an. „Ist da was dran? Haben wir uns wirklich beide wieder in denselben Mann verguckt?"

„Mach dir keine Gedanken. Ja, ich war einen Moment der Meinung, dass ich in ihn verknallt sei. Aber das hat sich gelegt. Wirklich. Ich mag ihn als Freund. Vertrau mir."

„Das tue ich." Greta umarmte sie ein zweites Mal. „Und jetzt muss ich ganz schnell aufs Klo." Sie kicherte und trippelte zur Toilette.

Falko und Samir hatten derweil mit wenigen gezielten Handgriffen das Wohnzimmer wieder in den ursprünglichen Zustand versetzt, um den Ofen herum gekehrt und die leeren Flaschen in einer großen Tasche zusammengestellt. Camille sah sich um. „Es ist ja alles schon wieder wie vorher."

„Ja", sagte Falko, der nun Greta zum Bad folgte, im Vorbeigehen. „Morgen brauchen wir nur noch unsere Klamotten in die Koffer zu schmeißen und dann geht es los. Ich freue mich jetzt schon aufs nächste Jahr!"

„Ich auch." Sie strahlte ihn an.

Samir war nach oben gegangen und stieg jetzt in seinen Schlafshorts wieder herunter. Camille genoss den Anblick, wie er mit seinen kräftigen Beinen die Holztreppe herunterging, die eine Hand am Geländer. Seine Haut war mittlerweile stark gebräunt, und der dunkle Pelz wirkte einmal mehr wie ein Samtüberzug auf seinen Armen und der Brust. Als Camilles Blick an dem dunklen Streifen unterhalb seines Nabels hängenblieb, sah sie beschämt zur Seite. Sie wollte nichts von Samir und er sollte sie nicht als aufdringlich empfinden.

Allerdings war er davon wohl weit entfernt, oder er hatte ihre Blicke gar nicht bemerkt. Er wirkte entspannt, als er neben sie trat. „Das war ein wirklich schöner letzter Abend, nicht? Und ich habe noch eine weitere Seite an meiner Freundin kennengelernt. Du hast eine schöne Stimme, Camille."

In diesem Moment kamen Greta und Falko aus dem Badezimmer und gingen nach oben, allen eine Gute Nacht wünschend. Camille stieg ebenfalls hoch ins Schlafzimmer, wo sie sich ihr Nachthemd überwarf. Während sie danach das Bad benutzte, ließ Samir ein letztes Mal Banou nach draußen. Die Terrassentür stand noch offen, als Camille das Bad verließ, und sie schlüpfte ebenfalls hinaus. Samir stand wie eine dunkle Statue vor dem Hintergrund der Bäume und des Nachthimmels mit dem großen Mond. Er hatte sich eine Decke über die Schultern gelegt. Zuneigung erfüllte sie. Er hörte ihre Schritte und drehte sich zu ihr um.

„Es ist eine verzauberte Welt, nicht? In einer solchen Nacht scheint es, als ob die Zeiten zusammenfließen würden und alles zugleich da ist. Die Gegenwart, die Vergangenheit und die Zukunft. Ich habe das Gefühl, dass Claire mir ganz nahe ist."

Camille trat zu ihm, er nahm ihre Hand. „Das ist sie auch", sagte sie. In derselben Sekunde zog ein heller Lichtstreif ihre Aufmerksamkeit auf sich.

„Eine Sternschnuppe", sagte Samir und drückte ihre Hand. „Sagt man bei euch auch, dass ein Kuss einen Sternschnuppenwunsch besiegelt?"

Camille blickte zu Samirs Augen, die sie im Dunkeln nur erahnen konnte, wodurch sie auch nicht in der Lage war, in seiner Miene zu lesen. „Ja, manche sagen das", stimmte sie dann zögernd zu.

„Dann wünsche dir jetzt etwas", sagte Samir und zog sie sanft in seine Arme. „Fertig?"

Widerstreitende Gefühle befielen Camille. Sie verstand nicht, was Samir dazu bewegte, sie küssen zu wollen, wo er doch gerade noch an die Liebe seines Lebens gedacht hatte. Noch weniger verstand sie, warum ein Teil von ihr sich den Kuss herbeisehnte. Hatte sie nicht entschieden, dass ihre Beziehung eine Freundschaft bleiben sollte? Warum strebte sie innerlich auf ihn zu und wischte den Impuls, sich aus seinen Armen zu lösen, einfach beiseite, während er sie noch immer hielt und auf ihre Antwort wartete?

All diese Gedanken bestürmten Camille, ohne dass sie die Fragen hätte beantworten können. Schließlich sammelte sie sich und lächelte. „Fertig."

Samir legte seine Lippen auf die ihren, und sie spürte seine Wärme, die Festigkeit seines Mundes und die Zartheit seiner Haut. Sie roch seinen ganz eigenen Duft.

Es war der Geruch, den sie seit ihrer Kindheit als Zuflucht empfunden hatte.

Der Kuss zog sich in die Länge, und ganz klar spürte Camille durch den dünnen Stoff ihres Nachthemdes seinen Körper an ihrem. Seine Wärme, seine Zärtlichkeit, seine pure Präsenz überlagerten alle Eindrücke, die andere Männer jemals in ihr hinterlassen hatten. Es war, als würde ihr Körper sich an Samir erinnern, genauso wie seiner sich an sie erinnerte. Als fänden sie zueinander wie ein Zwillingsgestirn.

Camille schmeckte seine Zunge, die mit ihrer einen behutsamen Tanz aufführte, der sie lockte und ihr Dinge versprach, die sie in dieser Sekunde jedoch nicht zu denken in der Lage war. Sie wusste nicht, wie lange dieser Kuss dauerte, sie spürte nur, dass sie angekommen war.

Samirs Hände wanderten in ihrem Rücken nach oben, seine Finger erreichten den Haaransatz in ihrem Nacken und tauchten zwischen ihre Locken. Die Berührung entlockte ihr ein Seufzen, sie hatte das Gefühl, in seinen Armen zu schmelzen. Unter ihren Fingern spürte sie die glatte Haut und die Muskeln seines Rückens, als er sie noch dichter an sich zog und die Decke von seinen Schultern herabfiel. Seine breite, feste Brust begegnete ihren weichen Brüsten, sein Bauch berührte den ihren, sie spürte seine Lenden an ihrer Mitte. Ein inniges Gefühl der Zugehörigkeit durchfloss sie. Ein Seufzer löste sich aus ihrem Mund, da wurden sie jäh unterbrochen.

Banou preschte heran und bellte, als würde sie die Geräusche, die sie beide machten, als Bedrohung empfinden.

Camille wich zurück und schlug sich die Hand auf den Mund. Wozu hatte sie sich hinreißen lassen? Und wie hatte Samir das zulassen können? Samir ließ bei ihrer erschrockenen Geste die Schultern sinken. Banou stand noch immer neben ihnen und bellte sie an.

„Still", zischte Samir schließlich, worauf der Hund endlich verstummte. „Camille", Samir griff nach ihrer Hand, doch ein innerer Impuls zwang sie, zurückzuweichen. Samir hatte an Claire gedacht, und sie hatte ihn unterbrochen. Dieser Kuss konnte nur aus einer Gefühlsverwirrung heraus passiert sein.

„Schon gut, Samir", sie zwang sich, die Worte auszusprechen. Auf keinen Fall wollte sie erleben, dass Samir sich für den Kuss entschuldigte, so wie Falko es vor wenigen Tagen getan hatte. „Ich werde jetzt schlafen gehen. Du wirst für immer ... ein Freund sein."

In dieser Sekunde war sie dankbar dafür, dass die Nacht ihr Gesicht im Dunkeln ließ, denn so konnte er nicht sehen, dass ihr eine Träne die Wange hinunterlief. Sie trat noch einen Schritt zurück, um seine Nähe nicht mehr zu spüren, um zu dem Gefühl zurückzufinden, das sie noch beim Hinaustreten in den Garten gehabt hatte.

Samir bückte sich nach der Decke. „Ich bleibe noch ein bisschen hier." Seine Stimme klang belegt. Wahrscheinlich bereute er seine Impulsivität. Sie hätte ihn gerne beruhigt, ihm klargemacht, dass sie doch beide wussten, wie es mit solchen Küssen war. Hatte er ihr nicht noch gestern erzählt, dass er schon einmal eine Frau geküsst hatte, mit der er nur gut befreundet gewesen war?

Dieser Kuss konnte doch einfach eine Besiegelung ihrer Freundschaft sein. Camille wollte Samir nicht wieder verlieren, nachdem sie ihn gerade erst zurückgewonnen hatte. Das alles wollte sie Samir sagen und ihm erklären, dass der Kuss einfach eine Geste ihrer Zuneigung war, aber dann kam doch nur ein leises „Gute Nacht" aus ihrem Mund, bevor sie sich hinein und nach oben flüchtete und ins Bett legte, peinlich berührt und durcheinander und vergeblich auf den Schlaf wartend.

Sie dämmerte immer nur oberflächlich weg und schrak auf, sobald verwirrende Träume ihr ein Leben mit Samir vorgaukelten. Es musste weit nach Mitternacht sein, als sie endlich doch in einen tiefen Schlaf sank. Wann Samir ins Bett ging, bekam sie nicht mit, und am nächsten Morgen war sie sich nicht einmal sicher, ob er überhaupt im selben Zimmer geschlafen hatte, denn als sie wie gerädert aus dem Bett kroch, war er längst auf den Beinen und hatte das letzte gemeinsame Frühstück für sie alle zubereitet. Ihren nächtlichen Kuss erwähnte er nicht, und als sie zur Heimreise aufbrachen, war sein Verhalten das eines guten Freundes.

Kapitel 20

Am nächsten Tag saßen Camille und Samir schon eine Zeit lang im Zug und entfernten sich immer weiter von der Bretagne und ihrem rauen Charme. Camille fühlte sich einigermaßen gut. Sie hatte die Gefühlsverwirrung der letzten Nacht erfolgreich verdrängt. Sie würde in wenigen Stunden in Saarbrücken ankommen, und nach einem gemeinsamen Abendessen mit der Familie würde sie endlich Zeit finden, um sich zu Hause, alleine, ihrem inneren Aufruhr zu stellen. Sie wollte ihre Gefühle sortieren und sich klarwerden, wie sie in Zukunft mit Samir umgehen wollte. Für den Moment war ihr Ziel, Haltung zu bewahren. Das war doch eine ihrer Stärken, die sie sich in langen Jahren antrainiert hatte – Haltung bewahren und so tun als ob. Sie zog Bilanz.

Es war eine wundervolle Woche gewesen, die sie durch all die Turbulenzen hindurch hatte genießen können. Sie fühlte sich bereichert durch das geheimnisvolle Land, das sie kennengelernt hatte, durch die beiden älteren Bretonen und ihre mitreißende Lebens- und Liebesgeschichte, aber auch durch die Erfahrung, loslassen zu können und ihren Freunden deren Glück von Herzen zu gönnen. Und nicht zuletzt hatte sie Samir wiedergefunden, den Freund aus ihrer Kindheit, dem sie vertrauen konnte.

Samir wirkte gut gelaunt, und sie hoffte, dass es ihr gelang, den gleichen Anschein zu wahren. Sie sahen sich gemeinsam die Fotos an, die sie mit ihren

Smartphones im Urlaub gemacht hatten, und überrascht bemerkte Camille, dass ihr häufigstes Motiv Samir war, während er am häufigsten sie fotografiert hatte.

Mit einem Lächeln sah sie ihn an und deutete auf sein Smartphone, das ein Foto von ihr zeigte, auf dem sie im T-Shirt am Strand saß und nach oben blinzelte. Ihre Locken wehten im Wind und ihre Augen strahlten hellgrau wie entfernte Schönwetterwolken an einem Sommerhimmel. „Irgendwann sollten wir die Fotos austauschen. Ich habe viele von dir, aber keines von mir selbst."

Er sah das Foto an, dann sie, und es schien, als wollte er etwas sagen, doch dann erhob er sich, steckte sein Smartphone ein, murmelte etwas von Speisewagen und lief den Gang entlang Richtung Abteilende.

Camille beschloss, ihre eigenen Fotos vom Handy auf den Laptop zu ziehen, damit sie sie ihrer Familie später präsentieren konnte, und zog ihr Notebook aus dem Rucksack, den sie unter dem Tischchen zwischen ihren Beinen abgestellt hatte. Sie streichelte Banou, die sie musterte, kurz über den Kopf und suchte dann das passende Verbindungskabel hervor.

Nachdem Camille den PC aufgeklappt und an der Steckdose zwischen den Sitzen angeschlossen hatte, wählte er sich sofort ins W-Lan-Netz ein. Auf dem Bildschirm sah sie, dass sie mehrere Mails erhalten hatte. Interessiert las sie die Namen der Absender, und dann spielte plötzlich ihr Herz verrückt. Es sprang und galoppierte in ihrer Brust, als sie die Mail anklickte und zu lesen begann.

Camille, ma chère amie,

vielleicht ist es dumm von mir, dir zu schreiben. Aber ich muss dauernd daran denken, wie du mir erzählt hast, dass du damals eine Mail an mich geschrieben und sie niemals abgeschickt hast. Deshalb mache ich es jetzt doch. Es ist Nacht, und ich sitze allein an dem dreieckigen Tisch, der uns in der letzten Woche so vertraut geworden ist, obwohl wir schon morgen, nein heute, wieder Abschied nehmen müssen. Ich habe mir dein Notebook ausgeliehen, damit ich dir schreiben kann.

Unser Kuss letzte Nacht war eine Katastrophe, oder? Ich fürchte, ich habe dich überfordert. Was bin ich doch für ein Idiot!

Dabei ist alles ganz einfach: Wir brauchen nur zu reden. ‚Nur‘ schreibe ich, obwohl ich es eben nicht getan habe. Ich habe mich nicht getraut. Ich habe selbst nicht verstanden, was mit mir passiert ist. In einer Sekunde dachte ich noch an Claire und glaubte, ihre Gegenwart zu spüren, und in der nächsten brachte ich dich dazu, dich von mir küssen zu lassen. Deine Reaktion kann ich daher nur zu gut verstehen. Du musst denken, ich hätte nur mit dir gespielt. Ich bin mir nicht sicher, ob das, was ich während unseres Kusses gefühlt habe, real ist. Deshalb schreibe ich dir jetzt. Vielleicht hilft mir das Aufschreiben auch, es endlich herauszufinden. Schließlich habe ich das auch während meiner Therapie nach Claires Tod getan, und es hat funktioniert.

Ich habe dir erzählt, weshalb ich damals von meinen Eltern weggegangen bin: Ich wollte mich von ihnen und von dem Leben, das ich bis dahin geführt hatte, distanzieren und kappte alles, was mich daran erinnerte. Auch dich.

Wie du weißt, begegnete ich Claire, und sie wurde alles für mich. Sie verdrängte mein bisheriges Leben aus meinem Kopf, auch das, was ich für dich empfunden hatte, und es ist mir nicht einmal aufgefallen. Aber du hast mir meine Ignoranz in unserem Gespräch vor ein paar Tagen ja bereits verziehen.

Dann wurde von einer Sekunde auf die andere mein gesamtes Leben unwichtig, denn nur noch Claires Krankheit und der Kampf gegen den Krebs haben gezählt. Danach kam die Trauer, und sie wird immer ein Teil meines Lebens bleiben.

Warum schreibe ich dir das alles, Camille? Vielleicht ahnst du es längst. Ich war so blind!

Als ich dich vor einer Woche wiedergesehen habe, war ich überwältigt. Du bist eine Schönheit! Ich hatte das Gefühl, ich müsste dich immer nur ansehen. Hast du das eigentlich bemerkt?

Mein Unterbewusstsein hat vor meinem Kopf verstanden, was du für mich bedeutest. Aber meine Trauer um Claire war zu stark und ließ den Gedanken an eine neue Liebe in meinem Leben nicht zu. Ich dachte, dass wir nichts als Freunde sein würden, von Anfang an. Vielleicht redete ich es mir auch nur ein. Es sah ja auch so aus, als ob du das Gleiche wolltest. Was für eine Achterbahnfahrt die folgenden Tage waren!

Ich habe genau gesehen, wie du dich in Falko verliebt hast. Nur ab und zu habe ich einen Blick von dir aufgefangen, aber du hast nicht preisgegeben, was er verriet. So wie auch ich nicht zugelassen habe, zu erspüren, was ich dabei empfand. Wir hatten ja genügend Dinge, die uns ablenkten. Zwar sah es so aus, als würden die Aufgaben, die Mia und Niklas uns gestellt hatten, unser Inneres beleuchten, aber du und ich, wir sind geschickt darum herum navigiert.

Dann kam der Tag, an dem wir uns vor dem Gewitter in den Schuppen flüchten mussten. Beinahe wäre ich dir da zu nahe getreten, obwohl ich wusste, dass du nur Falko im Kopf hattest, während er und Greta sich bereits nahegekommen waren. Aber wie hätte ich dir das verraten können, ohne dir wehzutun? Mir war klar, dass du es allein herausfinden musstest.

Schließlich hast du erfahren, was mit Greta und Falko los war, und ich habe die Stärke bewundert, mit der du darauf reagiert hast. Aber ich war immer noch blind! Selbst da habe ich noch nicht den Gedanken zugelassen, dass du mir mehr bedeuten könntest als eine liebe Freundin.

Erst Erwann hat mir die Augen geöffnet, indem er mir auf den Kopf zugesagt hat, dass ich dich liebe. Kannst du dir das vorstellen? Das war an dem Tag, an dem wir dich gesucht haben. Erst in der Nacht, als ich aus dem Schlaf aufgeschreckt bin, weil ich dachte, ich hätte deinen Schrei gehört – ich habe dir nicht davon erzählt, wozu auch –, wurde mir klar, dass Erwann recht hatte. Ich liebe dich.

Ich wusste aber auch, wie du dich fühlst. Ich weiß, dass ich dir vor allem Zeit geben muss. Und damit komme ich zu dem Grund, weshalb ich dies alles nur aufschreibe, anstatt dich darauf anzusprechen. Ich dachte noch gestern Abend, dass ich alles im Griff hätte. Meine Trauer um Claire, meine freundschaftliche Liebe zu dir, meine Geduld, um dir und mir Zeit zu geben. Zeit, herauszufinden, ob und was wir einander bedeuten. Ich will auf keinen Fall riskieren, dass wir ein Liebespaar werden und dann uns beide verlieren, weil du meine Gefühle nicht erwiderst und es nur zu spät herausfindest. Deshalb sollst du all dies erst lesen, wenn du

*wieder in deiner gewohnten Umgebung bist, wenn du über
alles nachdenken kannst, ohne dass du Falko und Greta vor
Augen hast, ohne dass du mich vor Augen hast.*
*Wir haben so viele Jahre getrennt voneinander verbracht –
kommt es da noch auf ein paar Tage an?*
*Ich bitte dich, mir zu schreiben, wenn du so weit bist. Ich
werde dich in der Zwischenzeit ganz in Ruhe lassen. Und
ich werde deine Antwort akzeptieren. Was auch immer du
mir sagen wirst, es wird richtig sein.*
*Wir werden uns heute trennen, aber wir sind nicht weit
voneinander entfernt. Du bist ein wundervoller Mensch,
Camille, und ich hoffe, dass ich dich bald wiedersehen
werde.*
Samir

Camilles Hände zitterten, als sie den Laptop
zuklappte. Sie war froh, dass der Zug nicht stark besetzt
und der Sitzplatz ihr gegenüber frei war. Sie hätte ihren
inneren Aufruhr sicher nicht einfach überspielen
können.

Es beruhigte sie auch, dass Samir in diesem Moment
nicht bei ihr war. Denn sie war sich nicht sicher, was
sie fühlte. War das alles wahr? Sie schloss die Augen
und ließ das, was in der letzten Woche geschehen war,
noch einmal Revue passieren. Samirs Blicke. Ja, sie
hatte diese Blicke gespürt – und verleugnet. Seine
Berührungen, vor allem in dem Schuppen, als sie sich
vor dem Gewitter geflüchtet hatten. In der Sekunde, in
der sie sich ihre Umarmung in Erinnerung rief, seinen
Körper an ihrem, durchflutete sie eine warme Welle,
die bis in ihre Mitte lief und dort als pulsierendes
Gefühl verharrte. Camille war keine unerfahrene Frau

und sie wusste, was diese Regung bedeutete. Doch sie fragte sich, ob es mehr war als nur körperliche Anziehungskraft. Hatte sie nicht noch vor ein paar Tagen geglaubt, Falko gegenüber das Gleiche zu empfinden?

Der Kuss beim Blindekuhspiel kam ihr wieder in den Sinn. Nicht zum ersten Mal fragte sie sich, was Samir dabei empfunden haben musste, als sie ihn für Falko hielt! Das musste ihm wehgetan haben. Sie erinnerte sich an die Nacht, die sie fast durchgeredet hatten, und dann an den Kuss der letzten Nacht. Sie hatte versucht, sich einzureden, dass diese Freundschaft zu wichtig und zu wertvoll wäre, um sie durch ihre verworrenen Gefühle aufs Spiel zu setzen. Ja, gestand sie sich ein, einreden war das korrekte Wort. Sie hatte es sich nur eingeredet.

Plötzlich kribbelte es in ihrer Brust vor Aufregung. Samirs Mail fegte alle Zweifel und alles, was sie sich eingeredet hatte, hinweg. Das Herz wollte ihr vor Freude zerspringen. Samir liebte sie!

Sie öffnete die Augen, um zu sehen, ob er schon zurück war, doch er ließ sich Zeit. Sie würden bald in Paris ankommen und dort aussteigen müssen. Ihre Wege sollten sich dort trennen, Samir musste noch ein paar Tage in Paris bleiben, während Camilles Familie sie zu Hause erwartete. Sie zückte ihr Smartphone und suchte die private Telefonnummer ihrer Chefin. Nach kurzem Klingeln ging sie ran.

„Chefin, ich bin es, Camille. Ich brauche noch drei Tage Urlaub."

Am anderen Ende hörte sie ein Lachen. „Wie das? Bist du noch in der Bretagne?"

„Nein, ich bin gleich in Paris und ich habe vor, hierzubleiben. Wie lange kann ich freimachen?"

„Du hast mir im Winter geholfen, als alle am Norovirus erkrankt waren. Wir kommen noch ein paar Tage ohne dich aus, meine Liebe. Gönn dir die Tage in Paris."

„Ich knutsche dich! Du bist die beste Chefin der Welt!"

Ihr Herz war leicht, als sie auflegte und anschließend eine WhatsApp an Julien tippte, damit ihre Familie nicht auf sie wartete. Seine Antwort war schlicht:

Kein Problem, ich esse dein Grillsteak einfach mit. Genieß Paris! Und küsse Samir!

Sie konnte sich ein Lachen nicht verkneifen. Ahnte Julien etwa, was mit ihr und Samir los war?

„Du lachst", erklang da die geliebte Stimme, und Samir schob sich neben sie auf den Sitz. „Ist das ein gutes Zeichen?"

Sie sah ihn an, sog alles in sich auf: seine sommerbraune Hautfarbe, die geschwungenen Lippen unter der langen Nase, seine leuchtend blauen Augen hinter den Brillengläsern, und die hohe Stirn, die in seinen kahlen, schönen Kopf überging.

Sie klappte den Laptop zu und sah ihm unverwandt in die Augen, lächelnd. Dieses Mal würde sie seinem Blick standhalten, weil sie wusste, dass er sie liebte.

Er erwiderte ihr Lächeln und blickte auf den Laptop, dann wieder in ihre Augen. Und dann sah sie, wie seine Unsicherheit schwand, wie der Zug der Trauer um seine Augen sich milderte, wie sein Blick weich wurde von der Liebe, die er für sie empfand. Sie legte die Hand an seine Wange.

„Ich brauche keine Zeit mehr, Samir, um das herauszufinden, was ich schon ein Leben lang gespürt habe. Ich liebe dich."

Sie schob die Hand in seinen Nacken, zog ihn zu sich und küsste ihn. Der Kuss dauerte, bis ihr Herz voll von ihm war, bis ihr Kopf voll von ihm war, bis ihr Körper nichts sehnlicher herbeiwünschte als den Moment, in dem nichts mehr sie trennen würde, keine Kleidung, keine Vorbehalte. Bis die Zugdurchsage ihnen klarmachte, dass sie gleich aussteigen mussten.

Samirs Blick verhieß ihr das Paradies, als er begriff, dass Camille bei ihm bleiben würde. Er winkte ein Taxi herbei, und nur eine Viertelstunde später standen sie sich in einem Hotelzimmer gegenüber. Alle Ängste lösten sich in nichts auf, als sie damit begannen, sich gegenseitig auszuziehen. Wie Verhungernde ließen sie all das zu, was sie in jenem Schuppen gespürt hatten, was der Blindekuss ihnen gezeigt und der Sternschnuppenkuss endgültig besiegelt hatte. Sie liebten sich heftig und schnell.

Dann machten sie mit Banou einen kleinen Spaziergang an der Seine und bestellten sich ein Abendessen aufs Zimmer. Sie ließen sich beim Essen Zeit, alberten herum, lernten sich noch einmal genau kennen.

Und Samir liebte Camille.

Epilog

„Es war eine schöne Idee von dir, uns hierher einzuladen, Camille! Ich liebe dieses Restaurant und den Blick auf die Saar." Mia deutete über die Mauer hinweg auf die riesigen Bäume, die an beiden Ufern des Flusses standen. Von dem langsam dahinfließenden Wasser konnten sie von dieser Position aus zwar nichts sehen, aber das tat der Ruhe und Schönheit des Anblicks keinen Abbruch. „Wie schön, dass wir noch einen so sonnigen Herbsttag erwischt haben!"

„Das Restaurant habe ich ausgesucht", erklärte Julien. Camille hatte ihren Bruder eingeladen, mitzukommen.

Der Kellner brachte das Essen an den Tisch und stellte einen großen Teller vor Julien ab, auf dem ein riesiges Steak neben Paprikagemüse und Ofenkartöffelchen thronte. „Ihr Rückensteak vom Gran-Parino-Schwein." Der Kellner lächelte und stellte den zweiten Teller vor Camille ab. „Und einmal Salat ‚Scharfes Huhn', bitte sehr." Er zwinkerte.

Eine Kellnerin und ein zweiter Kellner brachten die Essen für Greta, Falko, Mia, Niklas und Samir.

„Bitte, bringen Sie uns noch eine Flasche von dem spanischen Rosé", sagte Camille, und Falko bestellte sich ein Glas Zwickelbier.

„Und jetzt", erklärte Mia, „will ich alles wissen. Ihr habt uns ja nicht wirklich Bericht erstattet über die Aufgaben, die wir euch gestellt haben. Nach dem ersten Tag hat euer Eifer sofort nachgelassen." Sie nahm einen großen Schluck ihrer Rhabarberschorle und sah dann zu Greta. „Wahrscheinlich weil du und Falko total abgelenkt wart, oder?"

„Gar nicht wahr!", tat Greta entrüstet, doch jeder konnte sehen, dass sie ihre Finger nicht von Falko lassen konnte. Die beiden besuchten sich zwar so oft wie möglich, aber da Greta sich jetzt gemeinsam mit Mia um die Renovierung des Blumenladens und die mit der Geschäftsneugründung verbundenen Behördengänge kümmern musste und Falko sich mit Hochdruck auf die Disputation seiner Doktorarbeit vorbereitete, war das seltener der Fall, als beide es sich wünschten. Gretas Gesprächsthemen kreisten deshalb seit Wochen nur noch um die Blumen und um ihren neuen Lebenspartner.

„Wie haben deine Eltern es eigentlich aufgefasst, dass du dich jetzt mit Mia selbstständig machst?", fragte Samir.

„Sie haben sich damit abgefunden, würde ich sagen." Greta kicherte. „Sie kapieren, dass es das ist, was ich wirklich will. Es bleibt ihnen nichts anderes übrig, als meinen Willen zu akzeptieren."

„Leute, ihr lenkt schon wieder ab", murrte Mia. Sie lehnte sich auf dem Holzstuhl zurück und streichelte sich über den kleinen Bauch. Ihr Blick nahm etwas Entrücktes an. Niklas sah zu ihr, als vergewisserte er sich, dass es ihr gut ging, dann lächelte er. Die beiden freuten sich auf ihr Kind, das war nicht zu übersehen.

„Ach, Mia, was sollen wir dir das alles jetzt, nach so vielen Wochen, noch erzählen? Das Ergebnis ist doch das, was zählt." Greta lehnte sich kurz zu Falko, der sofort den Kopf zu ihr drehte, um ihr Küsschen zu erwidern.

„Wir könnten nachher in Camilles Wohnung die Bilder anschauen“, schlug Samir vor. „Dann kannst du ja deine Fragen stellen.“

„Na gut. Aber erzählt mir wenigstens von den Dingen, die ihr im Finistère erlebt habt.“

Abwechselnd berichteten sie von der großartigen Landschaft und dem uralten Häuschen, von der Kapelle und von Quimper, von den beiden Bretonen, die sie kennen und mögen gelernt hatten.

„Ich meine fast, ich könnte sie vor Augen sehen“, sagte Mia schwärmerisch. „Die beiden würde ich zu gerne auch mal kennenlernen. Sie sind doch ein Paar, oder?“

„Nein, tatsächlich sind sie nur gute Freunde. Erwann ist mit der besten Freundin von Eglantine verheiratet. Eglantine lebt das Jahr über in Paris. Sie hat zwei Töchter, die in unserem Alter sein müssten.“

„Wie war noch mal der Nachname von Eglantine?“, wollte Julien wissen.

„Robineau.“

„Hm, den Namen gibt es bestimmt öfter, aber an der Uni arbeitet eine Lehrbeauftragte, die mit Nachnamen so heißt. Sie kommt aus Paris.“

Juliens Wangen überzogen sich mit einem Hauch von Röte, den sicher nur Camille sehen konnte. Sie sah ihren Bruder forschend an, bis er verlegen zur Seite blickte. „Ist ihr Vater Schriftsteller gewesen?“, fragte sie.

„Das weiß ich nicht. Aber vielleicht kann ich sie mal danach fragen.“

Ja, dachte Camille, diese Frau schien Julien zu interessieren.

„Apropos Schriftsteller", hakte Niklas ein. „Was macht dein Schreiben, Camille?"

Sie strahlte. „Es geht voran. Ich schreibe in jeder freien Minute an meinem Roman weiter. Stellt euch vor, Eglantine interessiert sich sehr dafür und meldet sich regelmäßig bei mir. Sie will immer wissen, wie weit ich bin, und ihre Fragen zum Inhalt helfen mir sehr."

„Möchtest du es zu deinem Beruf machen?" Falko nahm einen Zug aus seinem Bierglas und sah sie interessiert an.

„Nein, ich habe ja bereits einen Beruf. Außerdem können die wenigsten Autoren vom Schreiben leben. Ich schätze, es wäre blauäugig, wenn ich meinen Job aufgeben würde. Jedenfalls vorerst", hängte sie an, als Samir seine Hand auf ihren Oberschenkel legte. „Andererseits habe ich schon mal lose mit meiner Chefin darüber gesprochen, ob ich ein Sabbatjahr einlegen könnte. Sie ist einfach großartig, sie hat nicht Nein gesagt." Sie nahm mit dem Mund einen Happen ihres Hühnchens von der Gabel und genoss den Geschmack der scharfen Marinade und des zart gegarten Fleischs.

„Das wäre doch genial! Du könntest eine Weile zu Samir nach Metz ziehen." Mias Augen leuchteten. „Dann wärst du noch näher bei Sophie."

Camille sah zu Samir, dessen Blick sie in eine Wolke aus Zärtlichkeit zu hüllen schien. „Das ist der Plan, ja."

„Was ist eigentlich mit Sophie?", wollte Greta wissen. „Warum ist sie heute nicht gekommen? Sie und Yannis sind doch inzwischen aus ihrem Traumurlaub wieder zu Hause, oder nicht?"

„Ja, natürlich. Aber sie konnten es nicht einrichten. Adrienne, die Schwester von Yannis, hat sie zu ihrem Geburtstag nach Saint-Tropez eingeladen. Aber Sophie hat versprochen, dass wir uns noch vor Weihnachten alle in Metz wiedersehen werden.“

„Ja, das werden wir definitiv“, erklärte Samir und zwinkerte Camille zu. Sie wusste, dass die Planungen für ein solches Treffen bereits liefen.

„Wisst ihr noch, wie wir uns letztes Jahr in Metz zum ersten Mal alle vier getroffen haben? Die berüchtigten Brautjungfern.“

„Und ob ich das noch weiß.“ Mias Blick wurde verträumt. „Und dann haben wir die Kleider für euch und für mich eingekauft. Seitdem ist so viel passiert.“

„Darauf trinke ich.“ Julien erhob sein Weinglas, und alle stießen mit ihm an. „Und wenn ich euch so sehe, alle glücklich, dann glaube ich, dass es sich doch lohnt, mit einem Menschen zusammenzuleben.“

„Hört, hört!“ Camille lächelte ihren Bruder an. „Hast du jemand Besonderen im Sinn?“

„Nein.“ Julien verzog den Mund zu einem Flunsch. „Greta ist ja nicht mehr zu haben. Und Falko auch nicht.“ Er lachte ausgelassen. „Außerdem werde ich im Winter für ein Jahr verschwinden.“

„Wie bitte? Wohin?“ Camilles Bruder hatte noch nichts von seinen Plänen angedeutet!

„Nach Paris! Ich werde dort ein Projekt unserer Firma in Zusammenarbeit mit der Uni Saarbrücken betreuen.“

„Wir werden dich alle besuchen, das ist dir doch klar, oder?“ Greta hatte ihren Teller geleert und legte die

Serviette darauf ab. „Aber was anderes, Leute, ich will noch eine Crème brûlée. Wer macht mit?“

Es war schon spät am Abend, als Camille die Wohnungstür hinter ihren Freunden schloss, die gerade gegangen waren. Samir telefonierte mit der Concierge des Hauses in Metz, in dem er lebte. Madame Mireille hatte sich gemeldet, weil er noch nichts hatte von sich hören lassen, obwohl sie ein tägliches Telefonat vereinbart hatten. Camille hörte nur mit halbem Ohr zu, wie er sich nach dem Befinden seiner Hündin Banou erkundigte.

„Ah, très bien. Also ist es okay, wenn ich noch ein paar Tage bleibe? Parfait, merci. Ob ich ...? Nein, noch nicht.“

Camille sah zu Samir und spürte einmal mehr, wie sehr sie diesen Mann liebte. Er runzelte die Stirn und machte eine verzweifelte, aber zugleich amüsierte Miene. „Oui, oui, je le ferai. Tout de suite.“ Er verabschiedete sich und legte auf. „Madame Mireille hat mich gefragt, ob ich dir auch jeden Tag sage, dass ich dich liebe.“ Er grinste, kam zu ihr und zog sie sanft an sich, um ihr in die Augen zu blicken. „Habe ich es dir heute schon gesagt, chérie?“

„Ich fürchte, nein.“ Sie lächelte und schmiegte sich an ihn. Wie gut sie seinen Körper inzwischen kannte, der ihr solche Freude schenken konnte! Sofort spürte sie die Hitze in sich. „Aber du kannst es mir auch einfach zeigen, anstatt es zu sagen.“ Sie zwinkerte kokett.

„Das ist eine hervorragende Idee.“ Damit zog er sie zum Bett, und sie hatten die ganze Nacht für sich. Und das ganze Leben.